hanserblau

W0380780

Über dieses Buch

»Ich lauf nicht mehr ganz so schnell, der Boden unter mir scheint fast zu stehen, aber ich mag diesen Boden, hart und grau und zu jedem gleich.«

Victoria hat aufgehört zu modeln, weil sie mit dreiundzwanzig nicht mehr als sechzehn durchgeht. Sie hat kein Ziel und nichts zu tun, nur einen Haufen Zeit, die sie mit Rauchen und italienischem Fernsehen totschlägt - bis sie Said kennenlernt. Es ist die große Liebe, der man nur einmal begegnet, wenn überhaupt. Doch das Glück ist kurz: Said verschwindet in Südfrankreich in den Fluten des Mittelmeers.

Auf die Trauer folgt ein ungeahnter Aufstieg: Durch Saids Musik wird sie selbst zum Rapstar und befreit sich Schicht um Schicht von der Vergangenheit.

Sara Gmuers rasantes Romandebüt erzählt in lässig-coolem Sound, was es heißt, einen geliebten Menschen zu verlieren - und in der Musik wiederzufinden.

SARA GMUER
KARIZMA

Roman

hanserblau

Außerdem von Sara Gmuer bei hanserblau erschienen:
Achtzehnter Stock

Dieses Buch enthält Beschreibungen von sexualisierter Gewalt sowie anderer Gewaltformen. Im Kontext der handelnden Figuren wird zudem diskriminierendes Vokabular verwendet, das jedoch nicht die Meinung der Autorin oder des Verlags widerspiegelt.
Alle in diesem Roman vorkommenden Figuren und Vorgänge sind frei erfunden. Jegliche Ähnlichkeiten mit realen Personen oder Ereignissen sind unbeabsichtigt.

Die Originalausgabe erschien 2012 bei orange press in Freiburg im Breisgau.

Ungekürzte Taschenbuchausgabe
1. Auflage 2025

ISBN 978-3-446-28303-9
© 2025 hanserblau
in der Carl Hanser Verlag GmbH & Co. KG, München
Vilshofener Straße 10 | 81 679 München | info@hanser.de
Wir behalten uns auch eine Nutzung des Werks für Zwecke des Text und Data Mining nach § 44b UrhG ausdrücklich vor.
Umschlag: FAVORITBUERO, München
Motiv: © Amaya Gómez Marzabal
Autorinnenfoto: © Urban Ruths
Satz im Verlag
Druck und Bindung: GGP Media GmbH Pößneck
Printed in Germany

FSC
www.fsc.org
MIX
Papier | Fördert gute Waldnutzung
FSC® C014496

Dem 3.9.2002 gewidmet

ICH rauchte und wartete. Rauchte auf dem Fensterbrett, am Tisch und im Bett, ich rauchte da, wo andere reden, essen und Sex haben. Essen sollte ich nicht, zum Reden hatte ich niemanden und für Sex auch nicht. Den Kummer hätte ich vielleicht wegsaufen können, die Kopfschmerzen nicht. Was solls, da wo ich herkomm, kannte man eh keine Probleme, und wenn es doch mal welche gab, dann wandte man sich an Gott, und wenn der nicht half, ging man zu Bernardo Provenzano. Mir half keiner von beiden.

Bis dahin dachte ich immer, die Hoffnung stirbt zuletzt, Bullshit, die Hoffnung verlässt dich wie eine Nutte, sobald es ernst wird, das, was wirklich bis zum bitteren Ende bleibt, ist die Wut. Und von der blieb eine ganze Menge.

Ich wär vor Hass am liebsten gestorben. Eigentlich wollte ich mehr als nur tot sein, denn tot sein hieße gelebt zu haben. Ich wollte nie da gewesen sein, weder hier noch sonst irgendwo und schon gar nicht in dieser trostlosen Stadt Immergrau, wo es jeden Tag regnete, als weinte auch der Himmel, dass ich hier war.

Ich rauchte und wartete. Mir hätten Zigaretten, italienisches Fernsehen und paar Aufträge gereicht, doch keiner buchte mich mehr, die Pariser Schauen fanden ohne mich statt, und auch die Mailänder riefen zur Modewoche nicht an.

Was blieb, waren Rai Due und die Kippen, und das ist ja nicht gerade gesund, weder für den Geist noch für den Körper. Sonst machte ich nicht viel, weder für den Geist noch für den Körper. Raus ging ich selten, wenn, dann nur um von der Telefonzelle aus meine Nummer zu wählen. Ich musste es ab und zu einfach klingeln hören, bloß um sicherzugehen, dass es an meiner Drecksagentur und nicht an meinem Handy lag, dass keiner mehr anrief.

Um die Kabine standen meistens paar Jungs, war dort so was wie die Telefonzentrale kleiner Dealer. Sie sagten, sie fänden mich geil, ich sagte Hallo und Tschüss und hatte so an den Tagen wenigstens ein bisschen was geredet. Das wars, dann schnell wieder rauf in den zweiten Stock. Die Wohnung war riesig, aber egal, ich gab noch nie was drauf, wie reich jemand ist, denn Reichtum kann auch von Geiz kommen, und dann ist er scheiße.

Über Geld redete man bei uns sowieso nicht. Ich wusste nicht, wie viel Geld mein Vater hatte, das letzte Mal, als ich ihn fragte, kaufte er mir zweihundert Quadratmeter Einsamkeit, Parkett und Marmor, in bester Lage, mitten in Berlin. Wahrscheinlich verstand er die Frage als Beleidigung oder so, und das war dann wohl seine Art zu sagen, dass die Geschäfte gut liefen.

Er selbst lebte noch in Sizilien, in einem Haus mit viel zu vielen Zimmern. Als Kind war es perfekt, manchmal versteckte ich mich einen ganzen Tag in einem davon, bis es mir langweilig wurde und ich wieder rauskroch, weil mich eh niemand fand, weil die Kindermädchen lieber auf dem Vorplatz rauchten oder mit den Feldarbeitern flirteten, anstatt mich zu suchen. Ab und zu schrien sie meinen Namen durch die Gänge, damit ich weiterhin mucksmäuschenstill im dunklen Nussbaumschrank eingepfercht blieb.

Vielleicht hätte ich dort drinbleiben sollen, vielleicht hätte ich dann nicht mitgekriegt, was draußen so abging.

Meine Mama starb. Sie starb, als ich zwölf war, bei einem Autounfall. Als ich zwölf war, starb meine Mama bei einem Autounfall. Bei einem Autounfall starb meine Mama. Ich kann den Satz drehen und wenden, wie ich will, er wird nicht schöner.

Es war der siebte Unfall in der Woche, es passierte immer abwechselnd, mal im Norden der Insel, mal im Süden. Das ging hin und her, Auge um Auge, Auto um Auto. Mal lag es an der Bremsleitung, mal an einer Sprengladung.

Um mich aus der Scheiße rauszuhalten, brachte mich mein Vater nach Deutschland zu einer Schwester meiner Mutter, die aber so hässlich war, dass sie nicht wirklich ihre Schwester sein konnte. Egal, sie war nett, also war ich es auch, nannte sie *Zia* und versteckte meine Trauer tief in meinem Herzen. Ich hatte fürchterliches Heimweh, doch mein Vater holte mich nicht zurück.

Er sagte, er würde einen weiteren Autounfall nicht überleben, dabei hatte er gar nicht mit im Wagen gesessen, als der 600er gegen den Pfeiler krachte, der meine Mama aus dem Leben schleuderte. Ich checkte erst später, was er meinte, er hatte Angst, mich auch noch zu verlieren. Deshalb musste ich fort.

Keine Ahnung, ob das egoistisch von ihm war oder das Gegenteil davon, aber für mich war es schlimm, denn in seiner Nähe fühlte ich mich sicher, und doch musste ich weg von ihm, weil ich in seiner Nähe nicht mehr sicher war.

Mit fünfzehn beschloss ich, Deutschland zu verlassen. Doch mit fünfzehn ist man niemand, mit fünfzehn kommt man nur so weit, wie der Bus fährt.

Ich hatte keinen Bock, rumzusitzen, mit Fünfzehnjährigen rumzuhängen und mir zu überlegen, was ich später mal werden möchte, also ließ ich meine Tante Fotos von mir machen und schickte sie allen möglichen Modelagenturen. Von den meisten Agenturen kriegte ich eine Absage, vom Rest nicht mal eine Antwort. Und so fühlte ich mich hässlich wie nie zuvor, bis ein Fotograf meine Bilder sah und mich zu einem Probeshooting einlud. Aus dem Probeshooting wurden Shootings und aus Shootings irgendwann Kampagnen.

Ich war auf einmal frei. Mein Plan ging auf, das Modeln holte mich raus, nahm mich an die Hand und zeigte mir die schönsten Plätze dieser Erde. Ich reiste um die halbe Welt und machte dabei auch noch Kohle, meine eigene Kohle, doch mein Dad schickte mir weiterhin Geld, als wäre sein Geld mehr wert als meins. Das machte mich so sauer, dass ich mein Konto auflöste. Ich brauchte sein Geld nicht mehr, ich war von niemandem mehr abhängig.

Das Modeln war so was wie mein neues Zuhause, ein strenges mit vielen Regeln. Nicht alles essen, nicht alles machen, nicht alles sagen. Aber kommt halt drauf an, was man isst, wie man was macht und wem man was sagt, dann kommt man eigentlich überall klar. Die Castings waren immer gleich. Hallo, ich heiße Victoria und bin sechzehn Jahre alt, genau so, sechs Jahre lang, bis es mir keiner mehr glaubte. Die Modelaufträge wurden weniger, mein Typ war nicht mehr gefragt, ich lag den ganzen Tag nur noch im Bett rum und fühlte mich mit jedem Tag älter, hässlicher und dicker.

Ich hatte Angst, meine besten Jahre zu verschwenden, und aus Angst vor der Angst packte ich gar nichts mehr, bis mich ausgerechnet ein beschissener Schlafzimmereinrichtungskatalog aus dem Bett holte. Hurra, ich kriegte nach Monaten endlich wieder einen Job, leider aber einen, für den ich vor Kurzem nicht mal aufgestanden wäre. Aber Job ist Job, und so stand ich fünf Tage später in einem hellen Studio und lächelte in die Kamera.

Die Leute waren begeistert, sie waren hin und weg von mir. Ich dachte nur, hin und weg von hier. Sie fanden sogar süß, dass ich ständig *minchia* sagte, bis ich ihnen erklärte, dass *minchia* wörtlich übersetzt Schwanz bedeutet. Was solls, ich gab ihnen, was sie wollten, Fotos und ein bisschen Glamour für ihre todlangweilige Welt. Schätze, dass der ein oder andere von denen heute noch von dem Shoot erzählt, vielleicht, dass ich nichts vom Catering aß, dafür Alkohol trank, irgend so was halt.

Auf jeden Fall machte ich den für einen Profi unterbezahlten Job wie ein Profi und ging. Draußen regnete es in Strömen. Ich hatte nie einen Schirm dabei, und so machte der Regen meine Haare dunkler, als sie waren, und streichelte mein Gesicht. Ich genoss jeden Tropfen. Fuck, muss ich einsam gewesen sein.

Ich hatte keinen Bock, nach Hause zu gehen, wollte unbedingt noch was erleben, nicht schon wieder alleine sein. Also ging ich in den erstbesten Imbiss und bestellte mir ein Päckchen rote Marlboro, eine rote Cola und die Nr. 13, hinter der *Bami Goreng* stand.

Ich wartete noch auf meine Nudeln, als auf einmal ein klatschnasser Riese aufkreuzte. Ein Kerl so groß wie unser bester Basketballspieler, Dino Meneghin, nur um einiges dicker. Er kam rein, als würde er da wohnen, schaute mal zur Frau an der Theke, mal zu mir und zählte dabei paar Nummern auf. Ich konnte es mir nicht verkneifen und sagte: »Versuchst du mir grad deine Telefonnummer zu geben oder was?«

Wir mussten beide lachen, aber gesagt hat keiner mehr was. Wir standen einfach da und warteten geduldig aufs Essen. Als meins kam, schien in mir wieder ein wenig die Sonne, da konnte draußen das Gewitter noch so heftig toben.

Ich öffnete die Box und hatte noch nicht mal die Gabel im Mund, da stand schon die Frau vor mir, die grad eben noch hinter dem Tresen war. Sie lächelte, aber ihre Worte sagten was anderes. »Draußen essen!«

Draußen essen? Bei dem Regen, der runterfiel, hätte ich mir

gleich eine Nudelsuppe bestellen können. Nach Hause gehen konnte ich aber auch nicht, ich wäre vor Einsamkeit gestorben.

Der Große kriegte alles mit. Er schaute mich an, und irgendwie schien er durch meine dicke Schale hindurch direkt in meine Seele zu sehen. Da wollte ich dann doch schnell raus, raus, um die Tränen zwischen den Regentropfen zu verstecken.

Er fragte: »Wohin gehst du?«

Ich machte auf dem Absatz kehrt und sagte: »Wohin du willst.« So wie Karrine Steffans zu Usher, als sie sich im W Hotel über den Weg gelaufen sind.

Er packte seine Tüten unter sein Karl-Kani-Shirt und führte mich mit großen Schritten Richtung Irgendwo. Manchmal soll man einfach nicht fragen.

Meine Haare hingen schwer herunter, und mein Pulli klebte wie ein nasser Lappen an meinem Körper, ich kam mir vor wie ein mageres Schulmädchen, das mit seinem Lunchpaket durch den Regen läuft, fast wie früher an der Seite meines Vaters. Wir redeten nicht viel, nur über das Wetter.

Irgendwann meinte er: »Ich bin Monte. Halb Berlin, halb Montenegro.«

»Monte, wie passend!«, grinste ich.

»Und du?«

»Victoria.«

»Geil, wie die Engel, wa?«

»Was für Engel?«

»Na, die Halbnackten! Weeßt schon, die Supermodels.«

»Ah die, nee, nur Victoria, ohne Secret. Ganz ohne Geheimnis.«

Wir liefen ein ganzes Stück bis zu einem Werksareal, alles ziemlich abgelegen, so im Stil, ich hau dich jetzt in nen Keller und hol dich in dreißig Jahren wieder raus. Durch einen Innenhof kam man zu einer großen schwarzen Tür, dahinter lag ein breiter Gang, hell beleuchtet, wie in einer Fabrik. Ein tiefer Bass prallte gegen den grauen Beton, und ich dachte an eine illegale Party. Wir kamen der Sache immer näher, und als er dann eine Tür öffnete, stand ich in einem halbdunklen Raum voller Kabel und Boxen, aber ohne Leute.

»Welcome to Big Mountains Studios!«, lachte mich Monte an, wie ein gut gelaunter Amerikaner.

Solche Studios kannte ich nur aus MTV, wenn die gerade wieder einen Rapper interviewten. Riesen-Ego, Riesen-Klappe, Riesen-Mischpult und eine Scheibe, breit wie ein Schaufenster, in der sich die Displays und blinkende Technik spiegelten. Dahinter stand irgendein Freak im Dunkeln, der gar nicht mal so schlecht auf Montes Beat rappte. Ich konnte ihn nicht sehen. Ich sah nur mich mit der weißen Plastiktüte zwischen den Reflexen im Glas.

Monte wollte mir den Typ hinter der Scheibe vorstellen, doch der kam nicht raus, der blieb in der Kabine und rappte weiter.

»Der is schon okay«, entschuldigte Monte seinen Freund. »Der hat einfach nen Knall, weeßte, wenn es nach ihm ginge, würden wir die ganze Zeit nur aufnehmen. Guck, der stresst schon rum, wenn ich kurz was essen will, aber das is halt Said, der is halt so.«

Konnte schon sein, dass er so war, für mich war ein Mann, der nicht Hallo sagt, trotzdem kein Mann. Ich setzte mich auf eine Couch, aß mein inzwischen kaltes Essen und versuchte nicht zu offensichtlich über das ganze Gesicht zu grinsen.

Zwei weitere Jungs kamen kurz rein, gaben Monte ein trockenes Shirt, stellten sich vor, standen rum und gingen wieder. Said war immer noch am Mic und rappte ununterbrochen vor sich hin. Wie ein kleines Kind drängelte er zum Weitermachen, doch Monte ließ sich nicht stressen, aß in Ruhe seine Nudeln auf, und nach dem Essen verschwand er aufs Klo. Ich blieb alleine zurück und hörte mir an, was ein Berliner Rapper zu sagen hat.

Nutten machen nen Weichen hart
Du machst nen Harten weich
Wir sind Wild at Heart
Ich glaube an Afterlife

Blabla, klar, er rappte über Frauen, was sonst. Ich sagte mir, solang der nicht meine Mutter ficken will, ist alles okay. Ist doch so, heute erzählt jeder Dreizehnjährige, dass er Mütter fickt.

Er machte weiter, und langsam kam es mir so vor, als würde er über mich rappen. So was durfte ich eigentlich gar nicht denken, aber egal, wusste ja keiner.

Sie killt den Raum mit nur einem Blick
Kommt rein, ich schwör, ihr Vibe is sick
Ey, Bruder, sag, was macht sie hier?
Ich würd sterben für ne Nacht mit ihr
Sie hört kein Rap, sie hört R & B
Kennt nicht Yo! MTV Raps auf MTV
Scheiß drauf, ich werd für sie kämpfen
Kann mehr als böse schaun und Arme verschränken

Da musste er selber lachen, machte aber gleich weiter.

Lichter aus, doch ich seh dich
Du willst alles – kriegst immer zu wenig
Ey, bleib hier, ich hab, was du brauchst
Kühlschrank ist voll, alles aufs Haus

Okay, dachte ich mir und ging zum Kühlschrank, in dem tatsächlich paar Heineken standen. Das nennt man wohl interaktives Rappen.

Und dann fragte er so nebenbei: »Habibti, bringst mir bitte auch ein Bier?«

Ich schaute wahrscheinlich komisch, strich mir verlegen die Haare aus dem Gesicht, stand dann aber auf und holte noch eine Flasche raus. Machte ich sogar gerne, denn so konnte ich mir den Player mal anschauen.

Ich ging in die Kabine und gab ihm das Bier, aber zum Schauen gab es leider nichts, es war stockdunkel. Er hörte zum ersten Mal auf zu rappen, und es wurde still, wir berührten uns nicht, doch ich spürte ihn überall. Ich atmete seine Luft. Seine Luft war die beste, die ich je geatmet hatte.

»Hey ...« Es klang schön, wie er es sagte.

Ich stand schon einen Tick zu lang dort, wollte nicht raus, aber wie ein Idiot einfach stehen bleiben ging auch nicht. Wahrscheinlich wusste er das und kam deshalb einen Schritt auf mich zu. Ich hielt den Atem an.

Die Dunkelheit machte mich unsichtbar, doch seine Hände fanden mein Gesicht, strichen langsam über mein Haar, den Hals entlang, über den Nacken bis zu meinen Brüsten.

Es gibt Männer, die glauben, der Weg zu einer Frau führt über ihre beste Freundin oder über die Mutter, stimmt nicht, der Weg geht über die Brüste. Näher ans Herz kommt man nicht ran.

Said schien das zu wissen und spielte es gegen mich aus, seine Hände immer genau da, wo sie sein mussten, mir immer einen Moment voraus. Er fasste mich an der Taille, seine Finger gruben sich in mein Fleisch, und er hob mich hoch, als gäbe es die Schwerkraft nicht. Meine Schenkel um seine Hüfte. Meine Lippen leicht offen, als wollten sie was Dreckiges sagen.

Meine Lider halb geschlossen. Meine Wimpern zwischen seinen Haaren. Mein Atem kurz wie diese Sätze.

Ich wusste nicht, wer er ist, ich wusste gar nichts, wusste nur, dieser Mann macht mit mir, was er will, aber mit so einer sanften Entschlossenheit, dass ich vor Glück fast starb.

Monte kam rein, nicht zu uns, nur in den Vorderraum. Wir konnten ihn sehen, er uns aber nicht. Er blieb kurz stehen und ging dann raus. Ich sprang zurück aufs Sofa. Mein Gehirn war durchgefickt. Monte kam wieder rein, schaute mich verwirrt an und fragte, wo ich denn gewesen sei.

»Eine rauchen«, sagte ich, und das Thema war vom Tisch.

Er setzte sich in den schwarzen Ledersessel und schraubte am Mischpult rum. Ich packte meinen Müll zusammen, und er meinte: »Ach komm, jetzt wos spannend wird, lass ich dich sicher nicht gehen.«

Okay, ich ließ den Satz im Raum stehen, so wie mich auch.

Ich solle es mir bequem machen und mir aus dem Kühlschrank was zu trinken holen. Voll das Déjà-vu. Ich holte mir einen Becher und machte mir einen Gin Tonic.

Monte stellte die Geräte ein, Said blieb im Dunkeln, und ich setzte mich wieder auf die Couch. Ich träumte vor mich hin und tat, als würde ich Monte bei der Arbeit zuschauen. Männer mögen das angeblich. Ohne Scheiß, die stehen sogar drauf, wenn man ihnen beim Schraubenanziehen zuschaut.

Ich wär am liebsten für immer geblieben, aber je länger ich das tat, umso wahrscheinlicher wurde es, Said ein zweites Mal zu begegnen. Und was dann?

Ich überlegte nicht weiter, packte mein Zeug, tippte Monte auf die Schulter und schickte unauffällig einen Kuss Richtung schwarze Scheibe.

Es war mitten in der Nacht, mitten in Wedding, niemand auf der Straße, nur ab und zu ein Auto, das durch den liegen gebliebenen Regen glitt. Ich war glücklich, denn was immer das gewesen sein mochte, es fühlte sich gut an.

Ich wollte auf einmal auch was können, aber was nur? Ich beneidete Said, dass er was hatte, wofür er lebte, dass er sein Talent nicht vergeudete, sondern es erkannt hatte und wie ein Verrückter daran arbeitete. So sollte es sein.

Ich dachte den ganzen Nachhauseweg über mögliche Talente in mir nach, doch da war einfach nichts Besonderes.

Und so fiel ich dann ins Bett und dachte mit einem Lächeln im Gesicht, wenigstens schlafen, schlafen, das kann ich.

DEN nächsten Tag verbrachte ich zur Hälfte im Bett. Ich wollte nicht aufstehen, denn ich wusste, was ich tun würde, und irgendwie fand ich es krank, im Internet nach einem Typen zu suchen, den ich nicht mal kannte.

Nachmittags gestand ich mir ein, krank zu sein. Es wurde eine kleine Zeremonie, Kaffee und Zigaretten, andächtiges Warten – keine Ahnung, auf was – und dann nervöses Klicken Richtung Wahrheit.

Ich gab *Rapper* und *Said* ein und kriegte gleich unzählige Links. Interviews. Tourdaten. Homepage. Myspace. MP3-Downloads.

Ich zog mir seine Songs rein. Es ging um Straße, Alltag, Brüder, Drogen und Clubs. Das Übliche. Nur ein Track war anders. Da gings um die Seele und ob sie bei einem bleibt, wenn man ununterbrochen an jemanden denkt, oder ob sie zu der geht, die einem den Kopf fickt.

Ich scrollte durch seine Fotos. Ich wollte wissen, ob er mir gefällt, auch wenn ich das eigentlich schon längst wusste, sein Körper breit, aber nicht zu sehr, das kurze Haar wahrscheinlich schwarz, der Dreitagebart vielleicht rasiert.

Das erste Bild war ein Porträt, seine Augen dunkel wie sein Haar, der Blick abcheckend, als wäre ich vor der Kamera und nicht er. Der Kopf leicht schief, die Nase sicher schon mal gebrochen, das eine Auge fordernd, das andere verletzlich. *Minchia*, der Mann sah gut aus. Vielleicht zu gut, denn einen Clown zu vergessen wäre sicher einfacher gewesen.

Ich fand noch endlos viele Bilder, starrte auf die Fotos und hörte erst damit auf, als ich mir einbildete, er könnte es merken.

Meine Mutter hatte immer gesagt, Bussen und Männern soll man nie nachlaufen, es komme immer ein nächster. In Italien stehen sowieso die Männer Schlange, nicht umgekehrt, da wird noch gekämpft, gepfiffen und erobert. Nicht mal im kalten Mailand muss man was dafür tun, die kommen einfach, da bleibt keine alleine. Aber ich war eben in Berlin, und auf meine Mutter hatte ich noch nie gehört.

Ich wollte alles wissen, wann er online war, wer ihm schreibt, wem er schreibt, wer seine *Top Friends* sind, und, und, und, einfach alles. Ich überlegte sogar kurz, mir selbst ein Myspace-Profil anzulegen, doch Gott sei Dank war mir das zu anstrengend.

Irgendwann schlief ich vor dem Rechner ein, und als ich aufwachte, beschloss ich, den Mann zu vergessen. So konnte es nicht weitergehen, einem Kerl hinterherzustalken, mit dem ich ein Mal was hatte, war mehr als scheiße. Meine Mutter hatte wohl doch recht.

Ich kroch ins Bett und blieb drei Tage lang drin, aß nichts, trank nur Tee. Am vierten Tag wurde es mir langweilig. Ich öffnete eine Flasche Amarone und machte für meine Verhältnisse was ziemlich Soziales, nämlich online gehen. Myspacedotcomslashsaid. Über seiner Seite schwebte ein großes Banner. *Said live im Clubhaus.*

Erst dachte ich, geil, da werd ich hingehen und mir den Typ krallen! Zwei Minuten später dachte ich weiter und sah mich wie einen Depp alleine rumstehen. Ich kannte dort ja keinen. Ich kannte den Club nur von Erzählungen, und zwar von Erzählungen einer Frau, die ich auch nicht wirklich kannte. Wir hatten uns erst ein Mal getroffen, zufällig, im Waschsalon. Ich hatte wie immer zu viel Zeit und sie zu wenig. Ich saß dort rum, verfluchte mich, immer noch keine Waschmaschine gekauft zu haben, und wartete, bis meine Wäsche fertig war oder sonst was passierte. Sie kam rein und füllte eine Trommel nach der anderen. Ich schaute ihr zu, und weil Leute spüren, wenn man sie beobachtet, drehte sie sich zu mir um und sagte: »Sag mal, kannst du mal auf mein Zeug aufpassen? Muss kurz rauf zu meinem Kleinen.«

Ich sagte: »Okay, mach ich«, und hätte auf der Stelle mein Leben mit ihrem getauscht. Sie war ganz sicher nicht einsam, wer so viel Wäsche zu waschen hat, kann nicht einsam sein.

Als sie wieder runterkam, hatte sie einen Kaffee für mich dabei. Wir redeten übers Schleudern und Weichspülen, ich hätte mich sogar über die Finanzkrise unterhalten, Hauptsache, ein bisschen was geredet.

Bevor sie wieder rauf zu ihrem Sohn, ihren Brüdern, Onkeln und Tanten oder Männern ging, meinte sie, ich solle sie mal im Clubhaus besuchen kommen, und weil sie der erste normale Mensch war, der mir in Berlin über den Weg lief, fragte ich: »Clubhaus?«

»Ja, du musst da mal vorbeikommen, geilster Laden, sag Bescheid, dann schreib ich dich auf die Liste.«

Das wars. Mehr wusste ich nicht, aber das reichte, um mir irgendwelche Flausen in den Kopf zu setzen, raus in die Abenddämmerung zu gehen und Richtung Waschsalon zu laufen.

Ich wusste nicht mal genau, was ich wollte, doch, eigentlich wusste ich es schon. Ich wollte Said.

Der Waschsalon war noch offen, auch wenn er nicht danach aussah. Oben brannte Licht, ich ging zwischen den Waschmaschinen in den Hausflur und dann die Treppen hoch.

Wirklich wohl fühlte ich mich dabei nicht, aber ich hatte ja nichts zu verlieren, höchstens ein bisschen Zeit, eineinhalb Sendungen auf Rai Due, die sie nachts eh wiederholten, also lief ich weiter durchs Treppenhaus bis in den dritten Stock. Da wohnte sie. Die Kinderschuhe vor der Tür zeigten wie ein Wegweiser in die Wohnung.

Ich stand unschlüssig im Flur rum, alle zwei Minuten im Dunkeln, wusste nicht, ob ich klingeln, und schon gar nicht, was ich dann sagen sollte. Erst als ich zum wer weiß wievielten Mal nach dem Lichtschalter tastete, klingelte ich, halb extra, halb versehentlich. Die Tür öffnete sich, und die schöne Mama stand vor mir. Im ersten Moment schien sie überrascht, mich zu sehen, im zweiten umarmte sie mich so herzlich, wie man es in Deutschland nur zu besonderen Anlässen tut.

Sie und ihr Sohn waren grad beim Essen.

»Ich wart draußen«, sagte ich. Aber sie ließ mich nicht, ich musste rein und mitessen. Ich hatte keinen Hunger, und rauchen durfte man in ihrer Wohnung nicht, also trank ich Wein.

Sie redete mit mir, als würde sie mich kennen, dabei wusste sie nichts über mich, außer dass ich keine Viskose mag und meine Unterwäsche aus Seide ist. Was man halt so mitkriegt, wenn man in Waschsalons die Wäsche wäscht.

Gegen zehn brachte sie den kleinen Alou zu Bett, und ich durfte endlich in der Küche rauchen. Langsam entspannte ich mich, und irgendwann, lange nach Mitternacht, wurde aus Wein Wodka und aus zwei Fremden fast so was wie Freunde.

Eigentlich wollte ich sie ja wegen eines Jobs im Clubhaus fragen, vielleicht vergaß ich es, vielleicht passte es auch einfach nicht mehr, keine Ahnung, jedenfalls fragte ich nicht, so, wie sie mich auch nicht fragte, warum ich denn eigentlich gekommen war. Wir ließen das einfach aus.

Mein Vater sagte immer, ich solle hinhören, wenn es still wird, weil jede Pause voller nicht gesagter Worte ist. Er hatte recht, das Wesentliche liegt in dem, was man nicht sagt, in dem, was man auslässt, was man nicht für nötig hält zu fragen, was man verschweigt, nicht in dem, was man erzählt, erzählen tut man Märchen.

Ich blieb, bis die Kippen ausgingen, dann tippte ich elf Zahlen in mein Handy, speicherte sie unter Aliyah, lief zur Tanke und dann nach Hause.

Am nächsten Morgen klingelte mein Telefon. Zuerst dachte ich an meine Drecksagentur, dann an Said, und dann erinnerte ich mich, so was wie eine Freundin zu haben. Oh Mann, fühlte sich das gut an. Ich erzählte ihr von meinem Agenten, der mir keine Jobs mehr brachte, was ja auch wahr war, und tat so, als ginge mir das Geld aus.

»Geht uns allen gleich«, meinte sie, »Scheißkohle, aber ey, kannst bei uns anfangen, brauchen eh noch Leute an der Bar.«

»Okay, cool, wann?«

»Wann du willst, komm einfach vorbei.«

Abends ging ich einfach vorbei. In der Halle standen ziemlich viele Leute rum, nicht Gäste, eher Lieferanten und welche von einer Putzfirma samt ihren Familien.

Aliyah stellte sie mir alle vor, Mohamed, Mustafa, Ahmed, Khalil, egal, ich konnte mir eh nicht alle merken. Aliyah nannten sie Ali, als wäre sie eine von ihnen, und ich war einfach die Neue.

Sie zeigten mir das Getränkelager, den Backstagebereich und was es sonst noch so gab. Ich versuchte mir irgendwas zu merken, schaute aber ständig zur Bühne und stellte mir vor, Said würde drauf stehen und für mich rappen.

»Morgen is hier die Hölle los, Said in da hooouse!«, lachte Ali, und als würde sie meine Gedanken hören, meinte sie noch: »Kannst morgen gleich anfangen.«

Ich sollte aufpassen, was ich denke, dachte ich und fühlte mich gleich wieder ertappt. Also dachte ich an eine grüne Wiese, da war ich safe.

Als ich ging, war es schon spät und das Ganze perfekt. Nur noch einmal schlafen, und ich würde ihn wiedersehen, als wäre es Schicksal oder Fügung oder so.

Am nächsten Tag stand ich ewig am Fenster, schaute dem Hausmeister beim Fegen zu und wartete auf den Abend. Um neun Uhr zog ich meine Lieblingsjeans und ein weißes Shirt an, steckte ein Briefchen Koks in die Hosentasche und stieg in ein Taxi.

Im Club angekommen, wollte ich gleich wieder nach Hause. Keine Mohameds, keine Ahmeds, keine Aliyah, dafür übertrieben viele Fremde, die alle durch den Laden stressten. Ich stand rum wie ein Depp, rauchte, versuchte möglichst nicht im Weg zu sein und war es trotzdem. Solang Said mich nicht so aufgeschmissen sehen würde, war mir das eigentlich auch egal. Doch wie das so ist, kam in dem Moment Monte mit seinen Leuten um die Ecke. Said konnte nicht weit sein. Ich dachte, scheiße, oder gar nichts und stolperte, bevor sie mich sahen, durch die erstbeste Tür.

Da war ich dann in der Küche. Winzig klein, übertrieben stickig, voller Typen, aber ich war zumindest in Sicherheit. Halbwegs.

Ich sagte: »Woah, das ist ja hier ein Fall für den Arbeitsschutz«, und hatte die Jungs gleich auf meiner Seite. Sie lachten, und irgendwie erinnerte mich das an früher, als ich Model war, backstage während der Shows, viele Leute, wenig Raum, keine Zeit, zu viele Sprachen und zu viel Stress. Also genau richtig. Und dann raus auf den Laufsteg. Alleine, im Kopf ist es still. Man spürt jeden Muskel, überlegt, was passieren würde, wenn man einfach losschreien würde, lässt es dann aber sein und läuft brav die Runde zu Ende.

Ali platzte in die Küche und stürzte sich gleich aufs Catering.

»Iss den Künstlern nicht das ganze Essen weg!«, schnauzte sie einer an.

»Jaja, allet klar«, grinste Ali mit vollem Mund und umarmte schnell jeden der Jungs. Dann nahm sie meine Hand, und ich folgte ihr sechsunddreißig Treppenstufen Richtung Himmel. Die nannten das dort oben wirklich so, Himmel, Zutritt nur für Auserwählte.

Ich schaute runter in den sich füllenden Saal und kam mir vor wie Gott, ich sah alles und jeden, aber keiner sah mich. So wie Gott eben, der alte Voyeur. Der Club hatte was von einer Oper, mein Vater hätte wahrscheinlich gleich angefangen, *I puritani* zu singen.

Ali stellte sich hinter die Bar. »Die gehört heute uns«, und grinste, »nichts zu tun, alles sehen, saufen umsonst und keine Opfer im Weg.«

Besser hätte es nicht kommen können. Danke Gott, danke, mein Freund, lächelte ich. Die Bar war schon aufgefüllt. Sie zeigte mir, wo was stand, und öffnete auch gleich eine Flasche Taittinger. Sie wurde mir immer sympathischer, und ich begriff auch langsam, dass sie hier mehr als nur Freundin war, nämlich so was wie Barchef.

Während wir Champagner tranken, wurde es unten eng. Als wir beim dritten Glas waren, sahen die Leute wahrscheinlich nicht mal mehr ihre eigenen Schuhe, und beim vierten hatte ich eine mehr oder weniger brillante Idee.

»Ali, sag mal, wer von den Küchenjungs is der beste?«

»Alle cool.«

»Ja schon, aber wer …« Ich machte es anders. »Wem vertraust du wirklich, wen würdest du nen Tag lang auf deinen Sohn aufpassen lassen?«

»Moses.«

»Na, geht doch«, lachte ich und sprang auf.

»Vergiss den, der ist viel zu klein für dich!«, schrie sie mir grinsend hinterher.

»Groß genug für was ich vorhab«, rief ich zurück, verschwand im Getümmel und stolperte durch die Menge bis an die rettende Küchentür. Wieder in Sicherheit, fragte ich, wer von ihnen Moses sei. Fünf von sieben sagten: »Hier!«, vier davon waren aber offensichtlich groß, sodass ich ohne Weiteres den echten identifizierte. Sherlock, Baby, Sherlock!

Ich zog ihn zur Seite, schrieb was auf eine Serviette, faltete sie schön und bat ihn, sie mit der nächsten Catering-Ladung backstage zu Said zu bringen.

»Seh ich aus wie ein Postbote?«, lachte mich Moses aus.

»Alter, ich meins ernst.«

»Wie jetzt, bist du ein Groupie oder was?«

»Was für ein Scheißgroupie, Alter?!«

Ich war schockiert, ich hatte ihn ja nur um einen kleinen Gefallen gebeten, und er fuhr mich an, als hätte ich sonst was gefragt.

»*Minchia*, was redest du von Groupie, du Penner«, legte ich los, »wenn, dann seid ihr *meine* Groupies, so siehts aus. Das hier is Kindergarten für mich, was is schon Rap aus Deutschland? Ganz ehrlich, ihr träumt davon, da hinzukommen, wo ich schon war, und ich mein nicht die Malediven und so, nee, Mann, ich red von all den Covers, auf denen ich war, von der ganzen Kohle, ja. Hast dir wahrscheinlich schon einen runtergeholt auf mich. Da schaust du blöd, ja? Also halt die Fresse, du hast keine Ahnung, so siehts aus. Und glaub mir, ginge es mir um Fame, würde ich mir definitiv was anderes holen als nen abgefuckten Berliner Rapper.«

Kurz gesagt, ich redete einen Haufen Scheiße und zeigte dem armen Mann eine meiner schlechtesten Seiten.

Er schaute mich mit offenem Mund an und irgendwann

kam: »Mann, hast du ne Fresse! Siehst voll niedlich aus und dann so ne Fresse, Mann, ich will kein Stress mit dir, halleluja!«

Er nahm eine Platte voller Häppchen und legte die Serviette drauf.

»Was hast denn so Wichtiges draufgeschrieben?«

»Dass die Seele im Körper ist wie ein Organ, irgendwo tief drin, zwischen Herz und Rippen, und nicht dort, wo die Gedanken sind. Verstehst du?«

»What the fuck erzählst du da?«

»Vergiss es.«

Ich hörte noch ein »Halleluja«, dann verschwand er Richtung Backstage. Es gibt Sachen, die bereut man, noch bevor sie geschehen. Das war eine davon. Ich betete, Moses würde die Serviette verlieren und meinen Ausbruch vergessen.

Ich lief schnell wieder rauf zu Ali, als könnte ich das, was gerade passiert war, einfach abhängen. Hinter mir lassen. Ganz schnell wieder nüchtern werden. Ging natürlich nicht. Das unangenehme Gefühl klebte an mir fest, nur runterspülen, das ging, und als würde sie schon wieder meine Gedanken lesen, schenkte Ali Champagner nach.

An der unteren Bar war die Hölle los. Die Leute prügelten sich um die Drinks, während es bei uns oben immer noch ruhig war. Wer es zu uns rauf schaffte, hatte es geschafft, oder besser gesagt, wer es geschafft hatte, schaffte es zu uns rauf. Der Rest, eigentlich alle, musste unten bleiben, dafür sorgten zwei durchtrainierte Kampfsportler am Treppenaufgang.

Auf der Bühne tat sich was. Vor der Bühne tat sich noch viel mehr. Dann wurde alles schwarz, und auf einmal dröhnte der Bass durch den ganzen Club, Scheinwerfer erstrahlten wie tausend Sonnen, und Said und sein Bruder stürmten die Bühne.

Die Mädchen hätten am liebsten gleich ihre Shirts ausgezogen. Ich hatte mich vorhin wohl ein bisschen überschätzt. Hier drin war ich niemand. Hier drin war er ein Star.

Die Jungs aus der Küche kamen alle zu uns hoch und machten Lärm, als wären sie selbst auf der Bühne. Wir kippten einen Shot nach dem anderen, und spätestens, als Moses sich oben ohne an den Balkon hängte und mit den Füßen über den Köpfen der anderen schwebte, bemerkte uns ganz sicher auch Said. Zwei Jungs hängten sich dazu und machten Klimmzüge. Ali spritzte die nackten Oberkörper mit Champagner voll. Der Club schien zu explodieren, wir schrien, tanzten und lachten uns halb tot. Mir war alles egal. Ich setzte mich mit dem Rücken zur Bühne aufs Geländer, rutschte langsam nach hinten, ließ mich fallen und hing wie eine Fledermaus weit oben im Club. Die Eisenstange fest in meinen Kniekehlen, fing ich an, Sit-ups zu machen, und jedes Mal, wenn ich hochkam, kippte mir jemand Wodka in den Mund.

Die Leute unten tobten, wussten wahrscheinlich nicht, ob das Teil der Show war oder ob wir einfach nur paar Spinner waren. Irgendwann zerrte mich Ali wieder rauf, das Blut schoss viel zu schnell zurück in meinen Körper, und alles, wirklich alles drehte sich. Nach paar Minuten war ich wieder da. Gott sei Dank, denn eigentlich war ich ja zum Arbeiten hier. Das schien aber keinen zu interessieren und mich schon gar nicht.

Dann wurde es ruhiger, fast kein Licht mehr. Die Leute holten Feuerzeuge raus, und auf der Bühne stand nur noch Said. Ich dachte, was denn jetzt los?, und ganz ehrlich, insgeheim hoffte ich weiß Gott was, auf einen Song nur für mich oder so.

Es kam tatsächlich ein Liebeslied, bloß war es ein Liebeslied an alle Frauen. An alle?! Die Antwort kam über die Boxen.

Love all – ob trouble und broke
Playboy oder Cover der Vogue

Den Frauen, die am liebsten ihre Shirts ausgezogen hätten, brauchte man das nicht zweimal zu sagen. Sie kletterten auf die Bühne und tanzten um ihn rum, als wären sie dabei, ein Homevideo für YouPorn zu drehen. Ich konnte nicht hinschauen und tat es trotzdem.

Der Saal rastete aus, die Jungs aus der Küche lachten sich tot, und Moses stand die Schadenfreude ins Gesicht geschrieben. Es kam mir vor wie eine öffentliche Hinrichtung. Gott, war das peinlich. Aber nicht genug. Der Scheißliebessong ging zu Ende, und er verschwand mit den Mädchen hinter die Bühne. *Minchia*, bin ich naiv, dachte ich, während mein Blick den Champagner suchte.

Ich beschloss, das Einzige zu tun, was ich tun konnte, nämlich das Ganze zu vergessen. Der Alkohol ließ mich über mich selbst lachen, nur mein dummes treues Herz pochte schwer und fühlte, dass es ernst war. Ich beachtete es nicht, es hatte für heute schon genug angerichtet.

Ich musste damit klarkommen, hatte wohl zu sehr auf mein Gefühl gehört, auf das verfickte Bauchgefühl, auf das immer alle schwören. Es war Zeit, den Kopf einzuschalten, den Scheißschädel, der vor lauter Kopfschmerzen fast platzte, und das, obwohl ich mich auf einmal wahnsinnig nüchtern fühlte.

Dagegen half Koks. Es musste weitergehen, und irgendwann übertönte die laute Musik den Krach in meinem Herzen. Draußen wurde es kühl und hell, die meisten gingen nach Hause. Der Backstagebereich war leer, und die von der Küche machten ihn sauber. Was fürn Arsch. Alles fürn Arsch. Auch bei uns oben war keiner mehr, nur noch Ali und ich.

Wir zogen paar Lines, und da mich Koks schon immer gesprächig machte, erzählte ich ihr irgendwann alles. Von der ersten Begegnung bis zu meinen Gefühlen. Dazwischen holte ich keine Luft, ich ließ sie raus, fluchte über den gottverdammten Penner, der sich auf seine Kinderverse sonst was einbildete.

Ali sah ihn zuerst, ließ mich aber einfach weiterreden. Wahrscheinlich hätte er sich am liebsten in Luft aufgelöst, vielleicht überlegte er sogar, über die Balustrade zu springen, aber zu spät, ich sah ihn, ging auf ihn zu und sagte ihm ins Gesicht, was für ein Bastard er war. Ich hatte eh schon alles verloren, wenigstens meinen Stolz wollte ich zurück.

So. Die Sache schien mir einigermaßen geregelt, ich wollte gehen, ihn nie wiedersehen, doch er hielt mich fest. Mit der einen Hand umfasste er grob meinen Arm, mit der andern berührte er meinen Hals, mein Ohr, meinen Geist. Ließ mich los und doch nicht. Hielt meinen Kopf in seinen Händen, als wäre er wahnsinnig kostbar, ich kannte so was nicht.

Ich stand nur da, ohne Vorher, ohne Nachher. Unsere Finger berührten sich zufällig, und dabei fiel irgendwas aus seiner Hand. Es klang nach Kleingeld. Er sprang hinterher, fluchte vor sich hin und tastete den dunklen Boden ab, als wärs sein letzter Cent.

Bevor ich ihm helfen konnte, fand er, was er suchte. Ich streckte meine Hand aus, wollte ihm auf die Beine helfen, doch er hielt sie nur fest und blieb vor mir auf dem Boden knien. Ich wusste nicht, was das soll, dachte schon, der will mir die Hose ausziehen, und sagte: »Vergiss es, da läuft nichts.«

Er ging nicht drauf ein, sagte: »Ey, tut mir echt leid, dass ich dich so lang hab warten lassen.«

»Ach, kein Ding. Hab ja Ali hier.«

»Nee, ich mein die ganzen Jahre, wo ich nicht für dich da war.«

»Du kanntest mich ja nicht.«

»Aber ich wusste, dass es dich gibt. Und trotzdem hab ich dich nicht mal mehr gesucht. Wollte dir das eigentlich schon nach der Show sagen, aber ich brauchte noch was.«

»Mut?«, lachte ich.

»Nee«, lachte er.

Er öffnete seine Hand, und ich sah den Ring, der drin lag. Oh mein Gott, dachte ich, lass es bitte keinen Spinner sein, der mit seiner übertriebenen Art alles wieder kaputtmacht!

Ich wollte lachen, den Kopf schütteln und das Ganze für einen Witz halten, aber es ging nicht, denn ich wusste, wer er für mich war. Musste an India Arie denken und fragte mich, ob sie den Mann, von dem sie in *Ready for Love* singt, auch schon vor sich stehen hatte. *A man who loves music. A man who loves art. Respect the spirit world. And thinks with his heart.*

Er legte den Ring in meine Hand und sagte leise: »Meine Seele ist da, wo du bist. Scheißegal, was du sagst. Meine Seele braucht dich.«

Eigentlich war das alles schon genug Romantik, eigentlich war es Zeit, in den grellen Morgen zu spazieren und sich die Macken des anderen anzuschauen, immer in der Hoffnung, dass sie nicht zu schwerwiegend sind. Man will ja nicht gleich wieder abhauen wollen. In der Nacht war es anders.

»Vicky-Schatz«, rief Ali von unten hoch, »wo bleibst du, setz dich zu uns!«

Eben noch hinter der Bar, schon saßen wir vor ihr, mit denen von der Technik und den Jungs aus der Küche. Gäste waren keine mehr da. Dafür kamen Mustafa und Maya dazu, und anstatt Putzeimer, Besen und ihren Kindern hatten sie Familienpizzen dabei. Das Leben konnte gerade nicht besser sein, auch wenn Pizza vom Türken für mich ein bisschen wie Rap von einem Deutschen war.

Ali stellte eine Kiste Bier auf die Theke und drehte die Musik auf. Said drückte mich an sich und tanzte mit mir, eng umschlungen, wie man es eigentlich nur mit dreizehn macht, sagte mir dabei aber Sachen ins Ohr, für die man mindestens achtzehn sein sollte.

Gegen Mittag nahmen wir ein Taxi zu ihm. Wir nahmen ein Taxi. Schon krass, wie schnell ein Ich zu einem Wir werden kann.

Ich saß auf der Rückbank und starrte den Ring an meinem Finger an. Das war kein Ring von wegen ich mach mal einen auf symbolisch, und wenns dann passt, kriegst nen richtigen zur Hochzeit, das war einer, mit dem man sogar meine Mutter beeindruckt hätte.

Der erste Gedanke war, Said hat Geld. Der zweite Gedanke war, der Mann hat Scheiße gebaut. Und der dritte war, solang es nicht der Ring von einer Ex ist, ist alles cool, und ich schmiegte mich an seine Schulter.

Er fragte mich im Treppenhaus, im Badezimmer und im Flur, ob ich seine Frau werden will. Drei Anträge in einer Nacht, die meisten kriegen nur einen, und zwar in einem ganzen Leben.

Ich hatte keine Ahnung, warum Gott auf einmal so verdammt großzügig zu mir war, und schloss bloß die Augen. Er brachte mich ins Bett, deckte mich zu und hielt mich fest in seinen Armen. Ich schlief sofort ein, doch er weckte mich gleich wieder auf und fragte mich zum hundertsten Mal, ob ich seine Frau werden möchte. Ich sagte: »Ja, ich will«, behauptete er am nächsten Morgen zumindest.

Er hatte gewonnen, ich gab auf. Ich lag neben ihm, den Ring schwer an meinem Finger, zählte seine Atemzüge und legte mein Ohr auf seine Brust. Ich wollte sicher sein, dass er lebt.

Es war alles perfekt, so perfekt, dass es fast schwer war, diesem Glück zu trauen, denn alles ging so schnell, als hätten wir keine Zeit zu verlieren.

HIN und wieder, aber eher hin und gleich wieder weg als immer wieder hin, fuhr ich in meine kühle Wohnung, um Kleider zu holen oder was sonst gerade fehlte. Ich blieb nie lange dort, konnte keine zehn Minuten in der Wohnung sein, ohne mich komisch zu fühlen. In meiner Wohnung gab es Echos.

Bei Said und seinem Bruder Cihad war dagegen immer was los. Cihad hieß eigentlich Dschihad, doch da er die ganze Zeit mit Türken rumhing, dachten alle, er hieße Cihad, und mit der Zeit wurde aus dem kleinen gläubigen Dschihad ein autoknackender Cihad. Die zwei waren mehr als Brüder, waren ein Herz und eine Seele, Cihad mit seinen siebzehn Jahren das junge Herz und Said die weise Seele.

Ich war nur noch bei ihnen, auch an dem Tag, als Ali anrief und ich ihre Tränen schon ahnte, bevor sie was sagte.

»*Amore*, was is denn passiert?«

»Scheiße, meine Wohnung war nur zur Untermiete, und jetzt steht der Mieter in meiner Küche rum und hat nicht vor, wieder zu gehen. Ey, der kommt safe gerade ausm Knast, ich seh das.«

Es fiel mir schwer, nicht zu lachen. Normalerweise kommen die Leute ja eher vom Einkaufen oder vom Sport als vom Knast.

»Lachst du etwa?«

»Ich? Nee, niemals.«

»Is nicht witzig, der Typ behauptet, nichts von der Vermietung gewusst zu haben, und sein Cousin, der alles vermittelt hat, ist nicht mehr zu erreichen. Ey, ich bin am Arsch, muss hier raus, und scheiße noch mal, ich hab nen Sohn und kein Geld und die Schnauze voll!«

Jetzt durfte ich lachen, denn Gott macht es einem manchmal richtig leicht, ein guter Mensch zu sein. Meine Wohnung war ja groß genug. Ich gab ihr die Adresse und erklärte ihr, dass sie die Zweitschlüssel bei dem Italiener in meiner Straße holen konnte.

»Was für nen Italiener?«

»Direkt an der Ecke. Pizza, Pasta, Geldwäsche, alles dabei.«

»Warum haben die deine Schlüssel?«

Sie klang fast wie eine Mutter, war sie ja auch, aber nicht meine, also sagte ich: »Willst du die Schlüssel, oder willst sie nicht? Sonst musst du halt warten, bis ich zurück bin.«

»Neenee, schon okay. Bis später, und danke, mein Schatz, ich geh dort gleich mal vorbei.«

Der Besitzer von dem Laden hieß Ariel, und wenn es stimmt, was er erzählte, dann kannte er mich schon, seit ich ein Baby war. Vermutlich machte er früher Geschäfte mit meinem Dad. Keine Ahnung, jedenfalls war er sehr nett zu mir und der einzige Sizilianer, den ich in Deutschland kannte. Er sah aus wie eine Nebenfigur aus einem alten Jackie-Chan-Film, der behauptete, Kontakte bis zum lieben Gott zu haben, und auch immer wieder gern erklärte, warum man ihn Ariel nannte. Weil er alles blütenweiß mache, und dabei blinzelte er mit seinen schmalen Augen. Anfangs dachte ich, er wolle mich anmachen, bis ich merkte, dass er immer blinzelte, egal bei wem.

Ich rief im Laden an. Am Telefon war Ariels Frau. Sie hatte ab und zu meine Wohnung geputzt, als ich noch monatelang in Mailand und Kapstadt oder sonst wo unterwegs war. Seitdem hatte sie meine Schlüssel, und ich ließ sie bei ihr, falls ich mich irgendwann aussperren sollte oder so.

»Ach, Kleines, bist du immer noch so dünn? Komm vorbei, *vieni mangiare*, du musst essen, Vittoria.«

»Ich esse doch nie«, scherzte ich. »Ich brauch nur meine Wohnungsschlüssel für ne Freundin.«

»Du kriegst Besuch? *Dio mio*, ich kann jetzt hier nicht weg, aber ich schick gleich jemand rüber, der bei dir sauber macht.«

»Ach, is nicht nötig.«

»Eh Vittoria, *ma per favore*, wenn man Freunde erwartet, muss der Kühlschrank voll sein und das Badezimmer sauber.«

Ich hatte keine Ahnung, ob das stimmte, aber ich wusste, wenn eine italienische Mama was sagt, wird nicht widersprochen.

Ich gab Ali Bescheid. »Fahr direkt zu mir, die schicken grad einen zum Putzen rüber, der macht dir dann auf.«

»Die waschen nicht nur, die putzen auch oder was?«

»Ach, keine Ahnung, die sind in Ordnung«, lachte ich.

Wir legten auf, und sie machte sich mit tausend Taschen, einem Stuhl und Alou auf den Weg. Kein Taxi wollte sie mitnehmen, die Tram war überfüllt und keine U-Bahn in der Nähe. Aber irgendwie schaffte sie es doch zu meiner Wohnung. Wie alles im Leben, irgendwie schafft man es dann doch. Man checkt es nur oft nicht. Verzweifelt rief sie an: »Vic, du glaubst es nicht, ich bin an nem fucking falschen Ort. Irgendwo in Mitte. Aber definitiv falsch. Da gibts keine normalen Wohnungen, nur so Lofts mit riesigen Fenstern und glücklichen Menschen drin.«

»Dann lass uns glücklich werden«, lachte ich.

Sie sagte nichts mehr, ich hörte nur noch ihre Stiefel auf dem Asphalt tänzeln.

Said, Monte und ich kamen erst später dazu, dafür mit einem Zwölftonner, bereit, gleich noch mal loszufahren, um Alis restliche Sachen zu holen.

Daraus wurde nichts. Ali fiel mir lachend in die Arme.

»Heftige Wohnung, Alte, heftig, wusste gar nicht, dass es so was in Berlin gibt, das ist Fifth Avenue, Alte!«

Ich hörte Männerstimmen aus dem Wohnzimmer.

»Ali, was sind das für Leute, sind die von Ariel oder was?«

»Neenee, kennst ihn nicht? Der is ne Boxlegende, Mann!« Sie schob mich ins Bad und schloss hinter uns die Tür ab.

»Ali, was los? Bist du drauf, was laberst du von Boxlegenden?«

»Psst, nicht so laut, rauch erst mal nen Joint und hör zu.«

»Ich rauch erst mal gar nichts, ich will erst wissen, was das für Männer in meiner Wohnung sind.«

»Jetzt warte doch, also, das war so, ich komm her, steh im Treppenhaus, der eine macht die Tür auf, guckt mich an, als hätte er noch nie ne Schwarze gesehen, guckt auf die ganzen Taschen und macht die Tür wieder zu.«

»Ach komm ...«

»Ohne Scheiß, Vic, der hat die Tür einfach wieder zugeknallt. Also hab ich geklingelt, bis der Penner wieder rauskam, gleich gesagt, was Sache ist, ihn zur Seite geschoben und meine Taschen in Flur gestellt.«

Ich musste lachen, konnte sie mir genau vorstellen, wie sie den armen Mann zur Sau machte und dabei wahrscheinlich wie Naomi Campbell aussah, wenn die grad eine Angestellte mit dem Handy verprügelte.

»Lach nicht«, lachte sie, »hör zu, die faule Sau war nicht mal am Putzen! Ich sag zu ihm, er soll sauber machen, doch er meint nur: ›Was willst du?‹, und ich schwör, aus seinem Mund klang es wie ne Drohung. Egal, ich zeig ihm, wies geht, knie mich auf den Boden und schrubb das Scheißeichenparkett. Alte, ich schwör, so von unten hochgeschaut sah er noch unfreundlicher aus, richtig böse, also sag ich: ›Wahrscheinlich machen sich die meisten vor dir in die Hose, wa? Wahrscheinlich warst schon als Kind zwei Meter groß und hast nie gelernt, anständig zu arbeiten.‹ Er sagte nichts mehr, schaute nur. Mir wurds zu blöd, bin raus eine rauchen, und als ich wieder reinwollte, war die Tür wieder abgesperrt. Alou saß im Treppenhaus, und der Penner machte die Tür nicht mehr auf. Ohne Scheiß, ich wollt schon die Bullen holen und die ganze Drecksbande anzeigen, dachte mir dann aber, besser erst mal nen Nachbarn holen, ging hoch, und du glaubst es nicht, da macht mir so ein kleiner Italiener auf und meint, er sei gleich fertig mit Saubermachen und Grüße von nem Ariel. Ich dacht, ich spinn, Alte, ich war voll in der falschen Wohnung!«

»Ja, und dann?«

»Dann bin ich runter, hab die Sache geklärt, der Typ meinte, kein Ding, kann passieren, und hat mir die Taschen raufgetragen. Alles wieder cool, bis der Italiener den großen Polen sieht und guckt, als wäre ihm grad die heilige Maria Mutter Gottes erschienen. Ich schwör, der starrt ihn an, küsst seine Hand und zerrt ihn in die Wohnung, als wäre es seine. Was hätte ich tun sollen, ich checkte erst mal gar nichts und meinte: ›Kennt ihr euch oder was?‹, und ausm Kleinen schoss: ›Klar! Jeder kennt ihn!‹«

»Also, ich kenn ihn nicht!«, fiel ich ihr ins Wort. »Und, ey, lass uns mal zu den Jungs.«

Alou schlief in meinem Bett, und die anderen saßen im Wohnzimmer. Vier Männer, die sich totlachten, ein Rapper, ein Boxer, ein Sizilianer und Monte. Fünf Wodkaflaschen standen rum, drei davon leer, eine halb voll.

»Alles klar, schon besoffen oder was?«

»Neenee«, lachte der Boxer, »hör zu«, zeigte auf Ali und grinste. »Weißt du, sie kommt rein und stresst voll rum, ich soll meine Wohnung putzen, und ja, da schau ich mir sie so an und denk mir, das ist keine Putzfrau, die sieht nicht aus wie eine, und während ich das noch so denke, geht sie vor mir auf alle viere und fängt an, den Boden zu schrubben. Alter, da hab ich echt Angst gekriegt.«

Er sagte wirklich Angst.

»Angst, dass sie mir gleich einen bläst. Ich dachte, ein Kumpel hat mir ne Nutte geschickt, weißt du, eine, die auf Rollenspiel macht oder so. Ja, aber der Kleine war ja auch da, also dachte ich, ganz ruhig, das ist keine Nutte, das ist ne Verrückte.«

Die Jungs kriegten sich nicht mehr ein. Ich füllte mir das Glas bis obenhin mit Wodka, damit keiner auf die Idee kommen konnte, ich solle als einzig Nüchterne den Umzug alleine machen. Und dann gings los, ich zog alles in mich rein, was irgendwie high machte, und hatte einen der lustigsten Abende meines Lebens. Einfach so, an einem langweiligen Dienstag.

Erst als es hell wurde, machte der Italiener Feierabend. Monte zog bloß die Schuhe aus und blieb auf der Couch. Der Boxer schulterte Alou und verschwand mit Ali in die untere Wohnung. Und Said, der blieb bei mir.

Die nächsten Tage waren voll verplant. Möbel und Termine wurden hin und her geschoben, Ali hatte mehr Sachen, als ich dachte, und Saids Tournee, die in einer Woche losgehen sollte, war mehr Chaos als was anderes. Geplant war Schweiz, dann Frankreich und über Österreich zurück nach Deutschland.

Jede Nacht auf einer anderen Autobahn. Doch Monte weigerte sich, mit dem Tourbus zu fahren. Er meinte, er sei zu groß für so ne Kajüte, er passe da nicht rein. Said dachte, es sei ein Witz, doch Monte meinte es ernst. Auf einmal stand die ganze Tour auf dem Spiel, bloß weil Monte zu viel aß oder zu groß war oder einfach einen auf wichtig machte.

Nach zwei Tagen gab ihr Management nach und buchte

Flüge und Hotels. Mehr als zwanzig Gigs innerhalb fünf Wochen waren eine große Sache für alle. Für einen Berliner Rapper war so eine Tour sowieso eine Ausnahme, deutsche Rapper kommen in der Regel nur bis Hamburg hoch und bis Zürich runter. Es sei denn, sie kennen die richtigen Leute, rappen auf Deutsch und Französisch, und ihr Name bedeutet Glück.

Alle waren bereit, nur das Label war mit der Geschichte komplett überfordert. Schaute man bei denen im Büro vorbei, sah man haufenweise unbestätigte Termine und dazu Verständigungsschwierigkeiten mit ungefähr jedem Veranstalter.

Von Tag zu Tag wurden alle gestresster, und einen Tag vor Abreise fragte mich Said, ob ich die Taschen schon gepackt hätte.

»Taschen packen musst schon selber, Schatz.«

»Nee, ich mein deine.«

Aus fünf Wochen zu Hause rumsitzen wurden mit nur einem Satz fünf Wochen auf Tour. Das war die schönste Liebeserklärung, die er mir machen konnte.

»Los, *Hayati*, pack dein Zeug. *Le temps presse!*«

Ich sagte nichts mehr und fing an zu packen.

Bei Sonnenaufgang war es so weit, von Berlin ging es nach Zürich und dort von einer Flughafenkontrolle zur nächsten. Wir kriegten eine Art Spezialbehandlung, klar, wenn bei einem Dschihad schon im Pass steht, dann steht der morgen bestimmt mit Sprengstoffgürtel an der Bahnhofstraße. Es war ein endloses Hin und Her nur wegen seines Namens, und als wir endlich draußen waren, fragte ich ihn, warum er sich den ganzen Stress gibt und nicht einfach den Namen ändert.

Dann gings los, ich hatte offenbar was Falsches gesagt.

»Erst mal ändere mal selbst deinen Namen, Victoria, Alter, du hast keine Ahnung, Dschihad heißt nicht motherfucking Terror, Dschihad ist der Kampf in mir drin, ich schwör, mein

Name is ein Segen, er wird mir helfen, ein guter Mensch zu werden, und schau nicht so, das ist der Dschihad, von wegen heiliger Krieg! Ihr könnt ja alle mal nachm großen Dschihad googeln! Alter, ich sags dir, diese ganze Islam-Hysterie-Kacke is einfach nur krank, Mann!«

»Ist ja gut, schrei nicht so, aber sag mal, wenn ich nachm großen Dschihad google, kommt dann ein Foto von dir? Dschihad der Große oder was?«

Und schon lachte er wieder.

Wir hetzten in irgendeine Absteige, ein Loch, in das man nicht mal Groupies hätte mitnehmen können. Die Jungs duschten kurz und mussten gleich weiter zum Soundcheck. Ich hatte endlich Ruhe, legte mich aufs Bett und schaute TV. Die Kiste war an die Wand gekettet. Klar, man könnte ja das Teil unter den Pulli packen und mit einem viereckigen Bauch an der Rezeption vorbei rausspazieren.

Gegen zehn ging ich direkt zur Show. Danach war Party im Kaufleuten. Von dort zurück ins Hotel und dann von der Minibar ins Bett und vom Bett wieder zur Minibar und von dort wieder ins Bett. Es war ein Traum, mein Traum. Ich war stolz auf Said, nicht nur, weil er der geilste Mann war, der rumlief, sondern auch darauf, wie er mit dem ganzen Hype umging.

Nach Zürich kam Luzern, dann Lausanne und dann Genf. Von dort flogen wir nach Paris, der Stadt der Baguettes, der Künstler, der Models, aber sicher nicht der Liebe. *La Haine* wurde nicht umsonst dort gedreht.

Wir hingen backstage rum, und die Franzosen schienen nicht mitzukriegen, dass ich Saids Freundin war. Ich wurde die ganze Zeit angemacht, als wäre ich für alle da, während Said danebensaß und sich zurauchte. Eigentlich mochte ich seine Gelassenheit, seine entspannte Art, die sich schlagartig in rohe Energie verwandelte, sobald ein Mic in der Nähe war, doch es gibt Situationen, da reicht das nicht. Ich erwartete keine Schlägerei, ich erwartete bloß, dass er den anderen klarmacht, was Sache ist. *Just play your position*, aber das tat er nicht, also räumte ich das Feld.

Wenn man geht, dann kommt was Neues oder zumindest das Alte angerannt. Zu spät, ich stieg in ein Taxi und rauschte davon. Zuerst schnell, dann immer langsamer, ich erreichte einfach keinen meiner alten Pariser Kontakte. Zurück konnte ich aber auch nicht, also ließ ich mich um den Block fahren. Bei der zehnten Runde nahm Michelle endlich ab. Ich kannte sie von früher, selbe Agentur und so. Voll das Model, aber nicht die Sorte Mädchen hübsch und vernünftig, zuerst mal Abi machen und es dann als Model versuchen. Bei so was schlaf ich ein. Man kann ja auch nicht sagen, ich mach mal Abi, und dann versuch ich es als Rockstar. Geht einfach nicht. Man ist es oder eben nicht, und Michelle war es definitiv.

Sie wohnte am anderen Ende der Stadt, hinter der Gare du Nord, ich gab dem Fahrer mein Handy, und Michelle lotste uns durch die Straßen. Er fuhr ständig falsch. Der hätte besser zuerst Abi gemacht und sich dann überlegt, ob er Taxifahrer werden soll. Und klar wollte ich zum Schluss nicht die ganzen Umwege bezahlen, aber er hatte noch mein Handy, also fluchte ich und zahlte brav.

Michelle lag noch im Bett. Sie erzählte, was bei ihr so läuft, und ich lästerte über die Jungs. Doch je mehr ich über die Jungs herzog, umso interessanter wurden sie. Michelle wollte sie kennenlernen. Also fuhren wir zurück.

Aus den Rappern waren Gentlemen geworden. Said glaubte etwas gutmachen zu müssen und löschte alle Nummern aus seinem Handy, die irgendwelchen Frauen gehörten. Ganz nüchtern war er dabei sicher nicht, aber ich war trotzdem beeindruckt.

Dafür hatte er jetzt Ärger mit Monte, keine Ahnung, was wieder passiert war, jedenfalls wurde es ein richtiger Streit, und die zwei redeten nur noch auf der Bühne miteinander. Kinder, Kinder.

In der Nacht konnte ich nicht schlafen. Zum ersten Mal in meinem Leben vermisste ich Berlin samt der Einsamkeit, die dort auf mich wartete. Und als ich endlich einschlief, war es Zeit, aufzustehen. Ich hatte keinen Bock, keine Lust auf die ganzen Leute. Said stresste rum, wir müssten weiter nach Lyon, Zimmer auschecken und den ganzen Kram. Ich stellte mich schlafend, und irgendwann merkte er selbst, dass eigentlich nur er musste, ich musste gar nichts.

»*Chéri*, verarschst du mich oder was?«

»*Non*«, lächelte ich und blieb einfach liegen.

Er war noch nicht mal aus dem Hotel, und ich vermisste ihn schon. Doch wenn man schläft, merkt man es nicht, also schlief ich den ganzen Tag durch, und abends traf ich mich mit Michelle zum Frühstück. Wir redeten über die alten Zeiten, dann tranken wir auf sie, und später zogen wir um die Häuser. Wie in alten Zeiten.

Man soll ja jeden Tag so leben, als wär es der letzte. Würd ich das allerdings öfters tun, wärs wirklich bald der letzte.

Ich lag wie tot im Bett und wachte auf, weil eine Hand mein Bein entlang nach oben strich. Viel zu echt für nen Traum. Ich dachte im Halbschlaf, fuck, wen hab ich abgeschleppt?!, riss die Augen auf und sah Said mit nem breiten Grinsen auf dem Bett sitzen.

»Was machst du hier?!«, lachte ich.

Zwei Shows seien ausgefallen. Wenn ich ihn fragte, warum, lenkte er ab. Schon klar, wenn ganze Shows wegen eines lächerlichen Streits ausfallen, würde ich auch mein Maul halten.

Schade um die Musik, doch ich war nicht traurig darüber,

schließlich ging ich viel lieber schön essen, als irgendwo backstage rumzusitzen. Und als ob Said meine Gedanken kennen würde, führte er mich am Abend aus. Der ganze Raum war wie gemalt, nur Kerzenlicht, und überall standen schwarz-weiße Kellner mit Fliege rum. Wir bestellten viel Rotwein und dazu fast alles, was auf der Karte stand. Ich schlug vor, das ganze Essen lang nichts zu reden. Er lachte mich aus, und dann fingen wir an.

Wir schauten uns nur an. Er machte mich verlegen, als wäre es unser erstes Date. Dagegen half der Wein. Von ihm gesehen zu werden war das Schönste, was ich kannte. Wenn er so schaute, musste ich die ganze Zeit an Sex denken. Alles an ihm zog mich an, allein wie er dasaß, so locker, so böser Junge kann auch nett sein, so verträumt und so wach.

Keine Ahnung, was sein Geheimnis war, irgendwas, was Frauen magisch anzieht und Männer auf besten Kumpel machen lässt, etwas, wonach sich alle sehnen. Tupac hatte es auch. Er schaute mir beim Essen zu, sah jede Bewegung, jeden Blick, ich konnte nichts verbergen, nichts zwischen Sätzen verstecken. Es gab keine Mauer aus Worten.

Vor dem Nachtisch stand ich auf, langsam, wegen der High Heels und des Weins. Die Jeans saß noch enger als vorhin, aber das war gut so, Männer mögen das, und seit ich keine Modenschauen mehr lief, sagte auch keiner mehr was dagegen.

Said schaute mir hinterher, und ich verschwand ins Bad. Am liebsten wäre er mir nachgelaufen. Als ich zurückkam, stellte ich meine Handtasche neben seinen Stuhl und spielte mit einer Zigarette rum. Er suchte nach Feuer. Ich zeigte auf meine Tasche. Er nahm sie auf seinen Schoß, griff hinein und sah meinen Slip unter dem Feuerzeug. Er schaute kurz hoch, dann noch mal in die Tasche, sein Blick ging nach unten zu meinen Füßen, zu den Knöcheln, die Schienbeine entlang, rauf zu den Hüften, zu meinen Händen, den Unterarmen bis zu den Schultern und zog mich dabei aus. Er schaute nur, sagte kein Wort. Dann bezahlte er, und kaum aus der Tür, spürte ich seinen Schwanz.

IN Marseille spielten sie eine Wahnsinnsshow, die Leute feierten jeden einzelnen Song, und das, obwohl wahrscheinlich mehr als die Hälfte die Hälfte nicht verstand. Aber Musik kann man ja auch fühlen.

Danach gabs drei Tage Pause, bevor es in Toulouse und dann Bordeaux weiterging. Said und ich mieteten uns einen Wagen und fuhren von Marseille die Küste Richtung Spanien runter. Überall, wo es uns gefiel, hielten wir an. Im Auto hatten wir viel Zeit zum Reden, über das Leben, über die Kindheit und über die Liebe. Er sprach aus, was auch ich schon gedacht hatte. »Weißt du, Engel, manchmal macht es mir echt Angst, wie krass nah wir uns in der kurzen Zeit gekommen sind, fast so, als hätten wir keine Zeit zu verlieren.« Aus seinem Mund klang es noch viel schlimmer als aus meinem, ich mein, von mir war ich schlechte Gedanken gewohnt, doch wenn es von ihm kam, klang es so wahr.

Die anderen Jungs waren noch in Marseille, wollten eigentlich dort bleiben und dann direkt nach Toulouse, kriegten aber Stress mit paar Franzosen, holten sich einen Wagen und fuhren uns hinterher. So um die hundert Kilometer vor Barcelona holten sie uns ein. Wir machten was aus und trafen uns abends in einer spanischen Strandbar. Dort gabs Tequila am Meter, und ich schätze, wir soffen ungefähr ein Hundertstel von der Strecke, die noch vor uns lag.

Es wurde gerappt und gesungen. Es wurde auf der alten Holztheke getrommelt und auf den Tischen getanzt. Ich war nass geschwitzt, schlich raus, ging paar Schritte durch die Dunkelheit und legte mich in den noch warmen Sand. Ich fühlte mich eins mit allem, lag auf dem Rücken und schaute dem Himmel zu. Ich wollte die Sterne zählen, doch ich fand keine, also zählte ich das Brechen der Wellen.

Im Hintergrund lärmten die Stimmen der andern, eine davon kam näher: »Was machst du hier, *Hayati*, komm rein, hier gibts gleich Gewitter.«

Ich sagte nichts, zog ihn zu mir runter und versank in seinen Armen. Die Wolken kamen näher und blieben über uns stehen, seine Hand lag auf meinem Bauch und rutschte langsam nach unten, während ich mit dem Mund die ersten Regentropfen fing.

»Ich will ein Kind von dir«, sagte er. Ich schwieg, aber mein Mund blieb offen. Im nächsten Moment hatte ich einen Fuß auf meiner Hand und Sand in meinem Gesicht. Die anderen hatten paar Spanierinnen aufgerissen und sprangen übermütig an uns vorbei in das tobende Wasser. Die Romantik war weg. Ich stand auf, sprang der Meute hinterher und stürzte mich ins Vergnügen. »Warte auf mich«, rief mir Said lachend hinterher, »warte, *Hayati*!«

Das warme Wasser trug mich, schwenkte mich vor und zurück und schleuderte mich immer wieder an den Sandstrand. Der Himmel war dunkel, das Wasser schwarz, und die anderen konnte ich nur hören.

Wir spielten Fangen. Die Nacht machte uns alle gleich, jeder konnte jeder sein. Das Meer hatte eigene Regeln, man war dicht an einem dran, wurde von einer Welle gepackt und tauchte irgendwo im Nichts wieder auf. Alle schrien und lachten, und das Meer brüllte mit uns.

Wenn es zu laut wurde, tauchte ich hinab in eine unheimlich schöne Stille. Ich ließ mich treiben, das Meer drückte mich runter und dann wieder rauf, wie ein grober Liebhaber, bis es mich an den Strand spülte und ich erschöpft im Sand liegen blieb.

Jemand holte Tequila-Nachschub. Ich wollte mit Said anstoßen, aber man sah nichts, wir waren nur noch Schatten, und jeder konnte Said sein. Ich rief nach ihm, doch bekam keine Antwort. Ich hatte kein gutes Gefühl, rief seinen Namen, die ganze Zeit, und war selber erstaunt, wie verzweifelt meine Stimme klang. Ich fühlte wohl schon mehr, als ich wusste.

Die Jungs kriegten nichts mit, tranken und lachten, ich schrie vergebens gegen den Lärm an, stürzte mich ins Meer und verschwand in den Wellen. Überall Wasser, nur Wasser, viel zu viel schweres Wasser. Die anderen feierten oder kotzten oder suchten zu zweit nach Orten, an denen sie keiner finden konnte.

Das Mittelmeer war ungewohnt zornig, zog mich raus, weg von der Küste. Said konnte überall sein, einen Kilometer weit draußen, zweitausend Meter tief unten oder auch bloß drinnen auf dem Klo, doch entweder handelt man oder eben nicht. Bei manchen Entscheidungen gibt es keine zweite Chance. Ich boxte mich durch die Wellen. Auf einmal schlug etwas Hartes gegen mein Bein, jemand packte mich und zog mich mit ganzer Kraft an Land. Ich schrie und schlug um mich, er ließ nicht los, warf mich auf den Sand und presste mich auf den Boden. Ich schrie wie ein Tier, ich fluchte und bettelte, doch Monte ließ den Griff nicht locker. Ich biss, ich spuckte und kriegte den Mund voller Sand.

Ein Krankenwagen traf ein. Ich dachte, die kommen wegen Said, doch wegen Said war der Hubschrauber am Himmel, der mit riesigen Scheinwerfern das unendliche Wasser durchleuchtete.

Ich gab auf. Monte lockerte den Griff, ich riss mich los, sprang auf und wurde gleich wieder eingefangen. Dieses Mal von zwei Bullen oder Sanitätern. Sie trugen mich in den Krankenwagen, und ich beschloss zu sterben.

Ich wachte mit Wunden am ganzen Körper in einem sehr hellen Raum wieder auf. Ich wusste noch alles, und ich wusste auch, dass etwas Schlimmes passiert war. Ich stellte mich schlafend, doch die dicken Tränen öffneten meine Augen von allein. Die Krankenschwester holte Monte rein. »Sie haben ihn noch nicht gefunden«, murmelte er, drehte sich um und ging.

Ich schrie weiter in mein Kissen, bis ich vor Erschöpfung wieder einschlief. Es war gut, alleine zu sein, denn niemand hätte mir helfen können. Alles schmerzte, und jede Erinnerung und jeder Atemzug stach in mein Herz. Und weil Gott symbolische Bedeutungen liebt, stellten die Ärzte drei gebrochene Rippen fest, die eine besondere Gefahr für mein Herz waren.

Ich musste zwei Wochen bei den Spaniern bleiben. Dann durfte ich nach Hause, sagten sie. Doch mein Zuhause war weg.

Berlin war mir fremder als je zuvor. Meine Adresse nur eine Straße. Ich verlief mich in meiner eigenen Wohnung. Ich funktionierte nicht mehr, war nur noch Wut und Trauer und atmete bloß aus Hoffnung, dass Said eines Tages mit seinem breiten Grinsen wieder vor mir stehen würde. Ich redete mit ihm, suchte ihn nachts in meinem Bett und traf ihn in meinen Träumen wieder.

Die Tage waren schlimm. Wenigstens hatte ich Aliyah und Alou. Wahrscheinlich hat uns das Schicksal zusammengebracht, weil es wusste, dass ich das Ganze ohne die zwei nicht überlebt hätte. Sie ließen mich in Ruhe, sie fragten nicht, warum ich nicht aufstand, und sie versuchten mich nicht zum Essen zu überreden. Sie waren einfach nur da. Es genügte, durch die Tür ihre Stimmen zu hören, mehr Nähe hätte ich nicht ertragen, weniger auch nicht.

Monte nutzte die Gunst der Stunde und versuchte, aus Said so etwas wie Elvis zu machen. Jede Woche gab es eine neue

Theorie über sein Verschwinden, und alle redeten drauflos. Jeder glaubte was zu wissen, und die, die nichts wussten, glaubten denen, die was zu wissen glaubten. Das nennt man Scheiße recyceln.

Monte bastelte aus alten Spuren neue Remixes und zog Saids Namen durch den Rap. Am meisten Aufsehen erregte er mit *Afterlife*. Die Leute kriegten Gänsehaut, als sie Said über seinen eigenen Tod rappen hörten, ich kriegte nur noch mehr Wut. Said war gerade erst verschwunden und wurde schon als tot vermarktet, nur weil er irgendwann mal paar Zeilen über sein Ableben aufgenommen hatte. Die Medien schrieben darüber, als wäre er Nostradamus gewesen, was den Song zum Sommerhit des Jahres machte und Monte zu so was wie nem Über-Produzenten. Geschäftlich gesehen war das Ganze sicher ein guter Zug, doch menschlich gesehen war es falsch. Wie eigentlich alles, was Monte machte. Es war falsch gewesen, mich aus dem Wasser zu ziehen und in den Sand zu drücken. Ich erwartete eine Entschuldigung. Er dagegen war überzeugt, mir das Leben gerettet zu haben, und erwartete meine Dankbarkeit.

Vielleicht hatte er sogar recht, vielleicht hatte er mir das Leben gerettet, doch ich hätte es lieber drauf ankommen lassen, denn vielleicht wartete Said noch irgendwo zwischen den Wellen auf mich.

In der Zeit fand ich einen neuen Freund, Alou. Ich weiß zwar nicht, ob es psychologisch richtig war, einem Kind alles zu erzählen, aber ich tat es, und er hörte zu. Seine zärtliche und ehrliche Art tröstete mich und gab mir mein Lachen wieder. Er nahm mich mit in seine Welt. Wir spielten und zeichneten stundenlang, ich malte oft die ganze Erdkugel aus Wasser, die Welt voller Fische, als wäre es ein Mandala, ein stilles Gebet.

Raus ging ich nur noch selten. Ins Clubhaus schon lange

nicht mehr. Selbst einkaufen war anstrengend, jedes Mal rannte ich irgendwelchen Typen hinterher, weil ich für einen Moment glaubte, sie seien Said. Also blieb ich besser zu Hause, kritzelte vor mich hin, bis mich Alou mal fragte, warum ich die Fische immer in einem Fischglas malte. Ich lachte, aber er hatte recht, meine Welt war zu einem bescheuerten kleinen Aquarium geschrumpft. Seine dagegen kannte keine Grenzen. Er schmierte den Stift möglichst präzise durchs Blatt, und raus kamen paar krumme Striche, dann erklärte er mir, welcher Strich was ist, und ich glaubte es ihm. Es war perfekt, genau so, wie es war, und ich merkte, dass alles eigentlich so, wie es ist, perfekt ist. Der Rest ist nur ein Versuch, das Perfekte zu ändern, und das kann ja nicht gut gehen. Ich fing an zu akzeptieren, damit klarzukommen, was geschehen war. Bei so einem Kind braucht man keinen Psychologen. Ich drückte Alou fest an meine Brust und wünschte mir, auch so ein Kind gewesen zu sein, eins, das man nicht weggibt, wenn es tragisch wird. Eins, das man dann umso mehr braucht.

Nach so viel Einsicht beschloss ich, mich mit Monte zu versöhnen. Ich fuhr nach Wedding raus und schaute bei ihm im Studio vorbei, wollte mit ihm reden und damit abschließen. Er saß auf seinem hässlichen Kunstleder-Chefsessel vor einem Monitor und musterte mich von oben bis unten.

»Ich wusste, dass du kommst«, grinste er mich an, »früher oder später kommt ihr alle zurück.«

Ich bereute sofort, hergekommen zu sein. Ich hatte keine Ahnung, was ich hier eigentlich wollte, und bevor ich überhaupt checkte, was gerade abgeht, schob er den Stuhl zurück, kam auf mich zu und drückte mich an die Wand. Sein Gesicht viel zu nah, als wollte er mich küssen. Ich schrie ihn an: »Hör auf, bist du bescheuert?!«, aber er hörte nicht auf, drückte mich gegen die kalte Mauer und sagte, dass er das eigentlich schon damals am Strand hätte tun sollen. Mit der einen Hand öffnete er seine Hose, mit der anderen fasste er mir grob ins Gesicht, und als ich nach Hilfe rief, schob er mir seine Finger in den Mund. Ich bekam Brechreiz, und er kriegte Angst, ich könnte mich auf sein Shirt übergeben, zerrte an meinen Haaren und befahl mir, mich auf den Boden zu legen. Ich brüllte ihn an: »Spinnst du, ich leg mich nirgendwohin!« Er packte mich, drehte mich um und presste meinen Kopf auf die Tischplatte. Ab da machte ich nichts mehr. Mein Gesicht war starr, wie aus Stein. Neben meinem Ohr brummte die Lüftung des Computers, hinter mir atmete Monte schwer, dazwischen mein Körper, der gegen das Holz schlug. Ich löste mich in Luft auf.

In dem Moment stand Saids kleiner Bruder im Türrahmen, sagte nichts, schaute nur und knallte die Tür gleich wieder zu. Ich konnte es nicht fassen, denn scheißegal, ob er erst siebzehn war, Eier hat man oder eben nicht.

Cihad stürzte noch mal rein, diesmal mit einem Holzbrett in seinen Händen, und schlug damit wie ein Irrer auf seinen Kumpel ein.

Monte ließ mich los, riss ihm mit heruntergelassener Hose das Brett aus den Händen und verschwand wortlos aufs Klo. Ich richtete mich langsam auf, blieb auf dem Tisch sitzen, mein Hintern da, wo gerade eben noch mein Kopf lag, und rauchte meine ekligste Zigarette danach.

Cihad fluchte, legte ungelenk seinen Arm um meine Schulter, bestellte ein Taxi und fuhr mit mir in seine Wohnung. Er brachte mich in Saids Bett, kochte Tee und streichelte meine Stirn. Er war ein Engel, und vielleicht hatte ihn Said geschickt.

Saids Zimmer sah noch genau so aus wie vor der Tour. Nichts hatte sich verändert, voll das Chaos, überall Blätter mit Textzeilen, Platten, Platten, Platten, Kleider, Socken und Caps.

Die Bettwäsche roch noch nach ihm. Ich stellte mir vor, er wäre bei mir, schloss die Augen und versuchte den Tag zu vergessen.

Nachts schreckte ich auf. Ich glaubte Schritte im Gang zu hören und dachte an Monte. Blind vor Dunkelheit hielt ich den Atem an, um besser lauschen zu können. Nichts. Dann wieder Schritte. Ich rief mit heiserer Stimme: »Cihad?!«

Er öffnete leise die Tür, und ich erkannte seine Umrisse.

»Cihad, wo willst du hin um die Uhrzeit?« Diesmal war ich es, die wie eine Mutter klang.

»Nirgends«, murmelte er und schaute dabei auf den Boden.

»Wo verdammt noch mal willst du hin?«

»Malen«, log er, während er in Timberlands und Daunenjacke, aber ohne Sprühdosen im Zimmer stand.

Ich sagte: »Komm her!«

Er sah schon aus wie ein Mann, und zwar wie einer, der sich von niemandem was sagen lässt, doch aus irgendeinem Grund hörte er auf mich, kam auf mich zu und blieb vor dem Bett stehen. Ich zog seinen Pulli hoch und war nicht wirklich überrascht, dass in seinem Hosenbund Saids Neunmillimeter steckte.

»Was willst du damit?«, fragte ich, obwohl ich es genau wusste.

»Du gehörst zur Familie, ich pass auf dich auf.«

Krass, dachte ich, solche Jungs fliegen von jeder Schule, wenn es aber drauf ankommt, könnten die meisten von ihnen was lernen. Zusammenhalt hatte mich schon immer beeindruckt. Ich stand auf.

»Nein, du bleibst hier!«, sagte er. »Ich mach das schon.«

In seinem Herzen war er längst ein Mann, doch vor dem Gesetz war er noch ein Kind, das machte ihn mutig und auch leichtsinnig.

»Vic, schlaf weiter, hör zu, schlaf weiter.«

Ich antwortete schneller, als ich denken konnte. »Komm runter, willst du hier Gangster spielen oder was? Kümmer dich um dein eigenen Scheiß. Said is vorbei. Ich werde bestimmt nicht mein ganzes Leben Schwarz tragen. Alter, ich hab nen Neuen. Mir gehts gut, ich brauch kein Stress«, und war selbst erschrocken, wie schnell es raus war.

Ich biss die Zähne zusammen und wiederholte es. Er schüttelte ungläubig den Kopf. Es tat weh, ihn so zu enttäuschen. Ich spürte die Wut und die Verachtung in der Luft, sah die Waffe in seiner Hand. Es gab sicher eine leise Stimme in seinem Kopf, die sagte: »Bring sie um, bring die Nutte um«, aber Gott sei Dank waren andere Stimmen lauter.

Er ging raus und sah dabei genau so aus, wie er ausgesehen hätte, wäre er vor zehn Minuten rausgegangen, doch in seinem Kopf sah alles anders aus. Ich packte meine Sachen und verschwand. Ich hatte den vielleicht loyalsten Typen als Freund verloren, doch so blieb seiner Mutter wenigstens einer ihrer Söhne. Ist doch so, lieber wegen einer Lüge in die Hölle als wegen eines Mords in den Knast. Ab da hatte ich mit all den Jungs erst mal nichts mehr zu tun.

UNGEFÄHR vier Monate später rief mich Saids Mutter an. Sie klang schwach und bat mich, ab und zu nach der Wohnung ihrer Söhne zu schauen. Cihad sei für einige Zeit in Casablanca bei Verwandten, und sie selber habe keine Zeit, sich darum zu kümmern. Keine Zeit, sie sagte echt keine Zeit, dabei war Zeit vermutlich noch das Einzige, was die alte Frau hatte.

Ich hörte ihr nicht mal zu und wusste trotzdem, was los war. Von wegen Casablanca, Cihad hatte bestimmt wieder Scheiße gebaut und saß in U-Haft. Um sie nicht in Verlegenheit zu bringen, sagte ich: »Kein Problem, ich kümmere mich drum, die Schlüssel hab ich ja noch. Grüße nach Marokko.«

Als wir auflegten, war ich schon unten. Ich stieg in ein Taxi und fuhr durch die Dämmerung der Großstadt an den ganzen Baustellen vorbei zum Clubhaus. Berlin sah gut aus an dem Abend, so verwegen, voller Geheimnisse.

Vor dem Laden stand Monte rum. Ihn zu sehen war kein gutes Gefühl, aber es war gut zu wissen, dass Cihad nicht wegen Mord in U-Haft saß.

Kaum aus dem Wagen, hörte ich schon: »Ey, Puppe, was machst du hier?!«

Ich antwortete nicht, machte nur meine Jacke bis ganz oben zu und schob mich an ihm vorbei.

»Jaja, allet klar, Miss Kenntmichnichtmehr. Ach komm, du wolltest es doch auch, wa? Ihr seid doch alle gleich.«

Was für ein Arschloch. Eigentlich hätte ich ihn anzeigen müssen. Aber ich vertraute den Bullen noch nie. Am Ende wäre es eh ein Freispruch wegen Mangel an Beweisen geworden. Ich verzog keine Miene, lief einfach in den Club, nahm aber alles wieder zurück, was ich vorhin gedacht hatte. Berlin sah überhaupt nicht gut aus an dem Abend, von wegen Großstadt, ein Dorf war das, ein Scheißdorf, ohne auch nur ein einziges Geheimnis.

Moses war in der Küche. Als er mich sah, ließ er alles stehen und liegen und umarmte mich, als würde er mich schon Jahre kennen. Zum Reden wollte er kurz raus. Wir gingen zwei Blocks, er erzählte mir, was passiert war und dass Cihad in der Gefa sei. Ich hatte keine Ahnung, was Gefa ist.

»Gefangenensammelstelle.«

»Willst mich verarschen?«

»Nee, wieso denn?«

»Keine Ahnung, ich kenn nur Glassammelstellen und so, aber Gefangene sammeln? Ich weiß nicht.«

»Ach, Gefa halt, is aber nur vorübergehend, wahrscheinlich is er schon bald wieder draußen, kennst ihn ja.«

Während wir auf den Prozess warteten, ging ich oft in Saids und Cihads Wohnung, putzte, bezahlte die Rechnungen, räumte auf und schaute der vertrockneten Palme beim Sterben zu. Machte mir viele Gedanken über den Tod, wenige über mein Leben.

Ich wollte zu Said. Nicht zu wissen, wo er war, machte mich verrückt. Ich misstraute allen und verdächtigte jeden, auch wenn ich eigentlich wusste, dass nur die Natur jemanden so perfekt verschwinden lassen konnte. Oder die Mafia. Aber sogar bei der Mafia gab es meistens paar Schüsse in den Kopf, kaputte Autos oder wenigstens ein bisschen Blut.

Cihad kriegte vier Jahre. Vier Jahre. Achtundvierzig Monate. 10461 Tage. Nichts mehr mit Jugendstrafrecht. Nichts mit paar Monate rein und dann über die harte Zeit rappen. Ich hätte schreien können. Warum ging es immer gleich um so viel?

Warum konnte sich unser Leben nicht einfach mal um Kaffee und Zigaretten drehen?

Ich saß nur noch in Saids Zimmer rum und starrte die Wände an. Drei von vier waren zu Regalen umgebaut, bis oben hin mit Platten vollgestopft, wie in einem Laden. Auch am Boden standen überall Kisten rum, eine Tonne Vinyl, zehntausend Platten oder so, auf zwanzig Quadratmetern. Als mir das Starren zu anstrengend wurde, kroch ich unter das Bett und holte alles raus, was dort noch rumlag. Plattenspieler, technisches Zeug und ein Dutzend braun-orangefarbener Nike-Schachteln. Die Kartons waren zu leicht für Schuhe und zu schwer, um leer zu sein, ich dachte an Drogen und fand Papier. Unzählige zerknitterte Zettel. Alles vollgekritzelt, einzelne Zeilen, ganze Songs und Worte, die sich verirrt hatten. Da war er, mit seinen Gedanken, seinem Können und seiner Liebe, versteckt in einer fast unleserlichen Schrift. Ich las nichts. Ich streichelte nur das Papier und passte auf, dass meine Tränen nichts verschmierten. Ich spürte seine Wimpern an meinem Gesicht, seinen Atem an meinem Hals und sein Leben und seine Wünsche in meinen Händen. Die Sehnsucht zerriss mich fast, bis ich endlich einschlief, eingekuschelt in Papier, unter einer Decke gestrickt aus Worten.

Am nächsten Tag holte ich meinen Rechner von zu Hause und fing an, Ordnung in seine Schuhschachteln zu bringen. Ich tippte alle seine Texte ab und sortierte sie nach Themen, saß jeden Tag in seinem Zimmer rum und lebte seine Emotionen nach.

Ich war wie in einer anderen Welt und kam erst zurück, als eines Abends zwei schwarze Mercedes und ein Lamborghini in meiner Einfahrt standen. Ich brauchte die italienischen Nummernschilder nicht zu sehen, um zu wissen, was los war. Am liebsten wäre ich weitergelaufen oder umgedreht, zurück in die Wohnung der Brüder, doch Cosmo und Salvatore sahen mich im Rückspiegel und sprangen aus einem der Wagen. Luciano kam hinterher, und Elia, der Jüngste, rauchte vorne an der Straße.

Das Ganze war mir mehr als unangenehm, ich hatte Überraschungen noch nie gemocht. Bis jetzt waren sie nie schön gewesen. Mein langer Körper spiegelte sich im dunklen Lack. Ich sah richtig scheiße aus und war nicht bereit für Staatsempfang in Trainingshose. Ihnen war das egal, sie umarmten mich und nannten mich Bella. Ich fragte nach meinem Vater, und sie drehten sich alle in Richtung Nachbarhaus, von wo er auch schon, seinen Anzug richtend, aus dem Gebüsch kam. Er schritt mit offenen Armen auf mich zu und drückte mich so fest an sich, dass mir endlich klar wurde, warum ihn alle Braccio nannten. Ich fühlte mich schwerelos, wie unter Wasser, und hörte nur gedämpft, wie die aufgebrachte Nachbarin meinen Vater beschimpfte, er sei ein Penner und ihr Grundstück kein Klo. Auf das Drama kriegte die Frau einen Strauß Blumen in Cellophan, und mich nahmen sie gleich mit ins Hotel Adlon Kempinski.

Sie führten mich in den China Club, in dem Geld allein nicht reicht. Wir wurden herzlich empfangen und unter den Blicken der anderen an unseren Tisch begleitet. Ich zwischen fünf stolzen, südländischen Männern in dunklem Anzug. Die Frauen an den anderen Tischen schauten blöd, als könnten sie das Geld riechen, dabei war Geld wahrscheinlich das Einzige, was hier jeder hatte. Fünf geladene Knarren aber nur wir.

Drei der vier Männer kannte ich schon von klein auf, seit ich denken konnte, waren sie an der Seite meines Vaters. Wahrscheinlich hatte ich ihn noch nie irgendwo alleine gesehen, außer wenn er wieder mal nackt durchs Haus lief. Von der Sauna in den Pool, vom Pool in das obere Bad bis in die Küche, nackt, und als Kind war es ein Kunststück, ihm nicht immer wieder zwischen die Beine zu schauen. Sonst waren sie immer dabei. Diese Männer waren meine Familie, und wo sie waren, war meine Heimat. Ich liebte ihren Duft. Ich liebte ihre Art, die so laut daherkam, aber verschwiegener nicht hätte sein können.

Nach dem Essen legten sich Cosmo und Salvatore zwei Stunden aufs Zimmer, während wir in der Hotelbar unser Wiedersehen feierten. Ich musste wie damals mit Elia tanzen, und wie früher setzte sich der alte Luciano Va Piano ungefragt ans Klavier und fing an, traurige Lieder zu singen. Eins nach dem anderen, bis so gegen drei Uhr morgens Cosmo und Salvi frisch geduscht aus den Zimmern kamen.

Mein Vater bestellte die Rechnung und fragte mich nebenbei: »*Amore, riesti cà*, willst du hierbleiben, oder soll ich dir ein Taxi rufen?«

»Wie, hierbleiben?«

Cosmo erklärte, sie hätten die Zimmer nur gebraucht, um sich kurz auszuruhen, und da sie gleich weiterfahren müssten, seien die jetzt leer. Am liebsten wäre ich mitgefahren, egal wohin, Hauptsache, bei ihnen, aber ich wusste, dass mein Vater das nicht zulassen würde. Er wollte mich nicht mit reinziehen, wünschte sich für seine Tochter ein normales Leben mit einem normalen Mann und so. Er glaubte wahrscheinlich, er schenke mir Freiheit, dabei bekam ich Einsamkeit.

Als sie weg waren, ging ich nicht rauf in eines der Zimmer, ich nahm aber auch kein Taxi, ich blieb einfach in der Hotelbar und ließ die Krieger mit einem tapferen Lächeln im Gesicht ihren Weg gehen. Alleine an der Bar wirkte ich nur noch halb so glamourös, eher wie eine Prostituierte, trank einen Cognac nach dem anderen und laberte den Barmann voll. Beim vierten Glas stand Salvatore wieder neben mir, ein bisschen gehetzt, als hätte er was vergessen. Mich habt ihr vergessen, mich!

»*Ascolta*, die andern drei kann man nach all dem Wein nicht mehr ans Steuer lassen. Wir fahren nur mit zwei Autos weiter, das dritte lassen wir stehen. Für dich.«

»*Che cazzo dici?*«

Die Antwort war der Schlüssel mit dem Stier in meiner Hand. Er fühlte sich nach zwei Tonnen an, zwei Tonnen Glück. Ich hätte gerne was gesagt, doch Salvatore war schon wieder weg, und der Typ hinter der Bar tat so, als wäre nichts passiert. Ich bestellte noch einen Cognac und ließ den Schlüssel wie ein Pendel durch die Luft kreisen. Zuerst schwang er nach rechts und links, dann zeichnete er kleine Kreise, und als ich das Pendel fragte, ob ich noch fahren könne, antwortete es mit Ja.

Ich sah mich schon im Leder sitzen, war gedanklich schon draußen auf der Straße, als mir der Geruch von Schwarzem Afghanen in die Nase stieg. Zuerst dachte ich, er komme vom Tisch nebenan, dabei war es der Barman, der sich einen Joint baute, als wäre es eine Selbstgedrehte. Keiner sagte etwas dagegen, ich sagte auch nichts, doch als er Richtung Personalausgang verschwand, folgte ich ihm, und er teilte brüderlich. Dann bezahlte ich meine Cognacs oder zumindest einen Teil davon und setzte mich in den Wagen.

»Was heißt hier Wagen?«, grinste ich vor mich hin, Das war nicht normal, das war ein Spaceshuttle, ein Lamborghini Aventador.

Ich küsste den Stier auf dem Lenkrad und war dabei so durch, dass ich mich eigentlich ganz nüchtern fühlte. Ich drückte aufs Gas, saß munter hinter dem Steuer und sang den Song aus dem Radio mit. *She had Hennessy hips, and Belve' eyes, Grey Goose on her lips, and cognac thighs, Mmmmhmmms. Hangover, She had a bubble like Cris', Patron all night, Had one mo' sip, too drunk to drive.* Kam aber nur zwei Straßen weiter, denn da standen schon die Bullen. Ich bog gerade noch rechtzeitig ab, fuhr zurück zum Hotel und stolperte brav aufs Zimmer.

»Alles geil, alles geil«, sagte ich noch im Halbschlaf vor mich hin und nahm dieses Gefühl bis in meine Träume mit. Am Morgen war es immer noch da. Und da will einer noch sagen, Geld mache nicht glücklich? Ich wollte so schnell wie möglich wieder zu meinem wunderschönen Lambo Aventador. Hätte alles dafür gegeben, ihn Said zu zeigen. Er wäre durchgedreht, und wir wären auf der Stelle nach Paris gefahren. Aber er war nun mal nicht da.

Der Einzige, der da war und Zeit hatte, war der Boxer. Er hieß Karol, und seit er mit Ali schlief, war er viel freundlicher geworden. Wir probierten jedes Scheißdetail am Wagen aus, fluchten über die vielen Baustellen und fuhren wie Idioten kreuz und quer durch ganz Berlin, bis der Himmel nicht mehr grau, sondern schwarz war.

Am nächsten Tag machte ich da weiter, wo ich aufgehört hatte. Ich tippte Wort für Wort Saids Texte in den Rechner. Manchmal zehnmal dasselbe, nur um nicht zu schnell fertig zu werden, denn wenn ich schrieb, fühlte es sich an, als wäre er bei mir, als würde er neben mir stehen und mir sagen, was ich tun soll.

Abends brauchte ich eine Pause, fuhr ins Adlon, setzte mich an die Bar, bestellte einen Cognac und hoffte, den Barmann von vorgestern wiederzusehen. Ich hatte Glück. Fragte nach Dope, kaufte und ging.

Zurück in Saids Wohnung, drehte ich mir einen Joint. Heutzutage kann das jeder, auch ohne selbst zu rauchen, gehört sozusagen zur Allgemeinbildung, wie Blasen und so. Ich zog den Rauch tief in die Lunge und hätte wahrscheinlich alleine schon vom Tabak einen Flash gekriegt. Mit dem THC kam es doppelt.

Ich setzte mich an den Rechner, tippte weiter seine Zettel ab und las dann das Geschriebene durch. Scheiße, war das komisch, auf dem Bildschirm stand mein halbes Schicksal.

Vic, was hier passiert, ist nicht normal
Ich glaub an dich, wie an den Koran
Ich werd alles tun, damit du glücklich bist
Auch wenn ich weg bin, beschütz ich dich
Girl, ich schwör, ich komm zurück
Mit ganz viel Zeit und den Händen voller Glück

Ich schaute den Zettel noch mal genau an und überlegte einen Moment lang, ob ich vielleicht grad so stoned sein könnte, dass ich die Zeilen selbst mit meiner Linken geschrieben hatte. Aber so stoned geht nicht, so stoned war nicht mal Amy Winehouse.

Ich war traurig und wurde wütend. Wütend, dass er behauptete, für mich zu sorgen, wütend auf die leeren Versprechen. Von wegen bei mir sein, auch wenn er nicht da ist, neben mir war keiner, hinter mir auch nicht. Ich tippte, hackte Zeile um Zeile in die Tasten und schaute dabei immer weniger auf Saids Notizen. Irgendwann schaute ich gar nicht mehr drauf, ich brauchte sie nicht mehr, ich wusste, was ich zu schreiben hatte, ich wusste es einfach. Der Rap war in mir.

Ich schrieb und schrieb, und beim Durchlesen rappte ich es leise vor mich hin. Ich dachte, ich spinn, mehr dachte ich nicht. Holte eine Platte mit der B-Seite voller Instrumentals aus dem Regal und wiederholte das Ganze.

Ich konnts nicht glauben, nickte wie ein Idiot, spürte die Musik, und meine Stimme wurde Teil davon, dabei war ich noch nie musikalisch gewesen, nicht mal auf irgendeine Art und Weise kreativ. In der Schule kriegte ich keinen einzigen anständigen Aufsatz hin, und auf einmal schrieb ich im Handumdrehen einen ganzen Song. Ich fühlte mich vom Schicksal verarscht, und da ich der Sache nicht traute, flüchtete ich mich in den Schlaf.

Als ich Stunden später wieder aufwachte, kam es mir vor, als hätte die Scheißsituation, unverändert und in ihrer ganzen Merkwürdigkeit, einfach auf mich gewartet. Auf dem Bildschirm stand mein Text und neben dem Rechner ein voller Aschenbecher. Alles war noch genau gleich, und doch war es nicht mehr so wie vorher.

Draußen regnete es. Wie schon gestern und vorgestern. Ich schrieb. Wie morgen und übermorgen. Wenn ich schrieb, war ich allein, den Rest der Zeit war ich einsam. Allein zu sein, ist nicht schlimm, das Wort sagt es ja schon, allein, alles ist eins. Eine schöne Form dazuzugehören, ohne irgendwo dafür anzustehen.

Einsam ist was anderes, einsam ist nicht mehr rausgehen, einsam ist, wer reden will, aber keinen hat, der ihm zuhört, einsam wollte ich nicht mehr sein. Also schrieb ich, trainierte wie ein Profisportler, ohne zu wissen wofür, doch solang es mich auch nur ein kleines Stück näher zu Said brachte, war es okay. Im Nachhinein mag so was ja romantisch klingen, hätte ich aber damals jemandem erzählt, Said hätte mir sein Talent geschenkt, weil er es nicht mitnehmen konnte, so wie ein Reicher seinen Reichtum auch nicht mitnehmen kann, hätte man mich sicher für verrückt erklärt.

FÜNF Monate nach Cihads Festnahme saß ich endlich mit ihm an einem Tisch. Wir hatten eine halbe Stunde Zeit, und die schien er nicht vergeuden zu wollen, statt Hallo zu sagen, meinte er: »Wie läufts mit dem Neuen?«

»Was für nen Neuen?«

»Ich wusste es«, grinste er.

»*Minchia*, was hätt ich tun sollen, du warst so wütend auf Monte. Du hättest in der Nacht noch richtig Scheiße gebaut. Ich musste irgendwas erzählen, wollte ja nicht, dass du wegen mir in Knast kommst.«

»Lieber wegen dir als wegen jemand anderem«, sagte er. »Eigentlich schade, dass du nicht schwanger bist, hätt dich dem Richter als meine Freundin vorgestellt. Papa werden kommt vor Gericht immer gut.« Dann wurde er kurz ernst und meinte: »Vic, meine Wohnung is so das Einzige, was ich draußen noch hab, wär cool, wenn du drauf aufpasst, ja? Du weißt schon, Miete und so, und sobald ich draußen bin, zahl ich dir jeden Cent zurück.«

Ich nickte. »Kein Ding, mach ich, versprochen.«

»Danke, und wenn du was brauchst, wenn ich irgendwas für dich tun kann, sag Bescheid.«

Ich dachte, ja klar, was willst du im Knast schon für mich tun können?, sagte aber: »Danke, du auch.«

Bevor er aufstand, beugte ich mich zu ihm rüber und küsste ihn. Zu kurz, um Aufsehen zu erregen, aber lange genug, um ihm einen aufgeweichten Hunni rüberzuschieben. Dann musste er zurück in seine Zelle. Er lief den Gang runter, links und rechts von ihm ein Beamter, und während er da so ging, sprang er auf einmal Richtung Decke und machte einfach mal schnell einen Backflip durch die stehende Luft. Der rechts von ihm wollte schon losbrüllen, doch Cihad stand mit seinen Füßen längst wieder auf dem Boden und ging weiter, als wäre nichts gewesen.

Ich war beeindruckt und grinste in mich rein, wenn der so weitermacht, dann springt der eines Tages über den Stacheldrahtzaun, wurde aber gleich wieder ernst und wunderte mich, woher er diese Kraft nahm, wo er bloß diese Leichtigkeit herhatte. Der Typ war ja fast noch ein Kind, und seine Zukunft sah richtig beschissen aus, doch er gab nicht auf, er glaubte weiter, auch wenn es eigentlich nichts mehr zu glauben gab. Den dicken Mauern zum Trotz schien sein Geist frei zu sein, freier als meiner. Einen Augenblick lang beneidete ich ihn, er hatte vier Jahre in der JVA Tegel, ich dagegen hatte LL, Lebenslänglich in einem beschissenen Leben.

Draußen an der frischen Luft wurde ich wieder normal. Ich konnte selbst nicht glauben, wie dumm ich war, so was zu denken, ich mein, ich war gesund, nicht hässlich und hatte Saids Talent geerbt, und als wäre das nicht genug, war ich frei. In dem Moment beschloss ich, alles zu tun, um Cihad nach dem Knast was bieten zu können. So wie es Said auch getan hätte. Es brannte auf einmal wieder das Feuer in mir, das mich schon damals beim Modeln ziemlich weit gebracht hatte. Doch zuerst brauchte ich Cihads Hilfe. Hatte er mir ja angeboten.

Nach zwei Wochen durfte ich ihn wieder besuchen. Ich ging rein und sagte nicht: »Yo, ich hab angefangen zu rappen«, denn er hätte vielleicht nichts dazu gesagt, aber sicher nichts Gutes dabei gedacht. Frauen und Rap, war halt so ne Sache. Also fing ich einfach an, drei Mal sechzehn Zeilen, nonstop. Er sagte nichts, hörte nur zu, und als ich fertig war, meinte er: »Krass, krass, krass, ey, das is nicht normal. Du rappst wie mein Bruder, oh Mann, hätte nie gedacht, dass ich das mal zu nem Mädchen sag, Alte, weißt du überhaupt, was du da tust?!«

Lachen. Ich konnte nur noch lachen. Ich fragte ihn nach Beats, und er gab mir eine Nummer, die ich anrufen sollte. Wieder draußen, tippte ich sie gleich ein. Ich erzählte dem Typen, dass ich eine Freundin von Cihad sei und dass ich gerne mal was aufnehmen würde. Er war richtig freundlich und sagte, er sei noch dabei, ein Album zu mastern, melde sich aber nächste Woche. Ich konnte es kaum erwarten, ins Studio zu gehen und endlich allen zu zeigen, was ich draufhatte. Ich war heiß, heiß, heiß. Doch der Typ rief nie an.

Da mir das Ganze unangenehm war, fragte ich Cihad nicht nach weiteren Nummern. Ich vergaß die Sache mit dem Studio und rappte im Auto und daheim auf alles, was im Radio lief. Dadurch wird man vielleicht besser, aber sonst nichts. Ich sah mich schon bei Cihads Entlassung mit einem zu Schrott gefahrenen Wagen und Erinnerungen an eine geile Wohnung vor dem Knast stehen.

Die Heizkosten waren sauteuer, der Boden und auch die Spiegel wurden beheizt, und seit zwei Jahren kam bei mir so gut wie kein Cent mehr rein. Es war nicht so, dass ich mir den Sprit nicht mehr leisten konnte, aber ich brauchte definitiv einen Plan, und zwar einen anderen, als meinen Dad um irgendwas zu bitten. Ich hätte von ihm wahrscheinlich alles gekriegt, außer Respekt.

Ich war wieder öfter bei mir in Mitte, kuschelte mit Alou und rauchte mit Aliyah. Ab und zu kamen Freunde von ihr zu Besuch zum Essen und so. Der Boxer kam fast jeden Tag und Moses einmal die Woche. Eines Abends meinte Ali zu mir: »Süße, rapp mal was für Mo.«

»Keinen Bock«, sagte ich, aber sie ließ nicht locker und hörte nicht auf, mich damit zu nerven.

Zehn Krupnik später stand ich mit einer Becks-Flasche als Mikro im Wohnzimmer und performte Schwachsinn. Moses lachte sich kaputt, ganz ehrlich, ich hab noch nie einen Mann so lachen gehört. Er lachte mich ganz schön lange aus, und als ich dachte, sich noch mehr über mich lustig machen geht nicht, meinte er, ich hätte Talent.

»Halt die Fresse!«

»Nee, im Ernst, du bist zwar nicht ganz normal, aber halleluja, du hast echt Talent. Wir können gern mal was versuchen.«

Eine Stunde später war ich schon bei ihm zu Hause, und er grinste: »Ach, wenn doch bloß jede so schnell mitkommen würde!«

Das Studio war ein gammliges Wohnzimmer, das er Studio nannte. Er stellte mich hinter einen dicken Vorhang zwischen Brettern und Schaumstoff und setzte sich an den Rechner. Ich stand vor dem Mikro. Ich musste es einfach küssen. Nur schnell, sah ja keiner. Ich küsste es noch mal und flüsterte das Ave-Maria vor mich hin.

»Nur damit dus weißt, das Mikro ist an«, lachte sich Moses auf der anderen Seite des Vorhangs schon wieder kaputt.

Ach du Scheiße. Ich hatte einfach keine Ahnung von dem ganzen Zeug. Aber was solls, jeder fängt mal an, außer Tupac und Biggie, die wurden wahrscheinlich schon als Rapper geboren.

Moses grinste. »Sag Bescheid, wenn du mit Beten fertig bist!«

Ich sagte: »Okay«, und wollte anfangen zu rappen, ich wollte, aber es ging nicht. Der Beat pumpte durch den Kopfhörer, lief einfach an mir vorbei, und ich stand in der Gesangskabine, stumm wie ein dummes Mädchen. Peinlich, aber ich konnte nicht anders, denn alles auf diesem Quadratmeter schrie nach Said. Es tat weh, an ihn zu denken, es tat weh, mich daran zu erinnern, wie wir uns in so einer Kabine nähergekommen waren, wie seine Hände in der Dunkelheit mein Gesicht fanden, wie sie langsam über mein Haar, den Hals entlangstrichen. Wie er mir an den Arsch fasste, seine Finger sich in mein Fleisch gruben und er mich hochhob. Wie meine Beine sich um seine Taille schlangen. Wie sich meine Wimpern in seinen Haaren verfingen. Wie mein Atem stockte wie diese Sätze.

Ich war fehl am Platz. Ich wusste, dass er hier drinstehen müsste, nicht ich. All meine Texte schienen mir auf einmal völlig langweilig und bedeutungslos, ich wollte rausgehen, aber nicht mal das ging.

Ich war gefangen, bis ich aufhörte zu denken und anfing zu rappen, nichts Geschriebenes, nur das, was mir grad durch den Kopf ging. Es musste einfach alles raus, und die Wörter trockneten die Tränen. Es war wie Therapie für mich, die ganze Trauer, die ganze Wut, ich packte einfach alles auf die Beats.

Seit du weg bist, läuft hier alles schief
Dein Bruder im Knast, und Monte lebt von euren Beats
Seit du weg bist, is hier viel passiert
Doch ich schwör, mein Kissen riecht nach dir
Seit du weg bist, spielt sich Monte auf
Erzählt rum, euer Album hätt sich über ne Million verkauft
Seit du weg bist, erzählt er nur noch Lügen
Er war so nah an mir, ich konnt den Teufel spüren
Seit du weg bist, fällt mir das Atmen schwer
Die Luft ist dick, die Straßen kalt und mein Magen leer

Ich konnte nicht mehr aufhören. Moses ließ einen Beat nach dem anderen laufen, als wäre Musikmachen Fließbandarbeit. Wir nahmen tausend Spuren auf, probierten den Rest der Nacht tausend Sachen aus, und er schien trotzdem nicht genug zu kriegen. Nach sieben Stunden konnte ich nicht mehr, brauchte Luft, kam hinter dem Vorhang vor und sagte: »Ich muss raus, Alter.«

Als ich die Haustür öffnete, stand der Frühling vor der Tür. Die Sonne blendete mich, ich blieb stehen und schloss die Augen. Mit dem Gesicht zum Himmel bedankte ich mich, diesmal konnte mich nur einer hören. »Danke, Said, danke, mein Schatz.«

Irgendwann kam Moses dazu, und wir liefen die Straße runter bis zu einem kleinen Café. Da war er dann dran mit Reden, ich hörte nur zu. Er erzählte von Lyrics, Timing, Beats, Labels und weiteren Plänen und gab mir das Gefühl, etwas ganz Besonderes zu sein. Er nannte es Jackpot. Er glaubte an mich, und das Schönste war, er war kein Fremder, er war ein Teil meiner Geschichte, ein Teil von Said.

Nach dem Essen gingen wir wieder zu ihm, und so ging es auch die nächsten Wochen weiter. Ich hing nur noch bei ihm rum, als hätte ich zuvor kein Leben gehabt, als hätte es mich vorher nicht gegeben. Moses wurde immer wichtiger für mich und ich für ihn, wahrscheinlich so was wie sein bester Kumpel. Er sagte ständig, ich sei wie ein Kerl. Dann zeigte ich ihm mal kurz meine Brüste, und ab da war Ruhe. Trotzdem konnte er es nicht lassen, mich Said zu nennen, vielleicht als Joke, vielleicht aus Respekt, ich weiß es nicht, die ganze Zeit, Said dies, Said das, die Leute dachten schon, ich hieße echt so, und für mich war es einfach nur krass.

Nach paar Monaten musste ein Myspace-Profil her, und so eine Seite zu basteln war gar nicht so schwer, wie ich immer gedacht hatte. Hintergrund wählen, Foto rauf, schon ist man drin. Nur ein Name fehlte mir noch, also schrieben wir einfach mal Said hin.

ICH hätte nicht gedacht, dass Monte zum Zahnarzt geht, und wenn, dann sicher nicht zu meinem. Er saß im Wartezimmer, und ich stand schon mittendrin, als ich ihn sah. Rausgehen ging nicht mehr, also setzte ich mich hin und schaute links und rechts an ihm vorbei.

»Was guckst du?«

Dabei schaute ich ja eben nicht. Er kratzte sich am Kopf.

»Hab gehört, dass du rappst.«

»Kann schon sein.«

»Und warum nennst dich Said?«

»Einfach so«, log ich und merkte, wie sein Atem seinen schweren Körper langsam aus der Ruhe brachte.

»Was denn?«, fragte ich.

»Sag mal, was bildest du dir ein, Puppe? Meinst du, du kannst hier auftauchen und Said spielen, glaubst du, du weißt was über ihn? Hör zu, er hat dir vielleicht paar nette Sachen erzählt, aber glaub mir, der hatte immer auch andere Frauen. Kein Mann is treu. Das is wie in ner Herde Kühe, da gibts auch tausend Kühe und nur einen Bullen.«

Allein für den letzten Satz hätte ich ihn umbringen können, andere mussten schon für weniger sterben.

»Wach auf«, meinte er weiter, »du warst nicht die Einzige, frag doch mal Jasmin, was er ihr so erzählt hat.«

Ich glaubte ihm kein Wort. Doch meine Zellen speicherten seine Worte. Mir wurde schlecht. Ich vergaß den Zahnarzt, ging raus und lief um die Häuser. Wusste nicht wohin und nicht wofür.

Das Glück soll ja auf der Straße liegen, Bullshit, Dreck liegt auf der Straße, Dreck und paar Obdachlose. Ich stieg am Kotti in eine U-Bahn. Überall abgefuckte Leute, mit rot angelaufenem Kopf, von dem das letzte bisschen Verstand aus den ausgeleierten Poren zu quellen schien. Bei so viel geschwollenem Fleisch musste ich immer an Genitalien denken. Ohne Scheiß, wenn das Gesicht schon so abstoßend daherkommt, kann man sich den Rest schon denken.

Am Brandenburger Tor stieg ich aus. Ich brauchte jemanden, der mir zuhörte, ging zu meinem Lieblingsbarkeeper ins Adlon und erzählte ihm von den Kühen, die auf einmal in der Vergangenheit der Männer auftauchen. Ist so, sogar der größte Idiot hat irgendwo ne Ex, die ihm das Herz kaputtgemacht hat, über die man aber nicht schlecht reden darf, als wär sie heilig oder so. Ein Scheißdreck ist sie, falsch und herzlos, und morgens sah sie zum Heulen aus. Das vergessen sie nur alle, und so wird aus ner jämmerlichen Kuh ganz schnell ne heilige. Irgendwann wurde mir mein Lästern langweilig, wahrscheinlich, weil mein Freund hinter der Bar mir nichts mehr ausgeben wollte. Das Leben war wieder mal nicht schön, *Life's a bitch and then you die*, voilà. Ich ging nach Hause, doch am liebsten wäre ich zu Said, um ihn zur Rede zu stellen, aber der Feigling hatte sich ja unsichtbar gemacht und versteckte sich irgendwo in der Luft.

Was solls, er hätte eh nichts dazu gesagt, so wie alle Männer, wenn es um die heiligen Kühe geht, dann werden sie auf einmal leise und tun so, als wären ihre beschissenen Ex-Freundinnen was ganz Besonderes. Bevor ich einschlief, wünschte ich mir zu sterben, ich wollte alle Gefühle, alle Hoffnungen und Dummheiten hinter mir lassen und meinen Frieden haben. Aber wie das so ist, wacht man am nächsten Tag trotzdem auf. Und wie das so ist, sieht dann alles anders aus. Ich dachte keinen Moment mehr über den Tod nach, zumindest nicht über meinen, denn aus der Trauer war Wut geworden, Wut auf die Nutte, auf Monte und auf Said.

Ich hasste sie alle, fragte jeden nach Jasmin, doch nicht mal Aliyah, die in Berlin eigentlich alle kennt, wusste, wer das sein sollte. Ich wurde paranoid, sah in jeder Frau auf der Straße eine Jasmin und fing mit jeder an zu streiten. So ging das Wochen, bis ich über sieben Ecken und dank Facebook doch noch erfuhr, wer Jasmin war. Paar Anrufe später wusste ich, wo sie wohnte. Ich zögerte keine Sekunde, wollte sofort vorbeigehen, und Ali meinte: »Klar komm ich mit, lass uns die heilige Kuh schlachten!«

»Let's go!«, lachte ich und hätte sie für den geilen Lass-uns-die-heilige-Kuh-schlachten-Satz sofort geheiratet. Das war bei mir schon immer so, ich hätte für ein falsches Wort am liebsten getötet, konnte mich aber auch in nur paar Sätze verlieben.

Abends fuhren wir hin. Aliyah wartete im Wagen, während ich vorne an der Tür mit ihr redete. Ich machte es kurz: »Ey, bist du Jasmin?«

»Ja, warum?«

»Sag mal, kanntest du Said?«

»Ja.«

»Ja. Wie ja?«

»Ja halt.«

Ich hätte ihr die verdammten Jas gleich um die Ohren hauen sollen, sie sagte einfach nur Ja, wollte nicht mal wissen, welchen Said ich meine, als ob es für sie auch nur einen einzigen Said gäbe. Mir war schlecht, ich ließ mir aber nichts anmerken und verhörte sie, als wäre ich ein Bulle. Sie antwortete, als hätte sie noch nie was von Aussageverweigerung gehört. Vielleicht hoffte sie, ich wäre von der Presse und sie bekäme endlich ihre fünfzehn Minuten Fame oder so. Aber nein, sie wusste, wer ich bin, also ja, sie wusste von mir. Und ja, das war die falsche Antwort, ich mein, solang eine Frau nichts über die andere weiß, kann man ihr alles verzeihen, wenn sie aber weiß, was sie tut, dann ist sie eine Nutte, eine Hure, eine *puttana* und ganz sicher die, die mir nachts nicht begegnen sollte. Ich war kurz davor, ihr ins Gesicht zu schlagen. Ali stieg schon mal aus dem Wagen und blieb neben der Beifahrertür stehen. Man sah nur ihre Umrisse und den weißen Rauch der Zigarette. Ich holte aus, und in dem Moment drehte sich die Nutte zu Ali und rief: »Eh, Schwester, schmeiß mal ne Kippe rüber«, und dann zu mir: »Lass uns drin weiterquatschen!«

Ich dachte, ich hör nicht richtig, doch Ali meinte: »Hier«, und warf ihr die Schachtel zu. Ich suchte Alis Blick, doch kriegte nur ihre Schulter zu sehen.

Es war nicht der richtige Zeitpunkt, um mit Ali zu streiten, also lief ich ihnen wie ein Idiot hinterher und fragte mich dabei, wie oft Said wohl hier gewesen war. Überall lagen Bücher rum. Ich würde mich schämen, so viel gelesen zu haben.

Ich schaute mir alles genau an, vor allem sie, beobachtete ihre Bewegungen und suchte nach dem, was Said an ihr gefallen haben könnte, suchte nach einer Erklärung, suchte überall und bildete mir ein, seinen Geruch in der abgestandenen Luft noch zu riechen. Ich überlegte, wie sie wohl im Bett war, und tröstete mich damit, dass sie miserabel sein musste, eine Frau, die so viel redet, konnte einfach nicht gut sein. Sie redete nonstop, als wäre sie auf Koks, und sagte Sachen wie »Wir müssen zusammenhalten, wir wurden beide verarscht« und wiederholte hundertmal, wie klein die Welt doch sei und solches Zeug.

Die Welt ist klein, da waren wir uns einig, aber dass sie für uns beide zu klein ist, das wusste nur ich.

Wir standen in der Küche. Jasmin redete auf uns ein, und ich schaute dem Teewasser beim Kochen zu. Es tobte und sprang mich fast an, als wäre der Topf das aufgerissene Maul eines Löwen. Ich malte mir aus, was so ein Maul mit dem zierlichen Gesicht eines gierigen Mädchens alles machen könnte, würde man es nur lange genug runterdrücken. Ich war zum ersten Mal in meinem Leben eifersüchtig. Zum ersten Mal in meinem Leben bereute ich, nichts als die Cosmopolitan gelesen zu haben. Ich starrte sie an und wollte zum ersten Mal jemand anders sein. Als der Tee fertig war, gingen wir ins Wohnzimmer, wo Jasmin einen Vortrag über Malcolm X hielt. Über Said kein Wort mehr. Das war schon komisch, sie redete über alles, nur nicht über ihn. Wahrscheinlich war es genau das, was Said an ihr so mochte, dass sie eine von den Guten war, eine, die sich nur ein Tuch um den Kopf binden musste und schon aussah, als würde sie mal schnell die Welt retten gehen.

Sie war so anders als ich, und das tat weh, ich wusste nicht mal mehr, warum ich mir das überhaupt antat, hatte keine Kraft mehr, keinen Bock auf gar nichts, nicht mal mehr auf Stress, wollte nur noch raus, raus, um meine Wut, die wie Kotze in mir hochkam, in den Himmel zu schreien. Ich stand auf, wühlte in meiner Tasche, zerrte meinen Geldbeutel raus und knallte einen Stapel Heiligenbildchen auf den Wohnzimmertisch. Die Bildchen hatten meiner Mutter gehört, und waren so ungefähr das Heiligste, was ich besaß.

»Kannst die haben.«

Die beiden schauten auf die Heiligen, als wäre es Voodoo.

»Was is? Ich trag die Scheiße, seit ich klein bin, mit mir rum, hat aber nichts gebracht, ich werd nur verarscht, alles nur verlogene Scheiße!«

Am liebsten hätte ich die ganzen Andachtsbilder auf der Stelle verbrannt, alle Engel, Marien und Madonnen auf den Scheiterhaufen geschmissen und angezündet, aber das war nicht nötig, denn Jasmin kam mir zuvor und meinte: »Hättest dich besser schon früher von den Dingern verabschiedet, dann hätt er dich auch nicht verarscht.«

»Hä?«

»Ja, is so. Kein Moslem will ne Mutter Teresa. Wenn es ernst wird, dann suchen die sich eh ne Muslima.«

»Ach, halts Maul.«

»Nee, wirklich, war ja selbst drei Jahre mit einem verheiratet, alle gleich, die Berliner Möchtegern-Mohammeds.«

»Mit wem warst du denn verheiratet?«, fragte Ali nach.

»Mit Tamer.«

»Tamer? Saids Cousin?!«

Und als von ihr schon wieder ein bescheuertes Ja kam, fiel mir ein Stein vom Herzen, ein riesiger Stein, ein Fels, der auf den Fußboden donnerte und meine ganzen Ängste unter sich begrub.

Minchia, hätte ich gewusst, dass sie mit Saids Cousin verheiratet war, hätte ich nicht vorbeigehen brauchen. Als ob Said was mit der Ex seines Cousins angefangen hätte. Es konnte ja sein, dass ich nicht alles über ihn wusste, aber das wusste ich ganz genau. Ich trank den Tee nicht aus, ich hörte ihr auch nicht weiter zu, die Sache war gegessen, ich wollte gehen und davor nur noch wissen, was Monte ihr fürs Lügen versprochen hatte. Sie sagte nichts.

»Wie viel?«

»Nichts.«

»Wie viel?«

»Nichts. Ich weiß nicht.«

»Wie viel?«

»Fünf Gramm.«

»Fünf Gramm?«, wiederholte ich, und ab da sah ich das alles doch nicht mehr so locker, denn jemand, der für nur fünf

Gramm Koks in Kauf nimmt, das Leben eines anderen durch Märchen zu zerstören, hat Schläge verdient. Ist so.

Ich hatte mir eben eine Zigarette angezündet, hielt das Feuerzeug noch in meiner Hand, packte es fester in die Faust und boxte in ihr kleines, hässliches Gesicht. Das Leben ist nun mal Ursache und Wirkung, und wer nicht aufpasst, was er macht, muss aufpassen, was zurückkommt.

Ich hätte ewig weiterboxen können, wäre Aliyah nicht dazwischengegangen. Sie schob mich einfach zur Seite. Ich dachte, ich spinn, so was geht nicht, Freunden in den Rücken fallen geht nicht. Ein bisschen Vernunft ist in gewissen Situationen nicht schlecht, aber ob man sozial ist oder nicht, muss man sich überlegen, bevor man mitgeht.

Ich wollte schon auf Ali losgehen, doch in dem Moment holte sie so weit aus, dass die Nutte an die Wand flog. Ich konnte nicht anders und schrie wie ein Boxfan: »*Ali, boma ye! Ali, boma ye!*«, während sie weiter auf sie einschlug.

Als sie fertig war, liefen wir raus, doch noch bevor die Tür ins Schloss fiel, drehte ich mich um und ging zurück ins Wohnzimmer. Ich wusste es, die Nutte war schon dabei, Montes Nummer zu wählen. Gott, war ich wütend. Sie hatte einfach keinen Respekt, und ihre Dummheit nahm ihr die Angst.

Als sie mich sah, brauchte ich nichts zu tun. Ich holte nicht mal die Knarre aus der Tasche. Ich war ihr fünfzig Hochhäuser überlegen. Das Gefühl war nicht schlecht, ehrlich gesagt, es war das Beste seit Langem. Der Respekt, der mir vorher gefehlt hatte, machte mich ruhig und fast nett. Der Vertrauensbruch kostete sie symbolische fünf Gramm, die sie wortlos rausrückte. Ich sammelte meine Schutzengel ein und spazierte raus. Die Haustür knallte hinter mir zu. Ali machte den Motor an, und wir rauschten davon.

Auf Kiss FM spielten sie *Ready To Die* von Notorious B.I.G., der Himmel war dunkel und die Straßen wie für uns gemacht.

»*Minchia*, woher hast du solche Schläge drauf, ich dachte, Ali kommt von Aliyah und nicht von Muhammad!«

Sie lachte. »Von wem wohl? Von Karol, wem sonst?«

Das Leben war grad richtig schön. Wir fuhren an den farbigen Lichtern Berlins vorbei, ich saß tief im Beifahrersitz und legte auf einer meiner Demo-CDs zwei dicke Lines. Gestreckt mit Adrenalin war es das beste Koks, das ich je hatte. »Lass uns Gangster werden«, schlug ich vor, doch sie sagte nichts dazu, fuhr ziellos weiter und machte paar Anrufe. Na dann, dachte ich, betrachtete mein Profil in der dunklen Scheibe und rappte leise vor mich hin.

Ich seh aus wie ein Model von Victoria's Secret
Doch drin bin ich ein Tiger wie von Roy und Siegfried
Ich seh euch nicht mehr, Blick grade nach vorn
Die Stadt hinter mir brennt in den Farben des Zorns
Fühl mich wie grade geboren, Kapuze tief im Gesicht
Niemals vergeben – aber Krieger des Lichts
Wünsch dir alles, was du willst, ums dir dann zu nehmen
Dieser Fluch verfolgt dich dein ganzes Leben
Kranker Bastard – bin der falsche Gegner
Baller mit nem Gewehr wie ein durchgeknallter Jäger
Peng, peng – zwei Schüsse, hast dich selbst betrogen
Gangbang, bin unberechenbar wie schlechte Drogen

Ali lachte und meinte, »Alte, woher fällt dir bloß das ganze Zeug ein?«

»Vom Himmel«, antwortete ich ziemlich stoned und verschwendete schon keine Gedanken mehr an das, was gerade passiert war.

Es gibt Leute, die sagen, man soll den Menschen verzeihen, aber nie deren Namen vergessen. Bei mir war es genau andersrum, ich vergaß jeden Namen, manchmal sogar meinen eigenen, doch verzeihen, das konnte ich nicht.

»Der war früher mal ganz okay«, holte mich Ali zurück.

»Wer?«

»Na, Monte, ey, der is voll psycho geworden, Mann! Keine Ahnung, was der fürn Problem hat.«

»Ich bin sein Problem«, sagte ich.

Aber darum konnte ich mich später kümmern. Erst mal wollte ich feiern. *Partys, Partys, Partys, weil das Leben sonst zu hart is.*

Wir gingen von Club zu Club, von Bar zu Bar, von Klo zu Klo. Nach zehn Lines war Ali nur noch abgehackte Bewegungen im Strobolicht. Meine Sprache nur noch stockende Sätze, die Gedanken nirgends, und doch war ich dem Leben selten so nah gewesen. Als ich nicht mehr laufen konnte, setzte ich mich hinters Steuer und kam dabei dem Tod wahrscheinlich näher als dem Leben. Nicht zum ersten Mal. Zu Hause drehte ich mir einen Joint, um runterzukommen. Ich rauchte ihn im Bett und betete zu Gott, mir mein Misstrauen zu verzeihen, und entschuldigte mich bei jedem Heiligen einzeln, bis ich einschlief. Schon krass, ich war auf den Teufel reingefallen, und das, obwohl es eigentlich leicht gewesen wär, ihn zu erkennen. Von da an war ich vorsichtiger.

WÄHREND meines Ausflugs in die Welt der Eifersucht arbeitete Moses mit viel Liebe an unseren Songs. Ich musste mir immer alles anhören, jeden einzelnen Klang, den er wieder mal verändert hatte, obwohl ich nicht mal einen Unterschied hörte. Aber ihm war es wichtig, also gammelte ich stundenlang in meiner blauen Jogginghose und einem viel zu großen T-Shirt auf seinem Sofa und hörte brav seiner Arbeit zu. Bis er auf einmal meinte, ich solle nach Hause gehen und mich umziehen.

»Ich weiß, ich weiß, ich seh scheiße aus.«

»Nee, is sweet, aber heute Abend führ ich dich aus.«

»Niemals.«

»Muss sein, sonst machen es andere, und du lässt dich aus lauter Verzweiflung auf irgendwelche Honks ein.«

Es gibt sicher charmantere Arten, eine Frau zum Essen einzuladen, aber egal, ich fuhr zu mir, stellte mich Stunden ins Bad, zog ein schwarzes Kleid an, dazu High Heels, und arschwackelte zurück zu meinem Lambo, der in bester Gentleman-Manier in der Garage auf mich wartete.

Ich hätte um acht Uhr bei Moses sein sollen, inzwischen war es zehn, doch im Vergleich zu Naomi Campbells Sechs-Stunden-Verspätungen war das harmlos. Vor seiner Haustür ließ ich anklingeln, und er kam, genau so angezogen wie vorhin, die Treppe runtergesprungen.

»Wie jetzt, und du hast dich nicht mal umgezogen oder was?«, lachte ich.

»Keine Zeit, sorry. Hab doch heute diesen neuen Remote Controller gekriegt, bin voll hängen geblieben. Halleluja, ich kann jetzt endlich die EQs, Kompressoren und das ganze Zeug fernsteuern, Alter, is das geil.«

»Jaja, steig ein, du Penner.«

Er lud mich zu Kebab und Cola ein und grinste, als hätte er noch was geplant. Es war fast romantisch, aber ich musste mir keine Sorgen machen, dass er sich in mich verliebt. Für ihn war ich Said, und das sagt ja schon alles.

Nach dem Essen fuhren wir ins Clubhaus. Schon von draußen hörte ich die Bässe, doch erst drinnen erkannte ich den Song. Unseren Song! Wahrscheinlich hatte Moses den DJ bestochen. Was für ne geile Überraschung, und die Leute tanzten drauflos, als hätte man auch sie alle dafür bezahlt. Ohne Scheiß, die feierten den Sound, als wäre es Missy Elliott oder so.

Ich war überwältigt, setzte mich in eine Ecke und schaute zu. Am liebsten hätte ich laut rausgeschrien: »Leute, das bin ich!«

Ein Gefühl, als hätte man in Kuba oder so eine Affäre mit Tupac. Das könnte man auch nicht einfach rumerzählen, würde man gerne, dürfte man aber nicht. Also schwieg ich und genoss, erfüllt von einem stillen Stolz, der Hormone durch den Körper und Schmetterlinge durch meinen Bauch jagte.

Unser Sound hatte den Test bestanden, doch live war es eine komplett andere Geschichte. Live kann man sich nicht verstecken, live gibt es kein Zurück, keine Tonspuren, die man löschen kann, keinen Schutz aus Schaumstoff um einen herum.

Der erste Auftritt war in einer Bar ohne Bühne, für dreißig Euro Gage, geteilt durch zwei. Die nächsten Shows waren dann so ähnlich. Wir spielten in jedem noch so schlechten Club der Stadt. Das eine Mal schlich ein Typ die ganze Zeit um das Equipment, die Sohlen schon halb abgelöst wie alte Pflaster. Ich meinte zu Moses: »Mo, pass auf, der Penner klaut uns gleich die Anlage weg«, doch der lachte nur und meinte: »Das ist der Mischer, Alter, dem gehört der Laden.«

Ja, und so wie der aussah, so klang dann auch unser Sound. Als hätte er auf dem Schrottplatz noch schnell die Boxen aus einem Auto ausgebaut. Der Bass schepperte durch den Keller, und meine Stimme erinnerte an Johnny Rotten von den Sex Pistols. Was solls, auf zehn schlechte Shows kamen zwei gute. Es war ne schöne Zeit, jeden Tag Mucke machen, jeden Tag wissen, dass jemand da ist, wenn man nach Hause kommt. Und wenn mal nicht, dann lagen Alis Kleider oder Alous Spielsachen rum, und so wusste ich, dass sie wiederkommen würden. Ich gab ihnen eine Wohnung, zurück kriegte ich ein Zuhause.

Ich brauchte nur noch einen Deal. Wäre ich ein A&R-Manager gewesen, hätte ich mich auf mich gestürzt, nicht nur um mich flachzulegen, sondern auch, um aus mir einen Star zu machen, schließlich war ich das einzige Mädchen, das rappen konnte und dabei nicht scheiße aussah.

Anfangs sagte ich mir, abwarten und rauchen, doch auch nach der hundertsten Zigarettenschachtel meldete sich keiner. Moses meinte, das sei normal, schließlich stehe A&R nicht für Artists and Repertoire, sondern für Ablehnen und Rücksenden. Ich glaubte ihm, ich mein, was hätte es sonst heißen sollen, Arschlecken und Runterschlucken?

Es gab aber auch richtig gute News. Moses verliebte sich in ein Mädchen, und sie wurde schwanger. Vielleicht war es auch umgekehrt, sie wurde schwanger, und dann verliebte er sich, keine Ahnung, auf jeden Fall waren beide glücklich. Ich freute mich für sie, auch wenn ich wusste, was es für mich bedeutete, weniger Studio und weniger von seiner kostbaren Zeit.

Ich machte weiter, verschickte unser Zeug an die Labels

und traf eine ganze Reihe von Entscheidungen und sogenannten wichtigen Leuten. Viel Gelaber. Dann auf einmal ein Angebot. Und das kam ausgerechnet aus dem Haus, bei dem früher Said gesignt war. Ich konnts nicht fassen. Die Geste war eine Riesenehre, denn damit machte ich offiziell sein Ding weiter. Dasselbe Team, dieselbe Mentalität und derselbe Name.

Es war perfekt. So perfekt, dass mir auch ziemlich egal war, wie erfolglos der Laden gerade war, mir ging es ums Prinzip, und ich war überzeugt, dass wir es zusammen schaffen konnten.

Als Erstes planten sie mit mir ein Said-Revival. Ich sollte seine Tour zu Ende bringen, besser gesagt, sie noch mal komplett durchziehen, von Zürich nach Frankreich, durch Österreich wieder nach Deutschland, genau so, wie er sie eigentlich hätte machen sollen.

Für mich war das was ganz Besonderes, fast was Heiliges. Für das Label war es einfach nur praktisch. Die Kontakte waren ja schon alle da, sie brauchten nur neue Termine zu machen und sparten sich einen Haufen Arbeit. Sie quetschten uns überall noch schnell ins Monatsprogramm, buchten Züge und Hotelzimmer, und wenn sie zu viel tranken, prophezeiten sie schon gern mal meinen Durchbruch.

Das Ganze war so was von überstürzt und ungeplant, dass nicht mal Zeit blieb, ihnen die Tour auszureden. Ich mein, unterm Strich gab es tausend Gründe dagegen, aber einen dafür: Said. Also ließ ich mich darauf ein. Wir bauten englische Parts in unsere Songs, stellten Ali neben mich auf die Bühne und kamen durch sie schon etwas internationaler rüber. Aber ein gutes Gefühl hatte ich dabei trotzdem nicht.

Der erste Stopp war Zürich, und genau wie damals checkten wir in der Absteige ein, in der die TVs an den Wänden festgekettet waren. Alles genau gleich, fast. Nachmittags gingen wir zum Soundcheck in den Club, tranken Cola an der noch leeren Bar und flirteten mit den Jungs, die in weißen Unterhemden Kisten schleppten. Ich brauchte aber mit denen keine zwei Sätze wechseln, um zu wissen, dass sie nicht Said hießen, dass sie nicht annähernd so sein konnten wie er und dass jeder weitere Blick Zeitverschwendung gewesen wäre.

»Der Techniker ist gleich so weit«, rief uns der Veranstalter im Vorbeigehen zu und warf grinsend hinterher: »Jetzt fehlt nur noch Said.« Ich sagte nichts, denn so eine Bemerkung war einfach nur geschmacklos.

Als er wiederkam, meinte er: »Gut, es kann losgehen.«

»Cool, wir brauchen drei Mics, für Moses, Ali und mich.«

»Also vier«, verbesserte er mich.

»Warum vier?«

»Na, eins für Said.«

»Neenee, ich bin Said!«, sagte ich und fühlte mich dabei eher wie der letzte Depp.

Der Typ lachte, aber nicht nett, und sagte, ihm sei egal, wer ich sei, er habe Said gebucht und den wolle er jetzt auch auf der Bühne.

Ich konnte es nicht glauben, wie hinter dem Mond konnte man denn sein? Said war weg. Wahrscheinlich dachte der, Saids Verschwinden sei ein Marketinggag gewesen, und wir würden in seinem Laden Wiederauferstehung feiern. Ich rief gleich David vom Label an, doch die Leitung war besetzt. Der Veranstalter stand zwei Meter neben mir und brüllte in sein Handy.

Eins und eins gibt zwei, und zwar zwei Fäuste, mit denen ich gerne David verprügelt hätte. Wie bescheuert musste man denn sein, um so was hinzukriegen. Wahrscheinlich hatte er echt vergessen, den Leuten zu sagen, dass es eine etwas spezielle Revival-Tour sein würde. Und wenn die Schweizer schon so austickten, dann konnte ich mir denken, wie die in Marseille unten abgehen würden, und um Prügel abzuholen, brauchte ich nun wirklich nicht nach Frankreich zu reisen.

Ich schaute weder nach links noch nach rechts. Weder nach Moses noch nach Ali. Weder nach meiner Tasche noch nach meinem Handy, wollte nur noch weg, ging raus, sauer und traurig und enttäuscht zugleich. Was für ne Blamage, was für ne verfickte Blamage, ärgerte ich mich und hatte dabei diesen komischen Kloß im Hals, den man kriegt, wenn man gleichzeitig heulen und lachen muss.

Ist schon erstaunlich, an was für tristen Orten sich der Witz versteckt, in was für fremden Straßen er sich aufhält und wie er verschwindet, wenn man zu lang planlos draußen rumläuft und einem irgendwann nur noch kalt ist und man Hunger hat.

Ich wollte zurück zum Hotel, meine Sachen packen und nach Berlin fahren. Doch ich wusste weder die Adresse noch den Namen davon. Ich lief über die Hardbrücke zum Albisriederplatz und dann die Badenerstraße runter, bis ich wieder vor dem Hauptbahnhof stand. Das Hotel war verschwunden. Jedenfalls nie da, wo ich war, immer eine Straße weiter, immer gleich um die Ecke.

Wenn es draußen dunkel wird, werden die Geschäfte hell, und als es auch noch kühl wurde, wärmte ich mich in ihnen auf. Ich ging rein und raus und ins nächste rein, und überall, wo ich hineinging, bedankten sie sich. Das war wirklich so, ich schaute rum, kaufte nichts, ging raus, und die sagten Danke. Zuerst dachte ich, sie würden mich verarschen, aber nein, die sind so. Danach ging es mir besser, denn nach so viel Freundlichkeit konnte man einfach nicht mehr wütend sein.

Um acht sperrten sie die Türen zu, und aus den Schaufenstern wurden riesige Spiegel, in denen ich noch dünner und länger aussah, als ich ohnehin schon war. Essen, ich sollte was essen, dachte ich, doch ohne Geld und ohne gar nichts war nicht mal das möglich.

Mitten in der Nacht stand ich dann doch noch vor dem Hotel. Moses hatte schon ausgecheckt, wahrscheinlich hatte er die Chance gepackt und war auf dem Weg zurück zu seiner Freundin. Die Nummer 322 war auch leer, Ali also auch schon weg.

»Was für Scheißfreunde«, fluchte ich und ging rauf in mein ranziges Zimmer, in dem es nicht mal ein Fenster gab. Aber wer braucht schon Fenster, wenn es draußen dunkel ist, drinnen das Licht brennt, der Fernseher läuft und Ali auf dem Bett sitzt?

Sie meinte nur: »Hattest schon Angst, ich sei weg, wa? Hast gedacht, Scheißali und so.«

»Niemals! Würd ich niemals denken«, sagte ich und drückte sie dabei so fest ich konnte.

»Schon okay, ich werd ja nicht abgeschoben, Schatz«, lachte Ali. Zu zweit sah dann alles anders aus, denn zu zweit heult man nicht einer geplatzten Tour hinterher und betrinkt sich auch nicht im Hotelzimmer, zu zweit geht man raus und kommt betrunken zurück. Wir holten an einer Tanke eine Flasche Rotwein und setzten uns in dicken Jacken an den Zürichsee. Das Wasser klatschte an die Mauer, auf der wir saßen. Immer genau gleich. Immer im selben Abstand. Als wär es ein Beat. Ich zählte die Wellen und dachte an Said.

»An was denkst du?«, fragte mich meine beste Freundin.

»An die Liebe. Was für ne Bitch! Immer nur nen Augenblick von einem entfernt und doch nicht zu greifen. Wie ein Schatten. Wirft sich uns zu Füßen und bleibt trotzdem unerreichbar.«

»Du hast doch nen Schatten«, lachte Ali mich aus und erzählte dann was von der besten Haarkur der Welt. Ne reife Banane und nen Löffel Honig. Alles auf den Kopf klatschen und nach zwanzig Minuten runterwaschen.

Ich hörte zu, ohne Scheiß, ich lief am nächsten Tag sogar mit einer Banane auf dem Kopf rum, aber ich fragte mich auch, wie es wohl gewesen wäre, Rapstar zu werden.

Mit jedem Schluck Wein vergaß ich ein bisschen mehr von der Welt um mich herum, hatte alles, was ich brauchte, wenn ich mit Ali redete. Doch wie das so ist, kommen immer genau dann irgendwelche Penner, die was von einem wollen. Die einen wollen nur reden, was eigentlich heißt, sie wollen Sex, andere fragen nach Zigaretten und brauchen jemanden, der ihnen zuhört, und die Nervigsten labern einen voll und wollen in Wirklichkeit nur ein bisschen Geld.

Ich sah ihn schon von Weitem. Ali machte es kurz: »Hör zu, mein Freund, du hast kein Geld, ja, aber ich hab weniger als nichts, bin ständig im Minus, also geh weiter und lass uns allein.«

»Ich bin kein Bettler, ich bin Musiker.«

»Als ob das nicht das Gleiche ist«, grinste ich, während er schon anfing, auf seiner Mundharmonika zu spielen. Er spielte zwei Takte, sang paar Zeilen und blies wieder Luft durchs Metall. So ging das hin und her zwischen ihm und seiner Mundharmonika. Ich hatte so was noch nie gehört, das Blech laut und schrill, seine Stimme warm und zeitlos. Es war krass, mit dem ersten Ton füllte sich die Luft mit Geistern und Dingen, die wir nicht sehen konnten, nur spüren, spüren, das ging. Jeder Ton erzählte eine Geschichte, wahrscheinlich seine.

Ich wurde sofort sein Fan.

Ali war wie ausgetauscht. »Wenn ich mal heirate, dann nur mit ihm!«

»Und was ist mit dem Boxer?«

»Mit ihm als Musiker«, lachte sie.

»Schon klar«, sagte ich, »und jetzt reiß dich zusammen und hör zu.«

Nach hundert Zugaben setzte er sich zu uns, und wir redeten ganze Stunden weg, wurden Freunde für eine Nacht, wenn es das gibt. Er erzählte uns üble Geschichten von den Junkies und Zuhältern auf der Langstraße und kannte jeden beim Namen. Dazu rauchten wir Gras, das mich an LSD erinnerte, und lachten uns tot.

Mit dem ersten Zug fuhren wir zurück nach Berlin. Seitdem hab ich noch einen Koffer in Zürich, in irgendeinem Hotel, in dem die Fernseher an die Wand gekettet sind.

Ich kriegte keine Minute von den acht Stunden Fahrt mit, wir lagen halb bewusstlos in einem Abteil und wachten erst in Berlin wieder auf. Auf dem Weg zu unserer Wohnung fing Ali an, sich für meine Gastfreundschaft zu bedanken. Sie klang schon fast so freundlich wie die Schweizer.

»Is doch kein Ding.«

»Is es doch! Ich kenne niemanden, wirklich niemanden, der mich mit Kind und ohne Kohle bei sich wohnen lassen würde und kein einziges Mal fragt, ob ich denn schon was Neues gefunden hab.«

»Halts Maul«, lachte ich.

»Vicky, ohne Scheiß, ich bin dir unendlich dankbar, und ich möchte, dass wir uns nie aus den Augen verlieren.«

»Die Wohnung ist zwar groß, aber zu klein, um sich aus den Augen zu verlieren. Und nenn mich nicht Vicky.«

»Süße, es is mein Ernst.«

»Was is dein Ernst?«

»...«

»Was?«, fragte ich nach.

»Karol wird zurück in seine Heimat gehen, will dort ne Boxschule für Straßenkids aufbauen. Ich werde ihm helfen und mit nach Polen ziehen«, sagte sie und fügte lachend hinzu: »Freu dich, du bist uns endlich los!«

»Okay«, log ich und wich ihrem Blick aus, um nichts mehr dazu sagen zu müssen. Ich wusste nämlich, was ich bald los war, mein Glück, meine besten Freunde, meine Familie.

Von da an wuchs die Wohnung mit jedem Tag ein bisschen mehr, im Ernst, ohne das viele Spielzeug und die Kleider auf dem Boden war sie auf einmal wieder viel zu groß. Ich war froh um alles, was liegen blieb, denn alles, was liegen blieb, gab mir etwas Hoffnung, dass Ali es mit Polen vielleicht doch nicht so ernst meinte und vielleicht schon bald wieder vor meiner Tür stehen würde.

Bevor sie ging, küsste sie mich tausendmal, tausend kleine Küsse über das ganze Gesicht. Alou weinte und sagte mit heiserer Stimme, dass er mich vermisse.

»Bullshit, du kannst mich erst vermissen, wenn du weg bist«, lachte ich.

»Ich vermiss dich aber jetzt schon, ab jetzt vermiss ich dich«, sagte er, und ich merkte, dass ich ihn auch schon vermisste.

Sie stiegen in Karols Wagen und rasten davon. Ich schaute ihnen lange hinterher, mindestens bis Poznań oder so. Dann ging ich rauf in meine Wohnung, zog eine enge Jeans und High Heels an und fuhr ins Adlon zum Barmann. Ich setzte mich hin, und ich glaub, er wusste ziemlich schnell, was los war, auch wenn ich ihm nur bei der Arbeit zuschaute und kein Wort über das verlor, was wir nachher alles machen könnten. Dreckigen Sex, am liebsten gleich dort, halb nackt zwischen Jim Beam und Johnnie Walker. Inmitten von so viel Alk und so wenig Licht vergaß ich den ganzen Stress, den ich sonst so hatte, vergaß die abgesagte Tour, die Wut und die Blamage. Ich blieb die ganze Nacht bei ihm, und sei es nur fürs Ego oder für ein bisschen Spaß, ich hätte es schon viel früher tun sollen.

Die nächsten Tage klingelte mein Handy nonstop, und als ich dann doch mal ranging, redete der sonst so schweigsame David vom Label auf mich ein. A, wie leid es ihm tue, mich in so eine beschissene Situation gebracht zu haben, B, ab jetzt alles anders zu machen, und C, eine zweite Chance verdient zu haben.

Ich sagte: »Nein«, er sagte: »Bitte«, ich sagte: »Naahein«, er sagte: »Ach komm schon«, ich sagte: »Nein«, er sagte: »Wenn du willst, kannst du morgen Abend Opener von Karma sein.« Ich sagte: »Ooh«, und dann: »Karma, die Rapperin?! *Die* Karma, Brooklyns Superstar?«

»Yes.«

»Aber weiß die, dass ich nicht Said bin?«

»Du bist Said! Und kein Stress, die wissen, wer du bist.« Also sagte ich: »Okay, bin dabei.«

Was hatte ich denn schon zu verlieren? Gar nichts, und falls es wieder in die Hose gehen würde, brauchte ich diesmal nur paar Blocks weiterzulaufen, um David zu finden.

Er hatte Glück. Den Leuten war egal, dass ich nicht Said war, die waren eh alle nur wegen Karma da. Und mir war egal, dass sie nicht wegen mir da waren, denn ich war auch nur wegen Karma da.

Ich stand weit vorne am Bühnenrand, da, wo das Licht am hellsten ist, wo die Scheinwerfer einen blenden und alles drum herum tiefschwarz machen. Ich sah nicht mal die Leute in der ersten Reihe. Nur ich und der Rap. Ich spielte meine dreißig Minuten und ging dann hinter die Bühne, wo die eigentliche Party stattfand.

Ich lernte Karma und ihre ganzen Leute kennen. Der eine aus Brooklyn war besonders nett, und bevor es mir hätte langweilig werden können, meinte er: »*Sexy, I wanna know who you are, show me where you come from and what you got.*«

Wir gingen raus und fuhren mit dem Lambo durch die Straßen. Ich zeigte ihm erst Mitte und dann ganz Kreuzberg, er wollte alles wissen, warum Taxifahrer bei uns Mercedes fahren und ob das Mäuerchen bei der Warschauerbrücke wirklich die Mauer sei. Ich erzählte ihm alles, was ich über Berlin wusste, und nichts über mich. Kein Wort über Cinisi, die Stadt, aus der ich kam. Ich ließ meine Heimat einfach aus, als wäre ich eine von hier und hätte nie in Sizilien gelebt. Als hätte ich aufgegeben. Aufgehört, zurückzuwollen, zu kämpfen und zu beweisen, dass ich zu ihnen gehörte. Dabei war doch eigentlich jeder Herzschlag eine Erinnerung an meine Familie. Ich fing an, mich selbst zu hassen, weil ich nicht mehr ich selbst war. War sauer und nicht mehr ganz nüchtern und dachte mir, wenn der Typ einen auf »Ich will wissen, wer du bist« macht, dann soll er auch mitkriegen, wer ich bin und wo ich herkomm.

Ich überlegte nicht weiter und fuhr auf die A9. Mein Fuß schwer auf dem Gas, während seine Hand mein Bein hochwanderte und es mir schwer machte, mich auf die Straße zu konzentrieren. Autofahren war noch nie so sexy, bis er mich mitten zwischen Leitplanken und Scheinwerfern fragte, wo wir denn genau seien.

»Genau irgendwo zwischen Berlin und Mailand«, antwortete ich.

»What?«, schrie er, als wäre ich einer Katze über den Schwanz gefahren.

»Ach komm schon«, sagte ich, »hast nicht mitgekriegt, dass wir seit zwei Stunden nur noch geradeaus durch die Nacht jagen oder was.«

Er sagte, er wolle sofort zurück. Was für ein Penner, was fürn langweiliger Penner. Um ein Haar hätte ich ihm einen der schönsten Plätze dieser Welt gezeigt, ein Stück Seele, und er laberte was von so schnell wie möglich *back to the hotel* gehen.

Ich sagte: »Okay«, und fuhr die nächste Ausfahrt raus. Aber Gott war auf meiner Seite und machte es mir leicht. Nach zwei Minuten musste der Typ pinkeln. Ich fuhr rechts ran, er stieg aus, und ich konnte nicht anders, ich schwöre, ich konnte nicht anders, als einfach weiterzufahren. Und so rollte ich gemütlich zurück nach Berlin, ohne jemand neben mir, der nervige Fragen stellte, nur ich und die Nacht, die mich durch ihre unendliche Dunkelheit bis nach Hause begleitete. Am nächsten Tag wusste ich weder, wie der Typ hieß, noch, wie ich auf die bescheuerte Idee kommen konnte, ihm Sizilien zeigen zu wollen.

»Wohin bist du gestern so schnell abgehauen«, fragte David.

»War kurz in Nürnberg.«

Er dachte, ich mache Witze, und lachte trotzdem nicht.

»Hab noch nicht geschlafen«, stöhnte er, »hier is die Hölle los, Karmas Freund ist verschwunden.«

»Karmas Freund?!«, platzte es aus mir raus. Entspannte mich aber auch schnell wieder und bereute einfach nur, den Arsch nicht gleich im Rückwärtsgang überfahren zu haben.

Eine Woche später machten wir da weiter, wo wir aufgehört hatten. Sobald ich auf einer Bühne war, schrien mindestens zwanzig Leute im Chor »Said!«, und wir gaben ihnen, was sie wollten, doch wenn ich Said rief, dann blieb es still.

Die Leute feierten mich, und das, obwohl es sicher Wichtigeres zu feiern gegeben hätte. Die Musik war mir einfach zugefallen, ich brauchte mich nur auf eine Bühne zu stellen und die Arme wie Jesus auszustrecken. Keine Ahnung, wie das passieren konnte, aber es gibt ja sogar welche, die komponieren auf einmal ganze Arien. Neurologen sagen dann, es sei eine Umgestaltung im Gehirn, mag sein, bei mir war es ganz bestimmt Said. Und ich war fest entschlossen, es so lange durchzuziehen, bis er endlich vor mir stehen würde, um das Mic wieder selbst in die Hand zu nehmen.

In der Zwischenzeit schrieb ich Cihad Briefe in den Knast, und wenn er ein Handy hatte, telefonierten wir auch. Das ging dort zu wie auf dem Markt, er kam sogar schneller an Drogen als ich. Er war sozusagen an der Quelle. Und jedes Mal sagte er mir, er sei bald wieder draußen. Ich nahm das ungefähr so ernst, wie ich früher Aliyah ernst genommen hatte, wenn sie meinte, sie sei gleich zu Hause, denn das hieß, dass sie noch am anderen Ende der Stadt mit eingelegten Haaren beim Friseur saß und auf der Straße noch zufällig jemanden treffen und ganz vergessen würde, dass sie gleich da sein wollte.

So was nervt, es sei denn, man kennt es schon und fängt erst gar nicht an zu warten, tut einfach das, was man sowieso getan hätte. Und genau das tat ich, ich konzentrierte mich auf den Rap. Die Musik und die Leute hatte ich schon. Glück auch. Ich wusste es nur noch nicht, denn manchmal versteckt sich das Glück in Zufällen, die sich erst mit der Zeit als Segen offenbaren. Und als das Glück sich dann zeigte, stand Pele vor mir, Peker »Pele« Polat, einer der gefragtesten Regisseure Deutschlands, und meinte, er wolle mit mir arbeiten. Ich hätte schreien können vor Freude, machte ich aber nicht, ich blieb cool. Konnte ja nicht vor Pele auf die Knie gehen, ihm die Füße küssen und ihn volljubeln, nee, so läuft das nicht, dann eher Champagner bestellen und sich vormittags volllaufen lassen, das geht.

Eigentlich erstaunlich, wie nah Freude und Trauer sich doch sind, am Schluss kommt es aufs Gleiche raus, man lässt sich volllaufen.

Pele trank mit. Es war mir echt schleierhaft, warum ein

Schwergewicht wie er mein Musikvideo produzieren sollte. Ich überlegte sogar kurz, ob mein Vater ihn vielleicht bezahlt haben könnte, doch Pele meinte nur: »Es is Zeit, dass ein Indielabel mal richtig abräumt«, und: »Wir werden es den Großen zeigen!«

Dabei vergaß er wohl, dass er schon längst zu den Großen gehörte.

IM September fingen die Dreharbeiten an, zuerst in Berlin vor Bluescreen, danach irgendwo bei Leipzig in einem stillgelegten Fabrikareal. Um Geld zu sparen, wollte David, dass ich mit den Jungs von der Technik ans Set fahre. Die warteten mit laufendem Motor in der Einfahrt, während ich auf die Schnelle mein Zeug zusammenpackte. Ich schmiss einfach alles in die Tasche, und als ich runter zum Wagen ging, stolperte ich um ein Haar über einen Strauß Hortensien, der vor meiner Wohnungstür stand. Ich dachte mir nicht viel, nur, dass das Geäst eher wie aus einem Gebüsch gerissen als vom Floristen aussah, und stellte es einem Nachbarn vor die Tür.

Unten sagte ich Hallo und Sorry, und die Beleuchter sagten die erste halbe Stunde gar nichts. Das war wohl die Strafe für das Wartenlassen. Mir war das aber gerade recht, denn so konnte ich die Zeit nutzen, um paar Zeilen zu schreiben. Wir fuhren an Potsdam vorbei und dann an Dessau, und zwei Stunden später waren wir am Drehort. Ich brauchte nicht zu fragen: »Warum hier?«, denn hier war es offensichtlich günstig.

Die Halle war endlos, hundert Meter hoch oder so, hoch genug, um Stuntleute kopfüber rumfliegen zu lassen. Ich hatte keine Ahnung, wie das gehen sollte, aber eins war sicher, von den abgefuckten Karosserien und Maschinen, die überall rumstanden, würde am Schluss nichts mehr zu sehen sein. Postproduction hieß das Zauberwort. Die werden ganz schön viel zu zaubern haben, dachte ich. Irgendwas raschelte die ganze Zeit, vielleicht waren es Vögel, vielleicht aber auch die Seelen der Arbeiter, die hier vor hundert Jahren von einem Gerüst gefallen waren.

Das Dach fast so weit wie der Himmel, an den Wänden Reste von übrig gebliebenen Stockwerken, die von allen Seiten in die Halle ragten. Mit ein bisschen Fantasie standen wir in einem riesigen Innenhof, umgeben von zerbombten Hochhäusern. Und so hoch die gebaut hatten, so tief hatten die auch gebuddelt, und so weitläufig die Halle war, so einengend war das Untergeschoss. Die Gänge schmal, die Decken tief. Alle paar Meter schwere Eisentüren, die ganz sicher keine Fluchtwege waren. Ein Labyrinth aus dicken Mauern, Schächten und schrecklichen Gedanken. Am liebsten hätte ich eingepackt und wäre auf der Stelle zurück nach Berlin, hätte das Rappen sein gelassen und wär wieder Model geworden.

Ein Model, das keiner bucht, das die Tage im Bett verbringt und auf nen beschissenen Anruf wartet. Also hatten die anderen vielleicht doch recht, vielleicht war das wirklich die passende Location, um unseren Clip zu drehen. Der Song dreckig und roh wie die Halle. Mein erster politischer Track. Ein Statement gegen rechts. Die Bilder auf dem Storyboard sahen aus wie aus einem Ballerspiel, voll beladen mit Kampfszenen zwischen Tänzern, die wie Trümmer von den Dächern fielen, und Komparsen, die mit Springerstiefeln und Baseballschlägern ihren Boden verteidigten. Ich dachte, das klappt nie, und stand dann jeden Tag von Neuem wie versteinert im Raum, wenn das ganze Set voller Tänzer und kahl rasierten Statisten sich mir als Riesenspektakel darbot.

Ohne den Blick auch nur einen Moment abzuwenden, schnorrte ich mir eine Kippe, zog den Rauch tief in mich rein und genoss, wie er sich in meiner Brust mit einem eigenartigen Stolz vermischte. Im Grunde waren die ja alle wegen mir hier. Im Grunde war ich der Schmetterling, der mit den Flügeln geschlagen hatte.

Ich hatte so etwas noch nie gesehen, außer vielleicht bei

Crouching Tiger, Hidden Dragon, aber sonst nicht, und schon gar nicht live, zwei Meter vor mir. Alle gaben hundert Prozent, und so schön ausgeleuchtet sah die Halle gar nicht mehr so schlimm aus. Ich kam mir vor wie auf Drogen, und als wäre ich es wirklich, fing ich an, jeden Einzelnen von ihnen zu lieben. Schon krass, man braucht ein ganzes Leben, um die eigene Familie kennenzulernen, und nicht mal eine Woche, um eine neue zu finden.

Doch bevor mich die ganze Harmonie hätte nerven können, war sie auch schon wieder weg. Es war der letzte Tag von vier. Der Aufnahmeleiter steuerte die ganze Zeit mit einem roten Laserpunkt auf der Stirn durch die Gegend. Ich dachte mir nichts dabei, außer vielleicht, dass die Beleuchter sich an der Tanke einen Laserpointer geholt hatten und jetzt *Call of Duty* spielten oder so. Dass das aber eine Warnung oder gar eine Drohung hätte sein sollen, darauf wäre ich nie im Leben gekommen.

Alles war friedlich. Die Komparsen waren abgedreht, saßen rum, aßen vom Catering und tranken schon mal die Bierkästen leer, die für den Abend angeschleppt worden waren. Ich war richtig glücklich, fand es nicht mal mehr schlimm, das letzte Bild im Untergeschoss zu drehen, wo ich Anfang der Woche noch meinte, mich würde nichts und niemand dort runterbringen, doch so kurz vor Drehschluss wollte ich den Clip einfach nur noch im Kasten haben.

Wir stiegen also wie die Kälber runter in den Keller, und ich fragte noch, halb als Witz: »Leute, was machen wir hier unten, wir drehen ja nicht *The Blair Witch Project*!«

»Nee, wir drehen The Bad Bitch Project«, lachte einer von hinten. Und dann meinte der, der grad eben noch als Zielscheibe mit einem Laserpunkt auf der Stirn rumgelaufen war: »Und wir sind dann wohl *The Bad Bitch Protect*!«

Na, wenn das mal nicht beruhigend war. Alle fanden es lustig, und irgendwie war das ansteckend. Ich lachte mit, gehörte schon fast zu den Mutigen, als schlagartig der Mut wie ein falscher Freund von meiner Seite wich und mich alleine stehen ließ. Alleine zwischen einem Haufen Schisser.

Zuerst wurde es laut, dann gab es Gedränge. Ich hatte keine Ahnung, was passiert war, instinktiv rannte ich los, vor, nach rechts und links, dabei wollte ich einfach nur zurück, doch das ging nicht, denn halb vermummte Faschos waren uns gefolgt und stürmten die Gänge.

Fast hätte ich gejubelt: »Haha, das sind gar keine Faschos, das sind die Komparsen!«, doch die Komparsen schienen auf einmal so wahnsinnig glaubwürdig, wie sie in ihren Kostümen auf alles einschlugen, was ihnen im Weg stand.

Ich hatte keine Ahnung, was die Scheiße sollte, fragte mich, ob vielleicht das Essen verdorben war oder ob ihnen die fünfzig Euro Tagesgage nicht mehr genug waren. Die Antwort war ein Schlag auf meine Wirbelsäule. Ich schmiss mich zu einem Mädchen von der Maske in eine dunkle Ecke, nicht, dass man uns nicht gesehen hätte, aber Wegrennen war sinnlos, und es war besser, in einer Ecke zu kauern, als im Weg zu stehen. Wir hielten einander fest, ihre Augen funkelten wie der Boden, auf dem Scherben zerschlagener Bierflaschen wie ein glitzernder Teppich aus Kristall lagen. Springerstiefel stampften drüber. Baseballschläger baumelten an uns vorbei. Und ein Spinner mit einer Knarre in der Hand nahm mir die Hoffnung, dass alles wieder gut werden würde.

Ich dachte an meine Mutter. Ich hatte sie mein halbes Leben lang vermisst, und doch wollte ich jetzt auf keinen Fall zu ihr. Ich wollte leben, vielleicht zum ersten Mal.

Fünf Typen stellten sich vor uns hin und fingen an, auf uns einzuschlagen. Die Schläge brannten, Glassplitter flogen uns um die Ohren, und das Mädchen betete. Ich betete auch, aber nicht das Vaterunser, ich betete, es ihnen eines Tages heimzahlen zu können.

Wie aus heiterem Himmel hörten die Tritte auf. Das machte die Sache aber nicht besser, eher schlechter, denn es gibt ja weiß Gott Schlimmeres, als Schläge an die Schienbeine und Ellenbogen zu kriegen. Das Gejohle verstummte, und ich sagte mir, entweder wirds jetzt richtig ernst, oder es is grad einer von uns gestorben, und die Wichser kriegen nach sechs Millionen Toten doch noch ein Gewissen.

Keiner wusste, was los war. Bis einer der Komparsen auf den Aufnahmeleiter zuging und grölte, wir hätten keine Ahnung, mit wem wir es zu tun haben.

»Was redest du?«, schnaufte der.

»Junge, checkst dus nicht? Wir sind alle echt! Was ihr da dreht, ist keine Kunst. Das ist ein Meme für ichlachmichtot.de.«

Und während seine Leute noch lachten, drehte er sich zu mir und grinste: »Bock auf Gangbang mit Thor Steinar?«

Ich schaute auf den Boden, scheiße war das, scheiße war das, Mann. Dann ein langer Pfiff, und die Truppe trat ab. Hätte ich das gewusst, hätte ich schon längst gepfiffen.

Keiner von uns sagte was. Wir gingen hoch ans Tageslicht und dann ins Hotel. Die meisten hockten in meinem Zimmer rum, redeten nicht viel, jeder brauchte seine Ruhe, ohne dabei alleine zu sein. Dann kam der Hunger und erinnerte uns daran, am Leben zu sein.

Wir bestellten alles aufs Zimmer, was es auf der Karte gab, alles, das waren genau zwei Sachen. Leipziger Allerlei und Leipziger Lerche, doch mit Roederer Cristal ging das runter wie nix.

Mit der Zeit kam auch die Sprache wieder.

»Gott sei Dank hab ich keinen Komparsen gefickt!« Ich war die Einzige, die es witzig fand. Die andern schauten wie Lämmer. »Was schaut ihr so? *Minchia*, wie konnten wir uns bloß so verarschen lassen, die Bude voller Faschos, und wir checken es nicht mal.«

Ich hatte überall blaue Flecken, und mein Rücken und mein Knöchel taten weh. Champagner tat gut gegen den Schmerz und gab Mut für die Rache, also machten wir weiter, Flasche um Flasche, Fascho um Fascho. Am liebsten wäre ich gleich los.

David sagte nichts, das war ja nichts Neues, und doch hatte ich das Gefühl, dass er mir was verschwieg. Es hätte mich nicht mal wirklich überrascht, wenn er gewusst hätte, dass die Komparsen echte Faschos waren. Vielleicht hatte er sich gedacht, dass es eigentlich ganz praktisch wäre, wenn die Statisten schon eingekleidet ans Set kommen und man sich dadurch die ganzen Kostüme spart. Ohne Scheiß, wahrscheinlich dachte der hinter seiner Brille wirklich so. Er ging zur Tür und winkte mich zu sich. Ich stand mühsam auf und ging mit ihm aus dem Zimmer.

»Victoria, nur damit du Bescheid weißt, wir werden den Clip erst mal nicht rausbringen. Ich wollts dir einfach kurz gesagt haben, damit du deinen Mund nicht zu weit aufreißt.«

Ich dachte, der verarscht mich, aber so was tat er nicht, also dachte ich, ich hätte nicht richtig gehört, und fragte: »Wie, nicht rausbringen?«

»Nach dem, was alles passiert ist, können wir damit nicht rausgehen.«

»Aber … komm schon, du bist stoned, oder?«

»Nee, bin stocknüchtern. Überleg mal, wie stehen wir denn da? Braucht ja nicht jeder zu wissen, dass wir verarscht wurden.«

»Wie wir vor den andern dastehen? Alter, wenn du so denkst, dann stehst du nicht, dann kriechst du, und zwar allen in Arsch. Ich sags dir, sich verarschen lassen ist eine Sache, sich aber danach noch einschüchtern lassen ist, keine Ahnung, Scheiße, geht nicht, Mann!«

»Kann schon sein«, winkte er ab, »ich will trotzdem nicht, dass die mir die Bude abfackeln.«

»Die werden schon nicht –«

Er fiel mir ins Wort: »Vergiss es. Und was diskutiere ich überhaupt mit dir? Wir gehen damit nicht raus, fertig.«

Ich konnte das nicht verstehen. Ich konnt nicht verstehen, wie man seine Werte einfach mal schnell über Bord schmeißen konnte, nur weil es gerade bequemer war, sein Maul zu halten.

»*Ma vaffanculo*, Auge um Auge, ausm Sinn oder was?« Ist doch so, einer, der so reagiert, hat in seinem Leben zu viel geraucht. Oder ist der größte Feigling, der rumläuft. Oder hat selbst Mist gebaut und hat Schiss, dass es rauskommt. Früher hätte ich mich kurz geärgert, einen Joint geraucht und das Ganze vergessen. Mittlerweile ging das nicht mehr. Ich sah die Menschen durch andere Augen, durch die Augen des nettesten Menschen, den ich je kennenlernen durfte, der seine Freunde über alles stellte, es sei denn, er wurde von ihnen enttäuscht. Dann gab es kein Mal schaun, auch kein Wird schon wieder, nur Schwarz und Weiß, und ich sah definitiv schwarz.

Ich musste wieder mal weg, stand auf und ging. Wollte mit keinem von denen mehr was zu tun haben, ich Idiot verabschiedete mich nicht mal mehr von Pele.

Blind vor Wut lief ich durch irgendwelche Straßen, stampfte meinen Hass in den Boden, bis sich der Himmel zuzog und die Sterne vom Himmel verschwanden. Ich hätte schwören können, Gott sitzt dort irgendwo rum und schaut zu mir runter. Soll er, dachte ich, denn ganz egal, wie winzig ich für ihn gerade aussah, ich fühlte mich drei Meter groß, lief die Straße lang, als hätte ich gerade das beste Koks der Welt gezogen.

AB da hatte ich wieder viel mehr Zeit, aber kein Label und keine Ahnung, was ich mit der ganzen Zeit anfangen sollte. Zeit ist nur kostbar, wenn man keine hat, zu viel davon macht bloß dick. Oder betrunken.

Ich überlegte, meine Sachen zu packen und zu meinem Dad zu fahren. Ich überlegte sogar, mich bei David und seinen Jungs zu melden. Bis ich wieder nüchtern war. Schon klar, man muss nicht immer einer Meinung sein, und Nas und Jay-Z waren auch nicht immer beste Freunde. Trotzdem, ich konnte mich nicht melden, mein Stolz ließ es nicht zu. Ich hatte einfach keinen Respekt mehr vor den Jungs. Alles Rambos, solange nichts passiert. Alles Penner.

Ihr seid der Schatten, wenn die Sonne scheint
Ich erkenn Motherfuckers schon von vornherein
Ihr seid mal so, mal so, mal yo, mal nein
Das Problem, das ihr habt, heißt Borderline

Ruckzuck wurden es drei Mal sechzehn Zeilen. So was machte mich glücklich, so was brachte Said zu mir runter und mich am besten weit nach oben. Beim Schreiben wusste ich immer weiter. Im Leben nicht. Ich wusste nicht mal, was ich in den zwei Minuten nach dem Schreiben machen würde. Also schrieb ich weiter und weiter, aber die verfickten zwei Minuten saßen mir im Nacken, und früher oder später musste ich mich ihnen stellen.

Ich erwartete eine unendliche Leere. Falsch, Leere braucht Raum, Leere braucht irgendwas, um zu sein. Und da war nichts. Das ist wie mit dem Tod, der braucht auch ein Leben, ohne Leben kein Tod. Ich ging also schnell zurück in meine Welt, kritzelte mir die Punchlines von der Seele, um die Leere zu spüren, die es nur gab, wenn ich schrieb. Um sie zu spüren und dann vor ihr zu flüchten.

In den nächsten Tagen änderte sich nichts. Vom Label meldete sich keiner. Dass mir das langsam egal wurde, war das Einzige, was sich dann doch veränderte. Musste aber mit den Folgen leben, nämlich gar keinen. Und keine Shows und kein Support und keine Ahnung, was aus mir werden sollte. Sogar die Hortensien, die ich dem Nachbarn vor die Tür gestellt hatte, standen trotzig an Ort und Stelle. Staubtrocken, aber irgendwie schön. Nicht umsonst heißen sie wohl die Blumen mit den zwei Leben. Ich musste an Said denken, stellte mir vor, die Blumen wären von ihm, und hoffte, dass er nächstes Mal klingeln würde, wenn er welche vorbeibrachte. Ich schwöre, ich hätte nicht gefragt, wo er die ganze Zeit gewesen ist. Ich wär nur dagestanden, er ganz nah vor mir, und nur beim Einatmen hätten sich unsere Körper für Sekunden berührt, immer wieder, tausend Atemzüge lang. Dann hätte er mich so angeschaut, wie nur er es kann, hätte den Kopf leicht auf die eine Seite gesenkt, und ich hätte ihn ganz sicher nicht geküsst. Ein bisschen Stolz muss bleiben. Aber er wär nicht mehr von meiner Seite gewichen, und irgendwann hätte er gewonnen, irgendwann hätte ich nachgegeben, und wir hätten nie wieder aufgehört, uns zu lieben.

So einfach hätte es sein können, hörst du, Gott?

MAN sagt ja, Freunde sorgen dafür, dass man auf dem Boden bleibt, passen auf, dass man nicht abhebt, da ich aber schon so am Boden war, dass ich Mühe hatte, morgens überhaupt aufzustehen, brauchte ich Freunde nicht wirklich. Jeden Tag ein Kampf, aus dem Bett zu kommen. Doch ich sagte mir, solang es mehr Möglichkeiten als Ausreden gibt, musst du aufstehen. Sei es auch nur, um die Wand anzustarren. An den schlechten Tagen trank ich dazu Wodka. An den guten fuhr ich raus nach Tegel und besuchte Cihad. Das war so einmal im Monat.

In Tegel liefs immer gleich ab. Guten Tag, dann Sicherheitskontrolle, dann zwischen einer Bemerkung und dem ein oder anderen Blick hindurch bis zum Besucherraum. Die Beamten dort kamen auf schöne Frauen überhaupt nicht klar, und genau das liebte ich, denn ich wusste, wie fertig es sie machte, dass die schönsten Frauen zur anderen Seite gehörten.

Ich mochte Beamte noch nie. Mit Bullen redete ich nicht mal. Kein einziges Wort, mein ganzes Leben. Kein Hallo und kein Tschüss, gar nichts. Das liegt wohl in den Genen.

»Alles Ratten.«

»Du sagst es, Vic«, lachte Cihad.

Wir saßen uns gegenüber. Ich erzählte ihm von draußen, erzählte von Ali, die nicht mehr da war, und von den Komparsen, die keine waren. Die Story in Leipzig hätte ich besser ausgelassen.

Zu spät, er fluchte schon. »Was für Bastarde, Alter, ich bring die alle um.«

»Setz dich, Cihad. Is ja nichts passiert.«

»*Hamdulillah*, is nichts passiert! Was lässt du dich überhaupt mit diesen Leuten ein? Die Hundesöhne haben dich doch nur gesignt, um dich weg vom Markt zu halten. Hab gehört, dass Monte jetzt für Davids Drecksladen produziert, die stecken alle unter einer Decke, glaub mir.«

»Kann schon sein. Is aber auch egal, ich hab eh mit keinem von denen mehr was zu tun. Alle gleich, die Penner«, sagte ich und wechselte das Thema. Ich wollte ihm ja auch schöne Sachen erzählen. Weil es keine gab, erfand ich eben welche.

Langsam entspannte er sich wieder, lehnte sich zurück und schaute mich an. Ein bisschen so wie Said in Paris. Damals. Im Restaurant.

»Was schaust du so?«

»Ich versuch mich bloß zu konzentrieren. Muss mir jedes Wort merken, das du sagst. Wenn ich allein in meiner Zelle sitz und mir langweilig wird, will ich alles, was du gesagt hast, im Kopf wieder abspielen können. Ey und lach nich, is so.«

Dafür hätte ich ihn am liebsten umarmt. Er lachte. Und ich sah Said. Wenn er lachte, sah er echt aus wie sein Bruder. Nicht mal der Tod schien sie trennen zu können. Das junge Herz und die weise Seele, so hatte ich die beiden kennengelernt, und so waren wir in diesen bürokratischen dreißig Minuten kurz alle wieder zusammen.

Die JVA Tegel war bei Weitem das Spannendste in meinem Leben. Natürlich erzählte ich das keinem, nicht mal Cihad, tat so, als wäre ihn zu besuchen wie mal schnell zu Aldi gehen, und schaute mich unauffällig unter den Jungs um.

»Lass ma, Vic, das sind genau die Falschen hier. Gammeln den ganzen Tag nur rum und rufen nie an.«

»Aber laufen nicht weg.«

Cihad grinste. Als die halbe Stunde um war, ging ich aus dem Besucherzentrum zurück in mein Leben und fühlte mich dabei schon wieder wie eine Besucherin. Ich rauchte eine nach der anderen, saß am Fenster und blies den Rauch gegen die dreckige Scheibe. Mein Gesicht spiegelte sich über die ganze Stadt. Meine Stadt, vielleicht, irgendwann gehört mir Berlin.

Ich dachte noch nie klein, nahm mich aber auch noch nie ernst. Ich rauchte. Meine Gedanken wiederholten sich. Vielleicht war es aber auch bloß ich, die sich wiederholte. Ich rauchte. Ganz sicher zu viel. Selbst die Wörter, die ich leise vor mich hin rappte, waren grau vom Rauch, voller Teer und Nikotin. Voller Sehnsucht und Alkohol. Ich hielt die Hände ans Fenster und schrieb mit den Fingern aufs Glas.

Ich hör Stimmen um mich, Dolby Surround
Überlebenstraining, das ist kein Sound
Keine Musik, das ist der Fall der Mauer
Der Sprengsatz im Bus während der Rushhour
Eine höhere Macht, Said, Leid und Trauer
Allein in der Nacht, I can't fight this power

Ich hätte im Studio sein müssen. Das Studio hätte mich wahrscheinlich gerettet. Doch Moses hatte keine Zeit, er wurde zu Hause gebraucht, während mein Leben an mir vorbeizog wie die Tonspuren auf Cubase. Ich stand bloß daneben wie ein schlechter Rapper, der den Einstieg verpasst.

»Es gibt halt welche, die kriegen Kinder, andere kriegen nicht mal ihr erstes Album fertig, bevor sie sterben«, hauchte ich gegen die Scheibe, die beschlug und meinen Augen den Glanz nahm. Rai Due flimmerte tonlos vor sich hin. Die Talkshow mit den vielen Frauen sah nach viel Lärm aus. Ich ging in die Küche, wo das Radio lief.

Im Kühlschrank war noch genug Wodka, doch ich blieb davor stehen, als hätte ich vergessen, wonach ich suchte. Aus den kleinen Boxen kam ein Beat, viel zu schwer und tief für die kleine Schrottanlage. Viel zu gut. Ich hatte so was noch nie gehört, schon gar nicht auf Jam FM.

Ich musste stehen bleiben und zuhören. Wäre aber besser weitergelaufen, böse gestolpert und liegen geblieben. Die Melodie erinnerte mich an meine Kindheit, mehr noch, ich roch die salzige Luft, den Wein, den Sommer und den Schweiß der alten Leute. Ich fühlte mich kurz wie zu Hause. *Back in the days*, als auf den kirchlichen Festen das ganze Dorf zum *Canto di Malavita* tanzte. Jung und Alt, alle zusammen, und ich immer mittendrin, bis ich vor Müdigkeit umkippte und mein Vater mich nach Hause trug.

Und jetzt stand ich da, fast ein Leben davon entfernt. Und doch erinnerte ich mich mit einem Mal an Lieder, die ich gar nicht mehr zu kennen glaubte. Ich fing an zu singen, zuerst zögerlich, dann laut und kreuzverkehrt, so wie ich sie früher als Kind unter den Lampions durch die Nacht geschmettert hatte.

Appartegnu all'onorata, puru si c'impizzu e vita. Eu nun fazzu na sgarrata, ich teile mein Herz. Wenn die Not es erfordert, meine Fenster und Türen stehen offen. Und ich, der ich Blut in meinen Adern fließen habe. Kann mir tausend Verräter vom Leibe halten, denn sie wissen nur zu gut, dass hundert Messer gewetzt sind.

Während ich sang, streichelten Tränen meine Wangen, und ich fragte mich, wo bloß dieses kleine Mädchen geblieben war. Ich schloss die Augen. Die kalabresische Melodie legte sich stolz über den Bass. Bis der Rap losging und alles wieder kaputtmachte. Ich hörte meine Zeilen, meine Worte, aber nicht meine Stimme. Irgendeine Nutte rappte eins zu eins meinen Text. Wäre ich locker gewesen, hätte ich vielleicht mitgesungen, aber ich war noch nie locker, es war, als würde eine Tussi Said ficken, und ich müsste dabei zuschauen. Ich würde durchdrehen. Würde nie im Leben sagen, geil, ich mach mit, ich würde die Frau so auseinandernehmen, dass sie die Nacht mit meinem Mann niemals vergessen könnte. Ich bin halt nicht locker.

Ich prügelte auf die Anlage ein, schmetterte das Teil mit ganzer Kraft gegen die Wand, fluchte durch den Gang, ins Wohnzimmer, bis ins Bad, boxte alles, was rumstand, und wäre Gott mir erschienen, ich hätte zugeschlagen. Zu viel Druck und zu wenig Schlaf. Ich schrie, zitterte und krachte auf die Fliesen. Es fühlte sich an, als würde sich der Boden teilen. Ich nahm nichts mehr um mich rum wahr, weder Lärm noch Zeit. Die Luft blieb weg. Dass ich noch lebte, wusste ich nur, weil Weinkrämpfe wie Stromschläge durch meinen Körper schossen. Ich röchelte wie ein Opfer und wollte weiterschlagen wie ein Täter, doch mein Körper klebte am Boden fest.

Erst nach Stunden konnte ich mich wieder bewegen. Ich schleppte mich zum Telefon, wählte Alis neue lange Nummer und flehte zu Gott, sie würde rangehen. Als ich ihre Stimme hörte, konnte ich nicht reden, und als sie fragte, ob alles in Ordnung sei, legte ich auf. Danach war lange nichts, und als Nächstes war sie bei mir.

»Oh mein Gott, was hast du genommen!« Ich hatte gewusst, dass sie das sagen würde. »Und was is das für Blut an deiner Stirn?« Das wusste ich dagegen nicht, strich mir mit dem Handrücken übers Gesicht und legte mich wieder aufs Sofa.

»Liebling, es wird alles gut. Ich koch dir Tee. Ich kümmer mich um dich, und in paar Tagen hast die ganze Scheiße rausgeschwitzt.«

»Ali, ich hab nichts genommen. *Minchia*, die wollen mich fertigmachen. Ich schwör, ich habs im Radio gehört, die wollen mich fertigmachen.«

»Wer will dich fertigmachen?«

»Die ganzen Jungs. Glaub mir, die wollen mir alles nehmen. Scheißradio, ey, hättest es hören sollen, die klauen alles von mir, sogar der Beat is aus meiner Kindheit.« Und wie ich das sagte, musste ich lachen, ich merkte ja selbst, wie wirr das klang. Ali schaute nur. Schon klar, schlimmer hätte ich es nicht bringen können. Aussehen wie nach einer Schlägerei, komisches Zeug reden und dazu noch lachen machte nicht unbedingt einen gesunden Eindruck.

Ich versuchte es zu retten. »Scheiße, Ali, vergiss es einfach.« Doch das tat sie nicht, drehte sich um und wählte die 112.

»Ali, *amor*, lass das sein, ich komm schon klar.«

»Du brauchst Hilfe, Liebling«.

Sie hatte recht, ich brauchte Hilfe. Hilfe, um Davids Büro in die Luft zu jagen. Hilfe, um es der ganzen Welt heimzuzahlen. Ich lag quer über das Sofa gestreckt, atmete tief ein, nur ein, nie aus, bis zwei Sanis mich auf eine Trage packten und raustrugen.

Ali hielt die ganze Zeit meine Hand. Sie ließ sie keinen Moment los, als ob sie Angst hätte, ich könnte abhauen. Als ob sie mich hätte halten können. Niemals. Um zu gehen, hätte ich bloß die Augen schließen brauchen, und geblieben wäre nur kaltes Fleisch. In der Luisenstraße angekommen, wollten sie mich gleich dortbehalten. Mir war es egal, das Essen war besser als bei mir zu Hause, und im TV lief derselbe Scheiß. Viele verschiedene Ärzte gaben mir viele verschiedene Beruhigungsmittel. Draußen ging das Leben weiter, an mir ging es vorbei. Draußen rappte eine Frau meine Texte. Ging mir am Arsch vorbei. Draußen spielten sie Malavita-Melodien und hatten keine Ahnung, was sie bedeuten. Aber ich blieb ruhig.

»Die Medikamente schlagen gut an«, freuten sich die Ärzte. Ich starrte weiter zur Decke. Gut ist eben relativ.

Im Bett neben mir lag eine Frau, so zerbrechlich und steinalt, dass man Angst hatte, sie könnte vom Scheppern einer Gabel auseinanderfallen. So blass, dass man durch sie durchschauen konnte. Ich hatte ganz vergessen, dass es so alte Leute überhaupt gibt. In der Friedrichstraße gab es die zumindest nicht. In Kreuzberg sah ich auch keine, und in der Vogue war die Älteste Vivienne Westwood. Die Frau redete nicht. Ich war nicht mal sicher, ob sie überhaupt lebte. Ich machte es ihr nach und lag den ganzen Tag in meinem Bett.

Nach vier Tagen wurde mir langweilig. Ich wollte nach Hause, doch die Packungsbeilagen der Medikamente zwangen mich zur Bettruhe, und die Blicke der Schwestern sagten, dass das hier kein Hotel sei. Ich gönnte ihnen das Gefühl der Überlegenheit. Kotzte ihnen dafür ab und zu in ihre weißen unschuldigen Hände. Draußen in der Wildnis, im richtigen Leben, hätten sie keine Chance gegen mich. Aber hier drin wussten sie alles. Und checkten nichts. Sie erzählten mir, wie ich bin und wie nicht, was ich hab und was ich brauch. Ich fragte mich, in was für Büchern das alles drinsteht. In keinen, Ali war nur so geschockt über meinen Zusammenbruch, dass sie aus Verzweiflung jedem dahergelaufenen Arzt meine ganze Psyche anvertraute, und gemessen an den Antipsychotika, die ich schlucken musste, übertrieb sie dabei ziemlich.

Ich versuchte es ihr nicht übel zu nehmen, redete mir ein, sie wolle nur das Beste für mich. Ich gab mir Mühe, so zu denken, versuchte es wirklich, aber es ging nicht. Die Wut war stärker, denn eigentlich hätte sie sich vor die Ärzte hinstellen, ihnen ins Gesicht spucken, meine Hand nehmen und mit mir rausspazieren sollen. Doch dafür hätte sie an mich glauben müssen. Mir glauben müssen. Und das tat sie offensichtlich nicht. Sie sprach lieber in anderen Räumen über mich.

Ich ließ sie sich alle ihre Meinungen bilden, und dabei kam raus, ich hätte eine besonders starke Imaginationskraft, die es mir manchmal schwer mache, zwischen Realität und Wahn zu unterscheiden. Dies sei aber nach schweren und überraschenden Verlusten nichts Ungewöhnliches, und auch das Gefühl, eine höhere Macht gebe einem Gedanken ein, sei ein häufiges Symptom. Unter den Verrückten war ich also ganz normal. So wie Beanie Sigel, vielleicht. *I hear this voice in the back of my mind. Like, ›Mack, tighten up your circle before they hurt you‹. Read they body language. Eighty-five percent communication non-verbal.*

Ali brauchte mir nichts mehr zu sagen. Sie drehte sich weg, ich schaute nicht hin, sie verschränkte die Arme, und ich stellte mich schlafend. Als ich die Augen wieder öffnete, war ich froh, dass sie weg war. Auf dem Tisch lag ein Zettel.

Vicky, ich muss wieder zurück nach Warschau. Hab dir paar frische Klamotten von zu Hause geholt. Deine Wohnung sieht schlimm aus, hab deinem Nachbarn, dem Chinesen mit dem Laden, Bescheid gesagt. Seine Frau kümmert sich drum, sie hat ja noch die Schlüssel. Werd bald wieder gesund, deine Aliyah.

Normalerweise wäre ich durchgedreht. Normalerweise wäre ich nach Hause gerannt und hätte die dreckige Unterwäsche eingesammelt und ganz unten im Wäschekorb versteckt. Normalerweise hätte ich gedacht, scheiße, was hat Ali denen erzählt, und was denkt Ariel jetzt von mir. Ich hätt mich sogar geärgert, dass sie nicht checkt, dass Ariel kein Chinese ist.

Doch mein Zorn schien im Schlaf verloren gegangen zu sein. Mit dem Kissen erstickt. Meine Gedanken zensiert.

Ich zog die Decke bis zum Kinn und schlief weiter. Mir war alles egal, egal, ob das Badezimmer wieder mal unter Wasser stand, weil einer mit einem Becher das dreckige Wasser aus der Kloschüssel schaufelte, oder ob ich nachts aufwachte, weil jemand die alte Frau ungeschickt aus dem Zimmer rollte, um mit ihr irgendwelche Versuche zu machen oder keine Ahnung was, sie einfach nur ins Bad zu bringen.

Ich nahm nichts mehr wahr. Leere, bis auf die Stimme, die sie mir alle auszureden versuchten und die dabei das Einzige war, was die Stille um mich rum erträglich machte. Die Zeit verschwand in sich selbst. Ich wusste weder Tag noch Monat, und als ich eines Abends Besuch kriegte, wusste ich nicht mal, ob es Tag oder Nacht, Mittag oder Abend war.

»Besuch?«, wiederholte ich die Worte der Schwester. »Für mich?« Ich hätte schwören können, dass die Frau einfach nur zu dumm für ihren Job war und was verwechselte.

»Hoffentlich passiert Ihnen das nicht auch mit den Pillchen«, brummte ich in mein Kissen und drehte mich weg.

Einen Augenblick später stand er im Zimmer. Er sagte: »Said!«, und ich sagte nichts. Wäre Gott vor mir gestanden, ich wäre nicht überraschter gewesen. Irgendwie passte es nicht. Irgendwie passte er nicht in dieses kleine Zimmer.

»Was los, kennst mich nicht mehr?«

»Doch, klar, Pele«, antwortete ich schnell und dachte weiter, was macht der hier?

»Sag mal, Said, was machst du hier?«

»Das wollt ich dich auch grade fragen.«

»Dich besuchen«, grinste er, »und du?«

»Keine Ahnung«, lächelte ich.

Er zog einen Stuhl zum Bett und setzte sich neben mich. Pele, der Star. Pele, der Macher. Pele, mit dem ich seit Leipzig nichts mehr zu tun hatte.

»Mein Gott, woher weißt du, dass ich hier bin?«

»Stand auf Facebook.«

»Auf Facebook?«, wiederholte ich zwei Oktaven zu hoch. Pele lachte: »Spaß. Nur Spaß. Ariel hats mir erzählt.«

»Ariel?«, stutzte ich. »Alter, woher kennst du Ariel?«

»Ach, den kennt doch jeder. Der hatte früher paar Clubs in Charlottenburg, aber das ist schon lange her, vor Christus, vor seiner Pizzeria.«

»Krass, aber was hast du mit dem zu tun?«

»Gar nichts. Manchmal pokern wir zusammen, Männer halt«, lachte er.

Ach du Scheiße!, dachte ich. Ariel hatte echt Kontakte bis zum lieben Gott. Und wahrscheinlich stimmte es auch, dass er sein Essen schon Politikern in den Knast liefern musste, und dass er keine Visitenkarte braucht, weil ihn eh alle kennen. Wahrscheinlich war alles wahr, was er erzählte, und wahrscheinlich wusste mittlerweile ganz Berlin, wo ich war.

»Hab dir nen MP3-Player mitgebracht«, sagte Pele. »War grad in der Gegend und dachte, ich bring dir ein bisschen Musik vorbei. Du solltest auch wieder was machen. Die andern Rapper sind alle nur halb so gut wie du.«

Ich hätte gern was dazu gesagt, aber ich wusste nicht was. Nach einer Weile meinte er: »Hab mir letztens die Aufnahmen aus Leipzig noch mal angeschaut, Mann, Mann, ist echt schade um die Arbeit. Aber gut, wenn David nicht will, muss ich das respektieren.«

»Schon klar. Ich sag ja nichts.«

»Das mein ich ja, du sagst nichts. Gott, so kenn ich dich gar nicht.«

»Bin nur müde.«

»Kein Ding, ruh dich aus. Ich komm bald wieder.«

Ich glaubte ihm natürlich kein Wort. Wenn ein Mann sagt, dass er bald wiederkommt, heißt das gar nichts. Hab ich recht, Said?

Auf dem Player waren Beanie Sigel, Jadakiss, Sheek Louch, Lil' Kim und ein Haufen Franzosen, die ich nicht kannte. Ich drehte das Volumen bis zum Anschlag. Als könnte ich ihnen dadurch näher kommen. *In these streets you gotta sleep with one eye open. And watch for the snakes and the Jakes approachin. Cause it could be the ones that you laugh and joke with. The ones you smoke wit, and sold your coke wit.*

Und während ich ihre Zeilen hörte, passierte was. Etwas in mir öffnete sich, und ich spürte Wut und Misstrauen, und wäre es auch nur purer Hass gewesen, ich hätte mich gefreut. Der Rap gab mir meine Gefühle zurück, er kam zu mir durch, schneller als die Medikamente. Gab mir Kraft, mehr als die Medikamente. Und scheiß auf alle beruhigenden Psychopharmaka, der Bass wurde zu meinem Herzschlag und ihre Texte zu Mantras, die ich leise vor mich hin rappte.

Ab da schluckte ich keine Tabletten mehr. Ich behielt die Dinger so lang im Mund, bis ich wieder alleine war, und packte die Kapseln in ein Taschentuch. Musik war Medizin genug.

Mitten in der Nacht wachte ich auf, weil die alte Frau redete. Zuerst dachte ich, was telefoniert die um drei Uhr morgens, und seit wann redet die überhaupt?, dann dachte ich, sie betet, bis ich merkte, dass sie mir was erzählte.

»Früher sagte mein Hausarzt, ich solle mich obenrum frei machen. Heute will er nur noch meine Zunge sehen.«

Wir sahen uns nicht, aber wir hörten uns lachen. Ich wusste nicht, wann ich das letzte Mal gelacht hatte. Ab und zu beruhigte ich mich, aber nur so lange, bis ich es von nebenan wieder kichern hörte. Ich hätte sie gerne gefragt, warum sie auf einmal redete, aber die Stimmung war zu schön, um sie kaputtzumachen. Draußen fuhr ein Auto durch den Regen, und für einen Moment beleuchteten die Scheinwerfer die schwarze Wand, an der ein kleines Kruzifix hing.

»Das ist nicht Jesus, der am Kreuz hängt«, sagte sie.

»Wer dann?«, lachte ich.

»Vielleicht Petrus, der sich freiwillig als Ersatz gemeldet

hat, oder Simon von Kyrene, der das Kreuz trug.« Es könne aber auch ein Wächter, ein römischer Soldat oder Satan gewesen sein. Aber nicht Jesus.

»Der vorhin war besser.«

»Das ist ja auch kein Witz.«

»Ja, dann, noch schlimmer. Hab noch nie gehört, dass der Typ, der am Kreuz hängt, nicht Jesus sein soll.«

»Nicht?«, fragte sie und meinte: »Ich bin erstaunt, dass es Ihnen leichter fällt zu glauben, dass ein Toter nach drei Tagen wiederaufersteht, als dass eine einfache Täuschung stattgefunden hat und ein anderer an Jesu Stelle ermordet wurde.«

Ich hätte nur zu gern was geantwortet, doch ich konnte nicht, als wäre ich stumm.

Am nächsten Tag war meine neue Bekannte wieder ganz die Alte. Sie sagte kein Wort. Als hätte es die letzte Nacht nie gegeben. Ich fühlte mich wie die ganze Nacht durchgefickt und am nächsten Tag nicht mal mehr angeschaut. Und das wegen einer alten Frau. Ich murmelte vor mich hin, *Was it all a dream, tell me, was it all a dream, was it a dream, was it all a dree-eeee-eeee-eam, I gotta know*, und Notorious B. I.G. antwortete, *It was all a dream.*

Die alte Frau schwieg, als wollte auch sie mir sagen, dass alles nur ein Traum war. Und doch fiel es mir schwer, ihr zu glauben. Ich wusste noch jedes Wort. Nur was nützen alle Wörter der Welt, wenn man nicht weiß, ob sie wirklich gesagt wurden oder ob man eine motherfucking Verrückte ist, die sich das halbe Leben zusammenfantasiert.

Ich schaute hoch zum Kreuz. Es hing an der Wand wie letzte Nacht. Wie die letzten zweitausend Jahre. Und immer weit genug oben, um sich mit den scharfen Kanten nicht die Pulsadern aufschneiden zu können. Ich schaute es ganz genau an, so genau wie noch nie, und versuchte zu erkennen, ob es Jesus war, der dranhing. Meine Mama hätte es gewusst. Meinem Vater wär es egal gewesen, der hätte kurz hochgeschaut und gesagt: »Solang der Typ brav oben bleibt und nicht zu dir ins Bett runtersteigt, kann von mir aus dort hängen, wer will.« Ich schlief wieder ein, glaubte ich zumindest. Und ich hörte wieder Stimmen. So nah und eindringlich, als wäre es eine abgefahrene Beschwörung.

»Sie müssen die Vergangenheit loslassen, Sie müssen nach vorne schauen, hören Sie, nach vorne schauen.« Das Ding war bloß, dass ich nur Therapeuten in weißen Kitteln am Bettende stehen sah, wenn ich nach vorne schaute. Sie lächelten, und ich war mir wieder mal nicht sicher, ob die wirklich hier arbeiteten oder ob die vom Nebenzimmer einfach ab und zu kurz rüberkamen. War aber auch egal. Ich ließ eh niemand mehr in meine Seele. Sie fragten, wie es mir gehe, ich nickte und fragte zurück, ob das Jesus sei, der am Kreuz hing.

»Eindeutig«, »klar« und »sicher«.

»Wusst ichs doch!«, sagte ich und schaute verächtlich rüber zu der Frau, die mit ihrem Schweigen mein Gehirn fickte. Von ihr kam nichts. Ich hätte sie am liebsten verprügelt. Mit dem Holzkreuz auf sie eingeschlagen. Nur um zu wissen, ob es sie wirklich gab. Ich wälzte mich von einer Seite zur anderen, mal nach links, mal zur Tür, zog die Knie zum Bauch und lag dann wieder erschöpft quer über das ganze Bett. Vor dem Abendbrot kriegte ich die Medis, wie immer. Doch zum ersten Mal seit Langem schluckte ich sie. Eine Pille gegen Wahnvorstellungen. Eine gegen Einsamkeit. Und eine gegen mich.

Schon mit der ersten Kapsel wechselte ich die Seiten. Ließ mich selbst im Stich und schenkte den Ärzten mehr Glauben als mir selbst. Die Tabletten machten mich müde. Ich schlief ein und wachte erst im halbdunklen Zimmer wieder auf. Ich wachte auf, weil jemand redete. Aber nicht draußen im Gang, sondern neben mir, fast an meinem Ohr. Ich sprang auf und machte das grelle Licht an, denn ganz egal wer es war, ich war bereit, mich ihm zu stellen. Selbst dem Geist der alten Frau. Ihr Bett war leer. Sie stand am Fenster, das eigentlich gar kein Fenster war, denn Fenster sollte man ja auch aufmachen können.

»Es ist schade, dass Sie so wenig an sich glauben.«

Ich dachte, ich höre nicht richtig, doch sie machte weiter.

»Sie glauben sogar, verrückt zu sein, Sie glauben alles, was man Ihnen erzählt, nur nicht an sich selbst. Merken Sie eigentlich nicht, wie sinnlos es ist, Antworten bei anderen zu suchen? Sie können Ärzte, Freunde oder von mir aus auch die Vögel fragen, alle werden Ihnen das sagen, was Sie tief im Innern schon lange wissen. Wir tragen alle Antworten in uns. Sie kennen den Weg, Sie müssen sich nur an ihn erinnern.«

Sie hatte recht, ich kannte den Weg. Durch die Tür, den Gang vor, die Treppe runter auf Ebene 2 und dann geradeaus bis zum Haupteingang. Schon wäre ich draußen gewesen, frei von der ganzen Scheiße. Doch Augen zu und einschlafen ging schneller.

DA, wo letzte Nacht die Frau gestanden hatte, lehnte Pele an der Wand. Er grinste mich an. Wahrscheinlich, weil ich grad richtig scheiße aussah, so wie alle Frauen morgens. Ich versuchte es mit einem Lächeln zu retten.

»Schlaf weiter, ich warte.«

»Nee, bin wach«, nuschelte ich mit heiserer Stimme, »warst schon wieder in der Gegend oder was?«

Er sagte nichts dazu, schaute an mir vorbei zur alten Frau und fragte: »Wer is das eigentlich?«

»Keine Ahnung, Paulo Coelho oder so.«

»Was?«

»Nichts«, lachte ich, »nichts. Komm, setz dich, Pele.«

Er setzte sich auf die Bettkante und fragte: »Kann ich irgendwas für dich tun?«

»Ja, Monte umbringen!«

»Gott, Monte, die arme Sau«, lachte er.

»Arme Sau, der?«

»Der Typ hat mehr Titan im Arm als Wolverine.«

»Was hat er?«

»Ach, du weißt schon.«

»Nee, ich weiß gar nichts!«

»Der Bruder von Said hat ihm den Arm zertrümmert, was für ein Freak.«

»Cihad?«

»Er hat seinen Arm zu Kleinholz verarbeitet. Alles in den Sand gesetzt, aber null Reue.«

»Alter, wer sagt das?«

»Ach, keine Ahnung, aber immer dasselbe, bei Geld und

Drogen hört die Freundschaft auf«, und er erzählte noch im selben Satz, ziemlich detailgetreu, was er gehört hatte.

In mir zog sich alles zusammen. Nicht wegen des zertrümmerten Knochens, von dem er redete, vielmehr wegen des schlechten Gewissens, das mich überfiel. Mit einem Mal wurden aus den vier Jahren Tegel wegen schwerer Körperverletzung vier Jahre Tegel wegen mir. Vier Jahre schlechtes Essen wegen mir. Vier Jahre eine Stunde Hofgang wegen mir. Vier Jahre kein Sex wegen mir. Er war nicht mehr einfach nur im Knast, er war es wegen mir, nicht wegen Drogen, wegen mir, denn so viel Gras und Koks, dass man dafür einfach mal sein Leben wegwirft, gibts nicht.

Ich mein, im Knast zu sitzen ist hart. Doch in den Knast für jemand anderen und dann kein Wort darüber verlieren, nie damit angeben, nie damit hausieren gehen, das ist noch krasser, das kann eigentlich keiner. Er hatte die ganze Last auf sich genommen, mich in keinster Weise die Schuld fühlen lassen, während ich im Bett lag und mein Leben vergeudete.

»Scheiße!«, sagte ich. »Scheiße, ich muss hier raus, ich muss aus dieser Scheiße hier raus.«

Wenn einer einem vier Jahre seines Lebens schenkt, kann man nicht einfach liegen bleiben.

»Dann mach doch«, sagte Pele und grinste. »Wenn man will, dann kann man, und wenn man kann, dann muss man.«

Ich konnte nicht viel. Aber ich konnte aufstehen und gehen. Also musste ich. Der lange Gang zum Vorderhaus war wie dafür gemacht. Mein letzter Catwalk. Auf einmal ging alles ganz schnell.

»Moment mal, bleiben Sie stehen, wo wollen Sie hin?«, rief uns eine Schwester hinterher.

»Zu deiner Mutter«, rief ich zurück.

Pele lachte, und ich schwor, jeden Schritt zu machen, den

Said nicht machen konnte, jede Chance mitzunehmen, die ihm nicht vergönnt war, und mich um seinen Bruder zu kümmern, als wäre es meiner.

Was sollte ich sonst Petrus erzählen, etwa, ich hätt mein Leben nicht gepackt, weil irgendwelche Ärzte meinten, ich soll im Bett bleiben? Niemals.

Draußen regnete es. Pele wollte mich fahren, doch ich lief lieber, denn hätte er mich gefahren, hätte ich wissen müssen, wohin.

»Hast du jemand, zu dem du gehen kannst?«

»Klar«, antwortete ich knapp und sagte auch gleich »Tschüss« und »Wir sehen uns«, um nicht weiter lügen zu müssen.

Ich ging zu mir. Meine Wohnung sah anders aus als vor einem Monat. Sauber, viel zu sauber. Sie roch auch anders, wie neu. Nur das Koks lag rum, als wäre ich nie weg gewesen.

»Ariels Leute habens wahrscheinlich mit Waschpulver verwechselt«, grinste ich vor mich hin. Es ist echt praktisch, wenn man den eigenen Humor mag.

Auf dem Wohnzimmertisch lag die Post vom ganzen Monat gestapelt. Nicht viel, nur Werbung und zwei Briefe. Einer aus Tegel und einer aus Polen. Ein Besuchsschein und eine Hochzeitseinladung.

Am liebsten hätte ich gleich Ali angerufen und gefragt, warum sie mir die Einladung nicht in die Klinik geschickt hat, so wenig wie sie an mich geglaubt hatte, muss sie ja gedacht haben, ich bleib für immer dort. Ich wurde sofort wieder sauer, nur an sie zu denken machte mich schon wütend. Ich hatte noch nicht vergessen, wie sie mich verraten hatte. Ich wusste noch genau, wie sie nicht zu mir stand. Ich sah wieder alles vor mir, von Anfang bis Ende. Ich schwankte hin und her. Ich sah, wie sie bei mir geblieben war, als Said im Meer verschwand.

Wie sie meine Wohnung mit Leben gefüllt und den Tod daraus vertrieben hatte, zählte die Worte, die wir gewechselt hatten, die Flaschen, die wir geleert hatten, und jeder Schluck, an den ich mich erinnern konnte, ließ mich die Wut ein bisschen mehr vergessen. Zum Schluss war die Wut weg und ich besoffen.

Ich schlief ein, und am nächsten Tag wusste ich, was zu tun ist. Vielleicht wusste ich es auch schon früher und hatte es nur vergessen, keine Ahnung. Noch im Halbschlaf rief ich Pele an. »Alter, ich werd nach Polen fahren.«

Zu Cihad konnte ich eh erst in drei Wochen, und Hochzeiten hatte ich schon immer geliebt. Wahrscheinlich, weil ich genau wusste, dass es meine nie geben würde.

»Mit wem fährst du?«, machte Pele einen auf großer Bruder.

»Mal schaun. Am liebsten mit so nem Typ aus Zürich.«

»Was fürn Typ aus Zürich?«

»Ein Typ halt, mit ner Mundharmonika, aber ey, wenn der loslegt, is er Stevie Wonder. Ali und ich saßen mal ne ganze Nacht mit ihm am See. Der hat ne krasse Stimme, und Ali meinte damals, wenn sie mal heirate, dann müsse er auf ihrer Hochzeit spielen. Sie würd durchdrehen, wenn ich mit dem aufkreuz!«

»Ein Bettler als Begleitung!«, lachte er mich aus.

»Ja! Nein, das is kein Bettler. Und hör auf zu lachen, ich leg gleich auf.«

»Ach komm, ich meins doch nicht so. Ist halt witzig, du mit nem Penner, nem Schweizer Penner, gibts das überhaupt?«

Ich sagte, er sehe selbst aus wie ein Penner, und legte auf. Ich war echt genervt. Atmete tief ein und schwor mir noch während des Ausatmens, den Typ zu finden und ihn zu Alis Hochzeit zu bringen.

Ich hatte zwischen sieben Milliarden Menschen meine große Liebe gefunden, da dürfte es nicht allzu schwer sein, zwischen paar Dutzend Junkies den Mundharmonikaspieler zu finden. Die Langstraße ist nämlich gar nicht so lang, wie man denkt.

Nicht mal eine Woche später fuhr ich vom Hauptbahnhof in die Schweiz. In Zürich war das Wetter kalt, aber schön, so wie die Menschen auch, doch ich hatte nur Augen für die Bettler und die Musiker, die sich für paar Cent zum Clown machten. Ich schaute jeden an. Doch der, den ich suchte, war nicht dabei. Die kamen alle eher von der Musikhochschule als von der Straße. Weit und breit keine Spur von dem Mann, der behauptete, Tag und Nacht an der Langstraße zu sein, weit und breit keine Magie. Alle stressten rum, mit großen Geschenktüten in beiden Händen, und sogar Gott schien zu beschäftigt, um mir zu helfen. Inzwischen war es dunkel geworden, doch unter dem Himmel aus Weihnachtsbeleuchtung merkte man davon nicht viel. Die Städte haben die Dunkelheit besiegt, gegen die Kälte haben sie aber keine Chance.

Es war eisig und mein Atem weiß, als würde ich rauchen, ich kriegte Lust darauf und holte mir in einer Seitenstraße ein Päckchen Marlboro. Der Laden war klein, vielleicht eher ein Kiosk, und wenn man reinkam, wusste man nicht, ob der Mann hinter dem Tresen wirklich da arbeitete oder ob der echte Verkäufer gefesselt auf dem Boden lag und man grad im falschen Moment am falschen Ort war. Drin roch es nach Gras. Der Typ schaute mich an und sagte: »Hoi.«

»Was für Heu, Alter? Gras, wenn schon Gras.«

In dem Moment vibrierte mein Handy.

»Said, ich bins.« Es war Pele. »Sag mal, was machst du gerade?«

»Einkaufen.«

»Lass mal, muss dich sehen.«

»Geht nicht, bin in motherfucking Zürich!«

»Nicht dein Ernst. Aber nicht wegen dem Penner, wa?«

»Doch, den such ich, ich such den Freak mit der Mundharmonika«, grinste ich.

»Mann, Mann, Mann, Said! Komm zurück, ich brauch dich hier, ist wichtig. Vergiss die Hochzeit, wir haben auch was zu feiern. Steig in Flieger und ruf durch, wenn du hier bist. Ich brauch dich.«

»Wie, du brauchst mich? Ey, bist noch dran? Hallo, hallo?«

Er hatte einfach aufgelegt. Kein Tschüss, kein Wieso, gar nichts. Jeden anderen Mann hätte ich auf der Stelle vergessen und nie wieder angerufen. Bei Pele war es anders. Wenn Gott ruft, sagt man ja auch nicht Nein. Ich drehte mich wieder zum Verkäufer, kaufte Zigaretten und fragte nebenbei: »Sag mal, hier gibts doch so nen Typ mit ner Mundharmonika, kennst du den?«

»Was willst du von Stevie?«

»Stevie?«

»Ja, mit Mundharmonika gibts nur Stevie. Kauf einfach kein Gras von ihm, der räumt hier ständig den Laden leer und hauts dann fürs Zehnfache auf der Langstraße raus. Ab elf ist der immer dort.«

»Krass, Zürich ist echt ein Dorf«, lachte ich, machte mir eine Kippe an und wählte Peles Nummer. Er ging nicht ran. Ich redete trotzdem. »Alter, ruf zurück, du glaubst es nicht, ich hab den Typen gefunden! Grade vorhin, beim Kippenkaufen. Ey, eigentlich müsste man auf Kippenschachteln auch mal ›Rauchen kann Glück bringen‹ drucken. Ich mein, was soll der Scheiß, ›Rauchen kann töten‹, ich kann auch töten, Alter, ich kann das auch!«, grinste ich. Und dann: »Spaß. Aber ruf zurück. Ich trink schon mal den Sekt aus der Minibar, *holla back*, muss ja wissen, auf was ich triiiinke!«

Als der Sekt leer war, rief ich noch mal an. »Ey, geh ran, bist du sauer oder was? Ich komm morgen zurück, okay, dann fahr ich eben nicht nach Polen, okay? Ach ja, noch was, der Typ mit der Mundharmonika heißt Stevie. Alter, der heißt wirklich Stevie wie Wonder!«, lachte ich auf den AB. Kurz vor elf versuchte ich es ein drittes Mal. Danach konnte er mich mal.

Punkt dreiundzwanzig Uhr stand ich an der Langstraße Ecke Brauerstraße, eigentlich mitten in Zürich, aber in der Gegend schienen sie Weihnachten nicht zu kennen. Die Lichter waren alle rot, und Kerzen gab es dort nur vor einer Hauswand, neben Blumen und dem Foto eines erschossenen Mannes. Ich lief die Straße rauf und runter, hin und her, so wie die anderen Frauen, und es dauerte keine zehn Minuten, bis Stevie auftauchte. Er sah noch genau so aus wie damals, wahrscheinlich hatte er auch noch genau dasselbe an. Ich freute mich wie ein Idiot, lief auf ihn zu und rief: »Ey, Stevie!«

Er blieb stehen und nuschelte: »Wie viel?«

»Was, wie viel? Wie viel ich koste oder was? Seh ich etwa aus, als wäre ich käuflich?!«

»Nee, dachte, du willst was kaufen«, und während er das sagte, lief er schon weiter, an mir vorbei, die Straße rauf. Ich hinterher. Als wär ich der Junkie und nicht er.

»Ey, warte mal. Muss mit dir reden, kennst mich nicht mehr oder was?«

»Woher denn?«

»Du bist doch der Musiker, oder?«

Auf Musiker blieb er stehen und schaute mich zum ersten Mal an.

»Du hast mal am See für uns gesungen.«

»Ach, ja«, sagte er. »Klar ... am See.« Er lächelte oder so ähnlich und meinte, wir könnten in der Lugano Bar ein Bier trinken.

Ich sagte: »Cool«, obwohl ich Bier noch nie mochte, und lief ihm schon wieder hinterher. In den Rauch und in den Lärm. Er setzte sich. Ich setzte mich daneben. Er bestellte ein Bier, ich sagte: »Zwei.« Er wollte was sagen, doch ich kam ihm endlich mal zuvor.

»Alis Hochzeit?«, wiederholte er. »Welcher Ali?«

»Welcher Ali!«, lachte ich. »Ali, das is kein Typ, Aliyah, die mit mir am See war. Alter, du hast keine Ahnung, wer ich bin!«

»Na und? Dann lernen wir uns halt kennen.«

Ich sagte: »Okay, also schau, ne Freundin heiratet in Polen, wird ne große Sache, der Typ, den sie heiratet, ist, also war, nee, is auch egal, aber, ne große Sache.«

»Ne große Sache«, wiederholte er.

»Ja, und Ali würde durchdrehen, wenn du dort mit deiner Mundharmonika aufkreuzt. Kriegst natürlich auch Gage und so.«

»Für bisschen und so verzicht ich auf Gage«, grinste er.

»Lass den Scheiß.«

»Kein Scheiß, glaub mir, mit dir geh ich überallhin.«

»Alter, das sind keine Flitterwochen. Ich komm nicht mal mit!« Und war auf einmal ganz froh, dass Pele mich in Berlin brauchte und ich mir nicht vierundzwanzig Stunden lang seine dummen Sprüche anhören musste.

»Also doch Gage«, sagte er und wollte das Zehnfache von dem, was er wert war.

Ich handelte ihn runter auf das, was er wert war, und wir waren beide zufrieden. Um das Ganze zu besiegeln, bestellte er zwei Kurze, Wodka, dazu Tabasco und Himbeersirup, mischte alles zusammen, streckte mir eins davon hin und nannte es ein polnisches Nationalgetränk.

Vierzehn Shots und paar Bier später zeigte er mir noch tausend Bars und hätte mir am liebsten noch weiß Gott was gezeigt. Aber keine Chance, so viel Alkohol, dass ich ihn mit aufs

Zimmer genommen hätte, gibts nicht. So viel kann man gar nicht trinken.

Bevor ich ging, gab ich ihm das Geld für den Flug und das Geld für das Singen. »Ich vertrau dir, ja?«

»Kein Stress, bin Profi. Glaub mir, ich werd deine Freundin zu Tränen rühren.«

Ich lallte: »Danke, Bruda«, und stöckelte sehr glücklich zurück ins Hotel.

Am nächsten Tag sah alles anders aus. Vor allem ich. Mann, war ich am Arsch. Es gibt ja Leute, die sagen, Alkohol sei der Teufel, ab dem Tag wusste ich, dass sie recht haben, oder wer soll das sonst gewesen sein, der mit mir durch die Nacht zog, mir das Gefühl gab, das Tollste, Schönste und Beste zu sein, mich zum Lachen brachte wie sonst keiner, mir Wärme gab, wenn mir kalt war, und dann, als ich aufwachte, mich so elend fühlen ließ, als hätte er mich den Rest der Nacht verprügelt?

Es ging mir richtig übel, so richtig, richtig übel. Ich holte mir einen Kaffee und schleppte mich durch den Flughafen. Jeder Schritt presste meinen Magen in die Lunge, und obwohl ich ganz flach atmete, brachte mich der süße Karamellgeruch vom Scheißlatte fast zum Kotzen. Was raufkam, schluckte ich runter.

Um auf öffentlichen Toiletten den Vortritt zu kriegen, muss man eigentlich schon halb tot sein, also stellte ich mich hinten an und übergab mich in den Starbucks-Becher. Danach gings mir besser. Ich gab mir Mühe, geradeaus zu schauen, genau wie auf dem Ausweis, genauso ernst. Eigentlich ist es eher beunruhigend, wenn man im wirklichen Leben aussieht wie auf dem Passbild, doch die von der Passkontrolle waren zufrieden, nickten streng und winkten mich durch.

IN Berlin kaufte ich eine Cola gegen Übelkeit und rief Pele an.

»Wo bist du?«

»Tegel.«

»Bei Cihad?«

»Nee, Mann, Flughafen, bin grad gelandet.«

»Ach so. Dann komm am besten gleich vorbei.«

»Sag doch erst mal, was los ist, Alter.«

»Erklär ich dir gleich.«

»Hör zu, Pele, ich beweg mich kein fucking Zentimeter mehr. Du sagst mir jetzt, was los is, oder ich steh morgen noch hier.«

»Ist ja gut. Hör zu, David hat schon paarmal nach den Aufnahmen aus Leipzig gefragt. Ich hab sie ihm aber nie rausgegeben, ja, und letzte Woche wurde dann bei uns eingebrochen.«

»Eingebrochen?«

»Die Hunde haben sich den Rohschnitt vom Rechner gezogen. Ich hab dann nicht mehr lange rumgemacht und das Video selbst rausgehauen. Einfach auf YouTube. Hauptsache, schneller als die.«

»Hä?«

»Ich habs hochgeladen, bevor die Scheiße bauen und du wieder in ner Klinik landest.«

»Pele, was redest du?«

»Ich hab keinen Bock, den Clip in ein paar Wochen auf MTV zu sehen. Die hätten dich eiskalt rausgeschnitten und ne andere hingestellt. So wie damals mit deinem Song. Mann, du wärst Amok gelaufen, ich kenn dich, bist ja schon durchgedreht, als die deinen Text geklaut haben. Hallo, bist du noch da?«

Ich war hin und weg.

Pele hatte den Jungs vom Label den Krieg erklärt, sich vielleicht sogar rechtlichen Ärger geholt und ganz sicher auf eine Menge Geld verzichtet.

Ich klemmte mein Handy zwischen Schulter und Ohr, machte mir eine Zigarette an, winkte einem Taxi und fragte ihn dabei: »Sag mal, Pele, warum machst du das? Eigentlich könnte dir egal sein, welcher Rapper vor deiner Kamera steht.«

»Ja, und eigentlich könnte mir auch egal sein, dass täglich hunderttausend an Hunger sterben. Mann, es geht ums Prinzip. Ich hab das Video gedreht, um ein kleines Label zu supporten, ich dachte, die glauben an ihre Sache. An ihre Künstler. Tun sie aber nicht. David ist nur noch gierig. Aber komm erst mal vorbei. Den guten Teil der Geschichte kennst ja noch gar nicht.« Und dann legte er auf. Er legte einfach wieder auf.

Peles Büro war am Hackeschen Markt, im zweiten Stock. Neben der Tür war ein schwarzes Schild mit zwei goldenen Ps drauf. Man hätte glauben können, es stehe für Porn Production.

»Alter, sag mal, wie siehst du denn aus!«, meinte er, ohne mich anzuschauen.

»Was los, sag doch erst mal Hallo. Und auflegen, ohne Tschüss zu sagen, is auch nicht nett.«

»Jaja, mein Schatz, komm rein.« Er drückte mich und lachte, »Mann, Mann, Mann, siehst du fertig aus. Komm schon, nimm Platz. Was willst du, Kaffee? Kaffee, ich mach dir Kaffee.«

»Ich will kein Kaffee, ich will den Clip sehen.«

»Jaja, fahr den Rechner hoch und geh auf YouTube.«

Ich fuhr den Rechner hoch und wunderte mich, wie man so erfolgreich wie Pele sein kann, wenn man als einziges Büro in Mitte nachmittags noch nicht mal die Rechner anhat.

»Rock 'n' Roll, Baby, das ist Rock 'n' Roll.«

»Scheiß auf Rock 'n' Roll, Deutschland braucht Rap!«

Ich gab Said und Pele ein. Zwei Sekunden später lagen meine vier Minuten Fame vor mir. Winzig klein, auf 30 MB komprimiert.

Es ging gleich los. Schon das Intro schlug ein wie die erste Szene von *Sin City*. Hätte keinen gewundert, wäre gleich Benicio del Toro oder Jay-Z durchs Bild gelaufen. Ohne zu atmen, schaute ich mir selbst zu. Was für ein komisches Gefühl. Und trotzdem drückte ich immer wieder auf Play. Als wäre ich stoned, stoned und vergesslich. Immer wieder auf Play.

Es war aber nie gleich. Mal schaute ich mich mit den Augen meines Vaters an. Mal mit den Augen eines Mannes, der direkt verknallt war. Mal mit dem gelben Blick eines Haters. Ich schaute jedes Mal anders und sah hundert verschiedene Videos. Hundert übertrieben geile Videos.

Pele lachte. »Ich würde mir niemals so oft selbst zuschauen, nicht mal, wenn ich Jenna Jameson wär!«

»Halts Maul«, lachte ich.

Und erst da fiel mir auf, was für eine Zahl unten rechts stand. Ich konnte es nicht glauben. Ich mein, ich hatte es sicher hundertmal selbst angeklickt, aber die restlichen 903 345 Klicks waren nicht von mir. Erst dachte ich, ich spinn, dann dachte ich, es sei ein Fehler. Es war aber nichts von beiden. Es war bloß Peles Name. P. P. Die zwei goldenen Buchstaben am Eingang. Peker Polat. Der Mann hatte einen *1st Infantry Name*, einen Namen, der Türen eintritt. Es reichten zwei Ps, und die Leute drehten durch.

»903 445 Klicks, *all eyez on me* oder was?«

Ich schloss die Augen und fragte mich, ob Said wohl auch grad zuschaut?

»Alter, das sind ja fast ne Million Klicks! Pele, lass uns drauf anstoßen!«

»Vergiss es. Werd erst mal fit, muss dir paar Leute vorstellen. Hier, trink ein Käffchen.«

»Ach komm«, sagte ich, »hab echt schon wieder Bock auf Alkohol. Schau, nicht mal mehr der Teufel kann mir was antun.«

Eine Stunde später trank ich meinen fünften Kaffee. Diesmal aber in einem Gebäude, das ich sonst nur von außen kannte. Ohne Scheiß, jedes Mal wenn ich früher daran vorbeigefahren war, baute ich fast einen Unfall, weil mein Blick an der Fassade hängen blieb.

Das Haus war ein Tempel. Ein Palast voller Reichtümer und Götter. Schon allein reinzugehen und von einem A&R am Empfang abgeholt zu werden, fühlte sich großartig an. Die Angestellten in den Gängen schauten freundlich, man könnte ja wichtig sein. Oder es zumindest werden.

Ich vergaß, zurückzulächeln und Hallo zu sagen. Ich sah nur noch die vergoldeten Platten an den Wänden, roch das Geld in der Luft und hörte die beschäftigten Stimmen aus den Büros, die mir sagten, dass ich es von hier nach ganz oben schaffen konnte. Scheiß auf David und seine Jungs, das hier war Goliath. Groß und stark. Das hier war das richtige Leben, und ganz egal, was die Leute erzählen, im richtigen Leben gewinnt nun mal der Stärkere.

Pele legte seinen Arm um meine Schulter. »Said, wenn du willst, schießen die dich in den Himmel rauf. Du hast das Zeug zum Star, glaub mir. Du bist genau das, was die suchen. Die brauchen niemanden neu zu erfinden, du bist schon da, ein Rapper mit den Waffen einer Frau.«

»Ein Rapper mit 903 445 Klicks in, keine Ahnung, in kurzer Zeit«, grinste ich bis über beide Ohren und konnte nicht mal was dagegen tun.

»Hör auf, so zu grinsen«, lachte Pele mich aus.

Ich riss mich zusammen, saß aufrecht im Konferenzraum und hörte einem kleinen Mann mit Brille zu.

»Es gäbe da noch eine Kleinigkeit.«

Ja, dich, dachte, aber sagte ich nicht.

»Said«, fuhr er fort, »Said ist kein Name für ein Mädchen. Said ist ein arabischer Jungenname ...«

»Und bedeutet Glück«, beendete ich den Satz.

»Das macht mich aber nicht glücklich. Du brauchst einen Namen, der zu dir passt.«

»Es gibt keinen, der besser zu mir passt als Said.«

»Wir brauchen etwas Weibliches, etwas Elegantes, Trendiges.«

Ach du Scheiße, er sagte tatsächlich, ich bräuchte was Trendiges.

Ich betete zu Gott, mir die Freude nicht gleich wieder zu nehmen, nicht gleich alles wieder kaputtzumachen.

»Die Leute werden sich daran gewöhnen. Said klingt nach nem arabischen Topmodel, nach ner Superfrau aus nem Comic oder so.«

Er wurde direkt. »Such dir einen anderen Namen oder ein anderes Label.«

Ich suchte erst mal Zigaretten und ging.

Ich war so was von sauer. Die hatten einfach keine Ahnung. Die hätten wahrscheinlich Snoop Dogg auch nach Hause geschickt, oder 50 Cent erst, ist doch so, 50 Cent, was ist das denn für ein Name?

Wir liefen die Straße zurück, sie war viel grauer als vorhin. Pele sagte kein Wort.

Wir fuhren mit der Straßenbahn, sie war laut und dreckig, und es stank nach Bier, in dieser Stadt schien jeder ein Säufer geworden zu sein.

Das letzte Stück gingen wir zu Fuß, keine Ahnung wohin.

Und auch als er meinte: »Wir sind da«, wusste ich trotzdem nicht, wo wir waren.

»Pele, wo sind wir?«

»An meinem Lieblingsort.«

»Aber da ist doch nichts.«

»Eben.«

Wir waren in irgendeinem Berliner Vorort. Komischer Lieblingsort. So besonders wie der Aldi an der Ecke. Was solls, wir setzten uns an den Straßenrand und rauchten uns die Gegend schön. Ich stieß den Rauch in den Himmel, schaute ihm böse hinterher und fragte Gott, wann er es endlich mal gut mit mir meine.

»Er meint es doch gut mit dir.«

»Woher weißt du das?«

»Schau, Said, der Mann ist ein Profi, der weiß, wies läuft. Der ist schon seit Jahrzehnten im Geschäft.«

»Wer, Gott oder was?«

»Nee, der andere. Er wird schon wissen, warum du nen neuen Namen brauchst.«

»Vergiss es. Said ist ein Teil von mir. Ohne Said, ohne mich.«

Er sagte: »Sei nicht stur«, und dann gings los, ohne Punkt und Komma. »Du musst nach vorne schauen das ist deine Chance Said hat seine verpasst es geht um dich Said bezahlt dir keine Miete ist doch egal wie dich die Leute nennen Hauptsache du weißt wer du bist und du bist es das weißt du also geh raus und mach es denn die andern schlafen nicht.« Es war ihm offensichtlich wichtig.

Also sagte ich: »Okay. Ich werd drüber schlafen.«

Ich schlief überhaupt nicht. Die ganze Nacht lag ich wach. Meinen Träumen so nah wie noch nie. Meinen geklauten Träumen. Saids Träumen. Victoria hätte es niemals so weit gebracht, die konnte modeln, weil sie Glück hatte, und schlafen, weil sie müde war. Ohne Said hätte ich keine einzige Zeile geschrieben, und jetzt sollte ich so tun, als hätte es ihn nie gegeben. Unter falschem Namen sein Leben leben. Ich hörte noch ihre Worte, Said, kein Mädchenname. Said, ein arabischer Jungenname, bla, bla. Für die aus der PR-Abteilung mag es Marketing gewesen sein, für mich war es Rassismus. Cihad hätte mich verstanden. Ich wusste noch genau, was für einen Vortrag er mir über den großen und den kleinen Dschihad gehalten hatte, nur weil ich ihm aus Spaß mal vorgeschlagen hatte, seinen Namen zu ändern. Er war sowieso der Einzige, der mich verstand. Außer Pele vielleicht. Und Moses. Aber von dem hörte ich so gut wie nichts mehr. Und im Gegensatz zu Cihad hatte er nicht mal einen Grund, warum er mich in der Klinik nie besucht hatte.

ANFANG Januar war mein Weihnachten. Cihad brachte selbst gemachten Christstollen in den Besucherraum und setzte sich mir gegenüber. Es war das erste Mal, dass ich ihn sah, seit ich wusste, warum er saß. Das erste Mal, seit ich wusste, dass er mit seinen Händen mehr als Kuchen backen konnte. Mehr als Playstation spielen. Mehr als Züge malen. Mehr als eine Schlägerei anzetteln und zum Schluss selbst aufs Maul kriegen.

Er wirkte irgendwie anders. War er auch. Er fluchte nicht über die Major-Hunde, drohte nicht, die ganze Musikindustrie in die Luft zu jagen, sondern trank seinen Kaffee und fragte nach Kippen. Man hätte fast glauben können, unser Leben drehe sich endlich um Kaffee und Zigaretten. Ich wollte schon anfangen, übers Wetter zu reden, konnte es dann aber doch nicht lassen und sagte: »*Minchia*, du Freak, hab gehört, was du mit Monte gemacht hast. Ey, warum hat mir das keiner gesagt?!«

»Egal, was du gehört hast, vergiss es.«

»Wie jetzt?«

»Vergiss es, halt dich da raus«, beendete er das Thema.

Ich hasste es, wenn jemand so mit mir redete oder besser gesagt eben nicht mit mir redete, kam mir vor wie damals, als ich gehen musste, weil meine Familie mich nicht verlieren wollte, und mich ab da mit jedem Tag ein Stückchen mehr verlor.

»Was is?«, fragte Cihad.

»Nichts«, log ich.

»Sei jetzt nicht beleidigt. Ich will dich da nicht reinziehen, Monte ist sauer, provozier ihn besser nicht, geh ihm ausm Weg, halt dich an deine neuen Leute und besuch mich erst mal nicht mehr.«

Ich wollte was sagen, doch er meinte: »Hör zu, deine neuen Leute haben recht, du brauchst nen anderen Namen, Said bringt nur Ärger, lass ma überlegen, keine Ahnung, rapp doch als Victoria oder Victory.«

»Gibts hier drin Gehirnwäsche oder was?«

»Warum denn? Victory passt doch.«

»Victory, geil! Klingt wie ein Pferd, du Spinner.«

»Ich weiß. Aber scheiß drauf. Ein Pferdename macht weniger Stress als der meines Bruders.«

Es zog sich alles in mir zusammen. Der Kuchen war nur noch dicker Schleim in meinem Mund. Voll das Déjà-vu. Ich hatte das alles schon gesehen, alles schon mal erlebt. Ist schon krass, wie sich die Geschichte wiederholt, bloß war ich in der Zwischenzeit erwachsen geworden, und man konnte mich nicht mehr einfach wegschicken.

Das war meine Chance, es endlich allen zu zeigen. Egal, mit welchem Namen, am liebsten wäre ich auf der Stelle zu Goliath gerannt und hätte gleich unterschrieben.

Ich sagte mir, ich werd Deutschland auseinandernehmen. Monte muss durchdrehen. Davids Label muss sich dafür verfluchen, mit mir gebrochen zu haben, und ich werd so lang nicht aufgeben, bis Tausende von Fans meinem Vater beweisen, wie einfach es hätte sein können, mich zu lieben.

Ich wollte anfangs nur ein bisschen rappen, doch durch die vielen Widerstände wuchs mein Wollen zu einem resistenten Monster heran, zu einer Bestie, die beschloss, Deutschlands Nummer eins zu werden.

Ich will das, was mir zusteht, koste, was es koste
Respekt und Vertrauen, queste cose son nostre
Warte, es kommt noch mehr, hab nicht mal begonnen
Zweite Strophe schlägt ein wie Wasserstoffbomben

Als ich ging, blieb Cihad drin. Dagegen konnte ich nichts tun. Ich konnte bloß den Vorsprung nutzen, stieg in den Wagen und rauschte davon. Ich betete für ihn, von der Seidelstraße bis zum Hackeschen Markt. Musste dabei aber ständig lachen, doch ich schwöre, Gott hat Humor. Ich sah mich schon als Rapstar mit Pferdenamen, sah mich vor Monte stehen, Saids Knarre in meinen Händen wie in einem Film, sah, wie er vor mir auf dem Boden liegt, und hörte mich »Victory, Victory!« schreien.

Torstraße Ecke Rosenthaler rief ich Pele an. »Ey, bist im Büro? Cool. Ich hol dich ab. Was? Nee, komm runter, bin gleich da. Was? Erzähl ich dir gleich. Cool, ja.«

Er kam natürlich nicht gleich runter. Ich fuhr rechts ran und drehte einen Joint auf meinem Schoß. Bis er endlich kam, hatte ich ihn auch schon geraucht.

»Wohin gehts?«, fragte er, als ob er es nicht selber wüsste.

»Vor zur Spree, ins große Haus.«

»Wird auch Zeit«, grinste er.

»Ja, mal schaun, ob die mich noch wollen.«

Ich hatte Glück, die Musikbranche funktioniert wie die Männer, je mehr man auf sie scheißt, umso netter werden sie. Wir parkten den Wagen vor dem Haupteingang. Pele öffnete mir die Tür und ging dann zwei Schritte hinter mir, unrasiert, und wie immer hingen ihm dicke Strähnen ins Gesicht. Hätte man nicht gewusst, wer er ist, hätte man glauben können, er sei ein Penner, der nur wegen dem Gratiswasser im Konferenzraum mitgekommen war. Das störte aber keinen. Wir wurden zum zweiten Mal empfangen, und ich stöckelte durchs Haus, als wäre es meins.

Ich wusste nichts über Musikverträge. Ich wusste nur das, was man so hört. Und wer kennt sie nicht, die Geschichten vom kleinen Musiker und dem bösen Label, wo das böse Major dem kleinen Künstler vorschreibt, was er zu tun und zu lassen hat. Das wollte ich auf keinen Fall, darauf meinten sie, ich hätte die volle künstlerische Freiheit.

»Okay, aber was ist mit dem Namen?«, fragte ich nach.

»Alles gut, was nicht nach nem Terroristen klingt.«

Was fürn Scheißsatz! Dafür hätte ich am liebsten den Laden in die Luft gesprengt. Da das aber nicht wirklich eine Option war, überlegte ich, den Namen einfach umzudrehen, Dias, als Akronym vielleicht, D für *Dead or Alive* und I – A – S für *I Am Said*. Ich drehte ihn noch zwanzigmal um, ich schob die Buchstaben hin und her, ich kürzte ab und dichtete Neues dazu, bis ich merkte, wie lächerlich das Ganze war. Said war mehr als vier Buchstaben. Said war das ganze Alphabet in allen Sprachen, alle Möglichkeiten, all meine Liebe. Aber er war nicht da.

»Okay, was ist jetzt?«, fragte einer, der nichts zu sagen hatte. Er merkte es selbst und ging Kaffee machen. Keine Ahnung, was das für Kaffee war, ich trank einen Schluck und entspannte mich, als hätte ich gerade mal eben drei Joints geraucht. Ich zog den einen Mundwinkel hoch und ließ die vier Buchstaben los. Tauschte sie einfach mal gegen den Augenblick, gegen das, was hier war und den ganzen Raum füllte. Ich konnte es spüren, alle konnten es spüren. Sie schauten mich an, als wäre ich Tupac, nicht weil ich rappen konnte, Rap war denen egal. Es muss was anderes gewesen sein, eine platinfarbene Aura um mich rum oder so.

»Okay, Leute«, sagte ich, »ich überleg mir nen Namen. Mir wird schon was einfallen. Pele, lass uns abhauen.«

Pele sagte nichts. Er saß rechts von mir, atmete ruhig, mit dem Kinn zur Brust.

»Alter, schläfst du oder was?«

Er antwortete, ohne zu antworten.

Draußen regnete es. Ich machte mir eine Kippe an und fuhr wie immer ein bisschen zu schnell durch Berlins nasse Straßen. Ich war glücklich, ich glaub, das war echtes Glück. Einfach zufrieden und durch und durch bereit, rauszugehen und es allen zu zeigen.

Pele gähnte und meinte: »Und, wie soll ich dich jetzt nennen?«

»Keine Ahnung, Charisma vielleicht.«

»Charisma?«

»Warum nicht? Klingt zumindest nicht nach nem Terroristen.«

»Dann nenn dich wenigstens Karizma, mit K und Z, damit wir Türken in Kreuzberg es auch verstehen«, lachte er.

Ich ließ die Scheibe runter und schrie in den Himmel.

Wir kommen kräftig und breit
Nenn mich Rapper's Delight
Ich geh von hier aus ganz weit
Ka – riz – ma ist jetzt am Mic

Wir waren schon fast an der Prinzenstraße, doch die vom Label müssen mich gehört haben, denn als Pele und ich eine Woche drauf wieder dort waren, wussten sie schon Bescheid.

»Was denn jetzt los?«, fragte ich Pele.

»Gar nichts, hab denen bloß gesagt, dass du das hast, was ihnen fehlt, und um das nicht zu vergessen, sie dich ab jetzt Karizma nennen sollen.«

»Hast du nicht!«

Ich war schwer zu beeindrucken, doch Pele schaffte es immer wieder. Er grinste und drückte mir eine goldene Kette in die Hand. Genau die gleiche wie seine, doch statt der zwei Ps hingen ein K, ein A, ein R, ein I, ein Z, ein M und ein A dran. Ich hängte sie mir um und nie wieder ab.

MOSES wurde ein richtiger Familienmensch, zumindest sagte er das so. Als es losging, wollte er nicht mehr. Er habe eine Frau und ein Kind zu ernähren und brauche Sicherheit. Musik sei für ihn eh nur ein Hobby und kein Beruf. Tagelang versuchte ich ihn vom Gegenteil zu überzeugen, doch nachts hatte eine andere Frau ihre Finger im Spiel, und dagegen hatte ich keine Chance. Ich wollte keinen Streit, also ließ ich es irgendwann sein und zog alleine los.

Schade, denn in meinen Träumen war er auch immer dabei gewesen. Ich hatte uns Geld machen sehen, Geld zählen und es eines Tages nur noch wiegen, weil es schneller ging. Und bis dahin wäre Cihad draußen und wir alle Millionäre.

Die Wirklichkeit fühlte sich aber anders an. Was solls, ich nahm die ganze Scheißverantwortung auf mich und unterschrieb einen Künstlerexklusivvertrag. Bandübernahme war ohne Moses nicht möglich.

»Kein Problem, heutzutage hat in Kreuzberg jeder Zweite eine Drum Machine«, ermutigte mich mein Management und machte mir gleich nen Studiotermin klar.

Am nächsten Tag fuhr ich hin. Und ich schwöre, man sieht die Welt ein bisschen anders, wenn man weiß, dass jedes Wort, das man in Zukunft schreibt, sich vom Papier lösen und es nach draußen schaffen wird.

Ich hatte endlich was zu sagen. Ich hatte noch so viel zu sagen. Aber erst mal stieg ich aus dem Wagen, ging die paar Stufen hoch, klopfte an die halb geöffnete Tür und sagte Hallo.

»Fürs Studio ne Tür weiter«, schrie jemand aus dem Nichts. Eine Tür weiter traf ich eine Frau. Sie schaute mich an und meinte: »Du rappst oder was?« Sie sagte es mit Betonung auf du.

»Was los, ne Frau soll mich produzieren?«, konterte ich, mit Betonung auf Frau und mich.

»Hab nur gefragt, siehst ja nicht unbedingt aus wie ein Rapper.«

»Wie sieht ein Rapper denn aus?«

»Keine Ahnung, halt nicht wie du.«

Ich drehte mich um, und als ich fast schon draußen war, meinte sie: »Dann lass ma was hören.«

Ich blieb stehen und ließ sie genau zwei Zeilen hören.

Entweder bist du für oder gegen mich
Geb kein Fick – ich leb mein Leben, Bitch

Ich brauchte wirklich nicht um einen Scheißbeat zu betteln. Sie war ja nicht die Einzige mit einer fucking Drum Machine. Sie setzte sich an den Rechner und spielte zwei Töne. Immer nur zwei Töne. Ich dachte, na gut, und rappte drei, vier Zeilen drüber. Sie nahm ihre linke Hand dazu und spielte eine Melodie. Ich rappte weiter, was mir gerade so durch den Kopf ging. Sie packte einen Bass drunter, und man hätte das Ganze eigentlich schon aufnehmen können.

»Ey, du hörst dich an wie Said. Nicht die Stimme, ich mein den Flow, krass, Mann, Said.«

»Ich weiß«, sagte ich. »Kanntest du ihn oder was?«

»Haben mal paar Songs aufgenommen, bevor er nen Deal gekriegt hat und dann von Monte produziert wurde. Hab sogar noch nen Beat, den er unbedingt haben wollte. Aber kennst es ja, man hat tausend Sachen im Kopf, dies, das, und irgendwann is es zu spät.«

»Lass mal den Beat hören.«

»Okay, warte kurz. Fuck, irgendwo muss der sein. Hier. Nee hier, warte kurz, okay, ich habs, Said Instrumental.«

Was für ein Schicksal, dachte ich, was für ein übertriebenes Schicksal. Ich mein, mag ja sein, dass jeder Zweite in Kreuzberg Logic oder Cubase auf dem Rechner hatte, aber wer von denen hatte schon was aus Saids Vergangenheit bei sich rumliegen.

Ich stellte mich ans Mic. Die Bässe prallten gegens Trommelfell. Das Herz schlug 94 bpm. Das Instrumental, drei Mal sechzehn Zeilen plus vier Refrains, Intro, Bridge und Outro, gab 4:34 Minuten. Aus Angst, es könnte nicht alles draufpassen, was ich sagen wollte, rappte ich den ganzen Song doubletime. Alles doppelt so schnell, ohne Chorus und ohne Luft.

»*Hamdulillah*, zum Glück hab ich den Beat nicht weggegeben«, grinste Derya. »Der liegt schon ewig hier rum, als hätte ich gewusst, dass Said ihn sich noch abholt.«

Wow. Schöner hätte sie es nicht sagen können, schneller mir nicht sympathisch werden.

Am nächsten Morgen gings los.

Im Studio gab es erst mal immer eine Line. Dann kochte sie Tee oder drehte einen Joint, während ich mir ihre neuesten Arrangements anhörte. Ihr Talent war nicht normal. Mein Glück auch nicht. Wir arbeiteten jeden Tag. Unser Büro war das Studio. Unser bester Freund wahrscheinlich Gott. Und Derya ganz sicher ein Engel. Sie überschüttete mich mit Beats, als wäre auf einmal das ganze Jahr Weihnachten. Alles perfekt, bis Monte anrief und meinte, er hole die Tage Saids Platten ab.

»Saids Platten? Vergiss es.«

»Mach keen Stress, ick geb dir auch was dafür. Kannst doch eh nichts damit anfangen. Sag mir, was du dafür willst, und ich steck dir alles in deinen kleinen sizilianischen Hintern.«

Ich sagte: »Ach, halts Maul, halt einfach dein Maul«, legte auf und drehte mich zu Derya. »Schatz, lass ma abhauen, muss dir was zeigen.«

Sie fragte, was und wo.

»Vertrau mir. Heute is mal Weihnachten für dich.«

Sie seufzte und machte den Rechner aus. Im Auto zickte sie rum, wir sollten besser weiterarbeiten, und was das überhaupt solle und so. Ich sagte nichts und fuhr in die Mariannenstraße zur Wohnung der Brüder.

»Wohnst du hier?«

»Ich pass nur bisschen auf die Wohnung auf.«

Sie machte sich eine Kippe an, während ich die Räume lüftete und die Palme goss.

»Okay, cool, aber was hab ich damit zu tun?«

»Gar nichts«, log ich und machte dabei die Tür zu Saids Zimmer auf. Derya stürzte rein und drehte schon allein vom Schauen durch, zeigte ungläubig aufs Vinyl und fragte tausendmal, welchen Laden ich ausgeraubt hätte.

»Was fürn Laden, Alte, so was gibts in keinem Laden.«

»Wem gehören die?«

»Dir.« Selten war ein Wort so schön zu sagen. Sie lachte. Und weil es so schön war, wiederholte ich: »Scheiße, die sind für dich.«

»Was?«

»Die Platten.«

Sie sagte »Nein«, ich sagte »Doch«, sie wieder »Nein«, ich wiederholte »Nimm schon«, und sie fragte, ob ich mir sicher sei. Als ob das eine Rolle spielte. Sie kriegte sich fast nicht mehr ein und grinste: »Alte, wenn so Weihnachten ist, dann werd ich Christ, Mann.«

Zwei Stunden später holten wir uns beim Label einen Lieferwagen, packten die Platten in Dutzende von Kisten, legten den dreckigen Boden der Ladefläche mit einer Plane aus und schleppten Kiste um Kiste runter in den Bus.

Ich war mir nicht sicher, ob ich das Richtige tat. Schließlich war es Saids Sammlung und so was wie eine Erinnerung an ihn. Aber davon wird er auch nicht zurückkommen, redete ich mir die Zweifel aus und war irgendwie froh, die Dinger loszuwerden. Ich hatte keine Angst vor Monte. Wo nichts ist, kann man es sich auch nicht mit Gewalt holen.

Das Problem war Cihad. Wahrscheinlich würde er es nicht verstehen, wahrscheinlich würde er durchdrehen und wegen schlechter Führung gleich noch länger sitzen müssen. Also erzählte ich ihm erst mal nichts davon. Es war ja nur eine Art Vorschuss. Mit den Hits, die wir daraus machen konnten, war sicher mehr Geld zu holen, als wenn er sie irgendwann irgendwelchen Idioten verkaufen würde.

Ich wollte das Beste für Cihad, das Beste fürs Vinyl und die besten Samples für meine Beats. Und wenn man so viel will, muss man auch Entscheidungen treffen. Und wenn die anderen nicht da sind, dann trifft man sie halt alleine.

Ich besuchte ihn, wann immer ich konnte, was so viel heißt wie viel zu selten. Zweimal im Monat, geteilt durch zwei, gab einmal im Monat für mich. Immer abwechselnd, mal seine Mom, mal ich. Und ich schwöre, es gibt nichts Schlimmeres, als einen Mann mit seiner Mutter zu teilen. Mütter stressen, jammern, nörgeln, aber wehe, man sagt was gegen sie. Für die Jungs sind sie sogar noch heiliger als die heiligen Kühe.

BEI uns draußen ging es drunter und drüber. Wir standen kurz vor dem Release unseres ersten Albums. Ich lebte Saids Leben, und unsere Mucke war der Soundtrack dazu. Ich machte so was wie Method Rapping. Wie Al Pacino und Robert De Niro, die spielen ihre Rollen auch nicht mehr, sie leben sie, Method Acting eben. Alles echt, und wenn sie Pech haben, bleiben sie paar Monate auf dem Film hängen.

Ohne Scheiß, ich war schon mehr Said als ich selbst. Ich gewöhnte mich schnell an mein neues Leben, aufstehen zu müssen, Termine zu haben und mein Handy klingeln zu hören. Ich brauchte das sogar. Stress war für mich Therapie, Entspannung hätte mich gelangweilt, Yoga depressiv gemacht. Ich hetzte durch die Gegend, machte mein Ding, zehn Schritte vor und drei zurück, und fühlte mich meinem Traum so nah wie noch nie.

Die Tage waren viel kürzer als vorher. Hatte viel weniger Zeit als früher und schaffte trotzdem viel mehr. Ich hatte die Kraft, war fokussiert wie noch nie, gab kleine Shows ohne Ende, machte brav jede Promo mit und hatte dabei echt Glück, dass mein Management fitter war, als ich jemals gedacht hatte. Sie schickten mich nicht auf jede Party, und sie verkauften mich auch nicht an den Höchstbietenden. Sie hatten Geduld, ein Feature da, ein Handschlag dort. Ich machte das, was ich mit Moses angefangen hatte, bloß in groß und nicht als Said, sondern als Karizma.

Von mir aus hätte es genau so weitergehen können. Wäre es wahrscheinlich auch, wenn ich an dem einen Montag nicht in der Redaktion von irgendeinem Hip-Hop-Magazin gesessen hätte. Ich hatte ein Interview gegeben und wurde für die Fotos zur Story zurechtgemacht. Der eine zupfte an meinen Haaren rum, ein anderer klatschte mir Make-up ins Gesicht, und ich saß da wie Buddha und lauschte der Stille in mir drin. Um mich rum voll der Lärm, aber das war gut so, zu viel Spiritualität auf einmal hätte mich erschreckt. Als sie fertig waren, stellte ich mich für paar Bilder vor die Kamera. Keine große Sache.

Mein Handy klingelte.

»Geh schon ran«, sagten sie höflich.

»Danke, hätte ich sowieso gemacht.«

Am Telefon war Pele. »Weißt du, was heute für ein Tag ist?«

»Keine Ahnung, Montag?«

»Ach komm.«

»Sag schon. Hast Geburtstag oder was?«

»Mann, Mann, heute vor zwei Jahren ist Said verschwunden.« Erst schluckte ich leer und meinte dann: »Und was erzählst du mir das jetzt?«

»Nur so, dachte, du weißt das«, redete er sich raus.

Ich sagte: »Und willst jetzt feiern oder was?«, und legte auf. Mir war schlecht. Es war eine Mischung aus Wut und Trauer und dem falschen Moment.

Ich biss die Zähne zusammen und war ready zum Weitermachen, wenn nur nicht dieser Idiot von einem Fotografen mich genau vor dem Abdrücken noch gefragt hätte: »Alles okay?«

»Klar.«

Und dann gleich noch mal: »Wirklich alles okay?«

»Ja, sag ich doch.«

»Sicher?«

Minchia, was fürn Depp! Nichts war okay. Nichts. Ich riss mich hier zusammen, wie es nur ging, gab mir Mühe, cool zu bleiben, nicht gleich loszuheulen, nicht auszuticken, und der

Penner wusste nichts Besseres, als mich hundertmal zu fragen, ob alles okay sei.

Ich versuchte noch, mich zu beherrschen, aber es war zu spät, Tränen flossen über mein Gesicht. Die schwarze Schminke lief ihnen nach und zog dunkle Striche über die Wangen bis zum Kinn. Der Visagist bemühte sich, sein Kunstwerk zu retten, aber es ging nicht, und der Fotograf wäre kein Fotograf gewesen, hätte er nicht einfach drauflosgeknipst. Die anderen fanden es unverschämt, mir war es egal. Schließlich schreien ja immer alle nach Realness, jetzt sollten sie auch mal was Echtes kriegen. Richtige Bilder, ohne Glycerin, nur echte, salzige Tränen.

Ich gab mir keine Mühe, gut auszusehen. Es war mir scheißegal. Ich schaute direkt in die Kamera, ohne auch nur einen einzigen Muskel anzuspannen, und dachte dabei, *ma vaffanculo,* aus den Fotos wird eh nichts, aber ich dachte falsch, denn aus den Fotos wurde das Cover der September-Ausgabe. Die klatschten einfach mein verheultes Gesicht mit schwarzen Tränen und glänzendem Kinn auf die Titelseite. Und da passierte es. Irgendwas veränderte sich. Die ersten Leute fingen an, über mich zu reden, keine Ahnung was, jedenfalls standen bei den nächsten Shows paar Leute mehr im Publikum.

»Wer sind die?«, fragte ich Derya nach dem Auftritt.

»Is egal, wer die sind. Es geht um dich«, sagte sie und packte dabei ihre Platten zusammen. »Glaub mir, wenn du so weitermachst, wirst du ein fucking Messias.«

Sie zwinkerte mir zu und ging backstage. Ich blieb links am Bühnenrand stehen und schaute in die Menge. Eine zähe Masse, die sich langsam Richtung Bar verschob.

Im Grunde waren die alle wegen mir hier. Nur war es diesmal kein Schmetterling, der mit den Flügeln geschlagen hatte, sondern vielmehr Goliath, der einen guten Job machte. Ohne

Scheiß, seit ich mit verheultem Gesicht und schwarzen Tränen an den Kiosken hing, kam es mir vor, als wär auf einmal ganz Berlin auf Hip-Hop. Journalisten, die nicht mal wussten, wer Kurtis Blow ist, machten einen auf Yo Yo und schrieben über den neuen Rap. Flächendeckende Promo war das.

Die Frauenzeitschriften interessierten sich für mich, weil ich eine Frau war, und die Männerzeitschriften interessierten sich für mich aus demselben Grund. Und je mehr die Leute über mich lasen, desto mehr redeten sie. Von mir aus konnten sie erzählen, was sie wollten, solang sie nichts über meine Mutter sagten, war alles cool.

Mit der Zeit reichte es ihnen nicht mehr, über mich zu reden. Sie wollten mit mir reden. Stellten sich vor mich hin, streckten mir ein Stück Papier hin und fragten: »Bist dus wirklich?« Manchmal sagte ich Nein, aber erst, nachdem ich ihnen quer über ihr Lieblings-Shirt unterschrieben hatte. Ich checkte den ganzen Unterschriftenwahn einfach nicht. Ich mein, für was braucht man nen Namen irgendwo stehen. Ist doch bescheuert, fast pervers. Derya sah das ein bisschen anders. Saß im Studio und erklärte, Autogramme sammeln sei was Spirituelles.

»Was Spirituelles?!«

»Ey, hör zu, alles haben können und dann ein Gekritzel auf nem Fresszettel wollen ist fast schon asketisch. Soll da noch einer sagen, wir seien materialistisch, ist nicht, wir zünden nur nicht bei jedem Scheiß ein Räucherstäbchen an.«

Ich ließ sie reden, legte mich aufs Sofa und schlief ein. Abends spielten wir eine Show in Frankfurt. Das letzte Mal, als wir dort gewesen waren, kotzte einer der Sicherheitsleute die Bühne voll, und auch diesmal waren die Ordner fürn Arsch. Ich saß im abgesperrten Teil des Clubs, als auf einmal Monte vor mir stand und sich aufspielte, als wäre er Iron Man. Hinter sich halb Wedding.

»Heiße Show«, grinste er übers ganze Gesicht.

»Was wollt ihr hier!«, schrie ich durch den Lärm.

»Dich feiern, Alte! Und übrigens, seit du dich nicht mehr Said nennst, find ich dich wieder geil.«

»Lass den Scheiß, verpiss dich!«

»Entspann dich, Süße, und sag mal, was is jetzt mit den ganzen Platten, ich brauch die Dinger.«

Ich sagte nichts. Und dann brüllte der abgefuckte Bastard: »Bestell mal Grüße in Knast«, und: »Weeßte eigentlich, warum ich selbst nie drin war?«

»Weil du Penner eher deinen besten Freund verraten würdest, als selbst in Knast zu wandern.«

»Neeee«, grinste der Wichser und wiederholte: »Weeßte, warum ich nie im Knast war?«, und antwortete gleich selbst: »weil ich zu clever für den Scheiß bin! Nicht wie Cihad, der kommt ausm Knast nie wieder raus. Dafür sorg ich schon.«

Ich tat das, was auch Said gemacht hätte, holte aus und schlug in seine dämliche Riesenfresse. War sicher nicht schlau, aber in dem Moment war mir das egal. Monte fasste sich überrascht ins Gesicht, und von hinten sprangen seine Jünger für ihn ein.

Ich hatte Glück, kam mit einem blauen Auge und einem blutigen Mund davon. Es sieht schlimmer aus, als es ist, dachte ich, bis ich merkte, dass mein Vorderzahn fehlte.

»*Porca miseria*«, fluchte ich und hätte aus lauter Wut Monte am liebsten umgebracht. Wut kennt kein Nachher, Wut sticht zu und so. Doch erst mal musste ich den Zahn finden, kroch auf dem Boden rum und tastete mich durch Scherben und Kippen. Ungefähr zehn Leute halfen mir beim Suchen. Fünfzig andere standen im Weg. Und einer schaffte das Unmögliche, er fand den Zahn.

Ich konnte es kaum glauben. Doch die Wahrscheinlichkeit,

dass der Schneidezahn jemand anderem gehörte, war noch kleiner, also packte ich den Zahn in ein Glas und ließ mich von einem Typ, der behauptete, nüchtern zu sein, zur Notaufnahme fahren. Ich saß auf dem Beifahrersitz wie ein kleines Mädchen mit einem Goldfischglas auf dem Schoß, bloß war im Glas kein Wasser, sondern Milch, und statt einem Fisch schwamm ein Zahn drin rum.

Ich hatte auf einmal höllische Schmerzen, die mein Gesicht lähmten, und fragte mich, ob Method Acting auch so schmerzhaft ist, ob De Niro bei den Dreharbeiten zu *Wie ein wilder Stier* auch solche Schmerzen hatte.

Im Krankenhaus kriegte ich eine lokale Anästhesie, die mich zumindest von einem Teil des Schmerzes erlöste. Mit ihm ging auch mein halbes Gesicht. Ich konnte nicht mehr reden, ich konnte gar nichts mehr, aber das war gut so, denn ich hätte nichts Gutes getan.

Zwei Arzthelferinnen kamen kichernd auf mich zu, ich dachte, sie kämen, um zu fragen, wie es mir gehe, doch sie wollten nur wissen, ob ich die Rapperin sei. Ich hätte ihnen gerne ihren Beruf erklärt, aber sie kamen mir zuvor und erklärten mir meinen. Ich müsse da, dort und hier unterschreiben, zu ihnen schauen und lächeln. Sie machten Fotos mit ihren Handys.

Ich tat, was sie sagten, und dachte, was für ne Scheißwelt, was für ne Scheißklinik. Die würden sogar Fotos machen, wenn ich im Sterben läge, und fühlte mich trotz oder gerade wegen ihrer Aufmerksamkeit wahnsinnig einsam.

AUCH am nächsten Tag blieb die Welt gegen mich. *Me against the world*, kennt ja jeder. Die anderen waren schon zurück in Berlin. Ich stand mit dicker Lippe am Flughafen und hätte gern jeden verprügelt, der mich eine Sekunde zu lange anschaute.

»He, Süße, lächle doch mal!«, rief mir einer zu, und bevor ich die Mundwinkel auch nur einen einzigen Millimeter hätte hochziehen können, machte er auch schon Fotos von mir.

Ich sagte: »Hör auf.«

Er sagte: »Entspann dich, Mann.«

»Hör auf!«

Er hörte nicht auf, also riss ich ihm sein Scheißhandy aus der Hand und knallte es auf den Boden. Der Typ drehte voll durch, warf seinen vollen Starbucks-Coffee-Becher nach mir und schrie »Nutte« und »Schlampe«, ich schaute nach links und nach rechts, sah keine und sagte: »Entspann dich, Mann.«

Alle wollten sie was von mir. Über Lautsprecher erinnerten sie mich alle fünf Minuten daran, auf mein Gepäck aufzupassen, und einer vom Label versuchte, mir per Handy zu drohen. »Noch so ein Vorfall wie letzte Nacht, und du bist draußen.«

»Is ja gut, ich reiß mich zusammen.«

Doch im Geiste konnte ich alles tun. Im Geiste konnte ich sogar der Stewardess eine reinhauen, und sie hätte mich nachher immer noch angelächelt. Im Geiste war ich frei. In meinen Raps auch.

»Hörst du mir überhaupt zu?«, fragte mein Manager am Telefon. Ich sagte »Ja« und meinte Nein.

Ich machte das Handy aus, verstaute mein Handgepäck

unter dem vorderen Sitz und schnallte mich an. Ich tat es genau so, genau in der Reihenfolge, doch in Wirklichkeit tat ich was ganz anderes. In Wirklichkeit arrangierte ich ein ganzes Album im Kopf. Schreiben war wie Xbox 360 spielen. Ich ließ Monte in jeder Zeile sterben. An Worten ersticken. Für alles, was er mir angetan hatte, büßen. Ich packte meine Wut eins zu eins in die Zeilen. Ich kippte sie einfach aus der Seele in die Strophen, während ich weit über Wolke sieben von Frankfurt nach Berlin donnerte.

Vom Flughafen ging ich direkt ins Studio und blieb die ganze Nacht und den nächsten Tag auch gleich dort. Ich klebte am Mic, während Derya am Bildschirm Tonspuren hin und her schob.

»Sag mal«, unterbrach sie mich, »willst du das wirklich aufnehmen? Ey, ich sag dir, bei solchen Texten is Stress vorprogrammiert. Und nicht nur mit Monte. Auch mit dem Label.«

»Scheiß auf Monte!«

»Überlegs dir einfach, du weißt ja, wie der drauf is.«

»Hast du Schiss oder was?«

»Klar«, sagte sie. »Ich hab vor voll vielem Schiss. Ich hab sogar Schiss, zwei Kilo zuzunehmen.«

Damals liebte ich sie für ihre Ehrlichkeit, lachte und sagte: »Lass weitermachen, Schatz.«

»Komm besser mal aus der Gesangskabine raus, und mach mal das Scheißlicht bei dir drin an. Kannst doch nicht immer im Dunkeln rappen.«

Ich hörte nicht, rappte weiter, bis sie mir durch die Kopfhörer ins Ohr plärrte: »Lass uns gehen, ich muss hier raus, du bist zu stoned, und ich will nach Haus!«

»Autsch!«, schrie ich auf. »Spinnst du oder was?«

Sie hatte gewonnen. Wir packten unser Zeug zusammen, rauchten noch das Gras auf, und gegen ein Uhr fuhr ich sie in die

Mariannenstraße. Gott sei Dank hielt uns die Polizei nicht an, ich hätte den Lambo wahrscheinlich gleich mitabgeben müssen.

Derya stieg aus. Ich sah ihr nach und war erstaunt, wie eine Straße sich verändern konnte. Im Vergleich zu früher war sie kaum wiederzuerkennen, die Mariannenstraße. Dabei verändert sich Asphalt ja so gut wie gar nicht.

Es war, als wären Said und Cihad nie da gewesen, und nur die leere Wohnung erinnerte daran, dass hier zwei Jungs fehlten. Ich betete, sie würden irgendwann zurückkommen. So wie alle Männer irgendwann zurückkommen.

Doch bis dahin hatte Derya ihre Hausschlüssel. Immer wenn sie Stress mit ihrem Freund hatte, tauchte sie dort unter, während er mit irgendwelchen Frauen schlief. Ich kam damit nicht klar. Ich hätt ihm Tripper arrangiert oder weiß Gott was, aber was sollte ich tun, Derya redete nicht darüber, lief erhobenen Hauptes über die Straße und verschwand im Treppenhaus. Oben ging das Licht an, und ich fuhr los. Ich ging zurück ins Studio. Draußen war es mir zu traurig und ungerecht und langweilig. Im Studio dagegen war alles möglich. *Sky's the limit*, wenn überhaupt.

Eine Woche später hatte ich mein Lachen wieder, mit zweiunddreißig Zähnen, als wäre nie was passiert. Wir spielten Shows ohne Ende. Ich liebte es, hatte bloß ständig Muskelkater.

Derya lachte mich aus, »Schatz, du musst was machen, deine Kondition is am Arsch! Bei Rockern ist das vielleicht cool, bei Rappern geht das gar nicht, ey, Rapper müssen fit sein!«

Sie hatte recht. Also kriegte ich Ken, und der war genau so, wie Kens eben sind, nicht mein Typ. Aber als Trainer war er perfekt. Er lehrte mich, in zweiundsechzig Minuten um einen ganzen See zu rennen, und brachte mir Boxen und Hantelnstemmen bei. Das Sportprogramm machte sich bezahlt. Ich wurde viel entspannter, es konnte mich dissen, wer wollte, wenn einer was sagte, kam es mir vor, als würde er über sich selbst reden. Bei mir war alles cool. Mehr als cool.

Im Herbst kam *Amok* raus und wurde auch gleich wieder vom Markt genommen. Aber das war egal. Das Album hinterließ einen breiten Krater, quer durch Berlin, und das war gut.

»Das is überhaupt nicht gut«, fluchte Cihad. »Was hast du dir dabei gedacht? *Amok*?! Suchst du Stress oder was? Is nicht schon genug passiert, Mann, müssen wir alle erst draufgehen oder im Knast landen, um die schönen Sachen zu sehen? Said heißt Glück, weißt du doch, aber du scheißt drauf und schreibst nur über Hass und Wut! *Amok*, Alter, was soll das?!«

»Komm mal runter. Woher weißt du überhaupt davon?«

»Meinst du, ich krieg hier drin nichts mit oder was? Is ja nicht Guantanamo hier. Hab dich im Fernsehen gesehen, Alte, was denkst du dir dabei? Ey, hör zu, vertrau keinem dort draußen, du bist ganz alleine, niemand da, der dich beschützt. Die laufen bei dir ein, und dann?«

»Mach dir keine Sorgen. Ich bin nicht allein.«

»Klar bist du nicht alleine. Du hast Leute, die dich feiern. Aber wer von denen is bei dir, wenns hart auf hart kommt? Deine Fans? Niemals. Das sind Fans, keine Freunde, hörst du, das sind nur Fans, keine Freunde!«

»Is ja gut. Ich komm schon klar, glaub mir, ich bin nicht allein.«

»Wen hast du denn, sag mal, wer soll dich beschützen?«

»Gott.«

Darauf sagte er erst mal nichts mehr. Bis ich gehen musste und er mir hinterherrief: »In echt bist du übrigens viel schöner als im Fernsehen!«

Ich sagte: »Danke«, und dachte, Scheiße. Ich mein, andersrum wär es viel besser, lieber sieht man doch vor hunderttausend Leuten gut aus, als vor den paar wenigen, denen man wirklich begegnet. Was solls, dachte ich mir und lief zurück, an den Beamten vorbei, raus in die Freiheit. Ich vermisste Cihad ab dem ersten Schritt, schloss die Augen und sah ihn in seiner Scheißzelle sitzen, machte sie wieder auf, schaute runter zu meinen Füßen und sah die Pflastersteine der Einfahrt, den Asphalt der Straße, und als ich weiterlief, sah ich all die schönen Dinge, von denen er erzählte, die er aber nicht sehen konnte.

Wahrscheinlich hatte er recht. Es war Zeit für ein bisschen Glück. Ich passte mich an. Gliederte mich in die Gesellschaft ein, prahlte mit teuren Sachen und einer schwarzen Amex, die ich nicht mal hatte, und schrieb so wie die anderen, harmlos, übers Partymachen und Geldausgeben.

Ich nahm die Scheiße nicht ernst, doch das Witzige war, je mehr ich so tat, als hätte ich Kohle, desto mehr Kohle kam rein, und je mehr reinkam, desto mehr hatte ich, und je mehr ich hatte, desto mehr kam dazu. Und wenn man Kohle hat, ist Fame sowieso umsonst. Das ist das ganze Geheimnis. So einfach.

Außerhalb des Studios kümmerte ich mich so gut wie gar nicht um meine Finanzen, ich vertraute voll und ganz denen aus der Abteilung Drecksjobs, die sich hervorragend um die Tantiemen und das ganze Zeug kümmerten. Ich brauchte nur eine Kreditkarte, und solang die funktionierte, war für mich alles okay. Ich blieb lieber ein bisschen länger im Studio.

Ich rapp im Bikini, New Era Cap und G-String
Album ohne featuring, im Bett nur Gs drin
Baby fight the party! Alles auf Hard Disk
Kill den Beat, Top eins in den Charts, Bitch
Nenn mich fanatisch, ich bleib player for life
Ich will die Titelseite der New York Times
Ich leb für den Scheiß, und ich will davon leben
Plan B gibts nicht, ich muss es mir nehmen

Cash, big biz – unterschreibe Verträge
Bring sogar Punchlines, wenn ich einfach nur rede

Die nächsten Tage, Nächte und Wochen waren wie immer. Immer verschieden. Und dann schrie Derya eines Tages durchs Studio: »Oh mein Gott, wir sind drin, wir sind drin!«

»Wo drin?«

»Drin, Mann! Von null auf Platz drei der Single Charts!«, kreischte sie. Ich sagte nichts. Aber in dem Moment wuchs ich um mindestens zwei Zentimeter.

»Ey, alles, was du dir wünschst, wird wahr! Einfach was rappen, und es passiert! Ich sags dir, ich fang jetzt auch mit dem Scheiß an.«

»Yes! Und wünsch dir gleich mal nen neuen Mann«, grinste ich. Sie lachte wie schon lange nicht mehr, während ich rappte.

Vergiss *Mission: Impossible*, vergiss *True Lies*
This mission is possible, look into my blue eyes
Wir waren die von nebenan, jetzt gehn wir worldwide
Bis jeder sehen kann, was ich zu Haus auf Word schreib

Wir feierten bis zum nächsten Morgen. Und das jede Nacht aufs Neue, als hätte unser Leben einen Sprung in der Platte, und ich bin sicher, Cihads ganze Abteilung, wenn nicht sogar die ganze JVA Tegel, feierte mit uns.

In der Zwischenzeit arbeitete die Zeit für uns. Derya und ich fingen schon an, Wetten abzuschließen, wie lange wir uns oben halten würden, doch das Glück hörte nicht auf. Es kam bloß der Neid dazu. Irgendwelche Penner, die durch mich den guten alten Hip-Hop bedroht sahen.

»Was für Kasper«, grinste Derya. »Die vergessen alle, dass Old School cool war, solang er New School war!«

Ist so, so was hinterherzutrauern ist was für Mitläufer, aber nicht für Macher, Macher machen und entwickeln das Erbe weiter. Also ließen wir uns nicht stören und machten weiter. Waren nur noch unterwegs, nur noch in Hotels, aber das war okay, ich kannte das ja schon vom Modeln. Ich kannte so einiges schon von früher, die Shows, das Gelaber, überall das Gleiche, bis darauf, dass sie von Rappern was hören wollen und von Models nur die Brüste sehen.

Erfolg hin oder her, für mich zählte eh nur Montes Wut und die Freundlichkeit all derer, die früher nicht an mich geglaubt hatten. Es war ein Sieg über mein Schicksal. Verrückt waren ab jetzt die anderen, und zwar nach mir.

Ich wollte Shows wie die Amis. Siebenmal umziehen und Action und trotzdem nicht Playback, und ich frag mich heute noch, warum vor uns in Deutschland keiner auf die Idee gekommen war, sich live ein bisschen Mühe zu geben. Ich mein, *Put ya hands in the air* zu schreien ist ja schön und gut, aber irgendwann muss man die Hände wieder runter und das Game in die Hand nehmen.

Und genau das taten wir, glücklicherweise ziemlich erfolgreich, hetzten von Termin zu Termin, und wenn die Zeit es zuließ, fuhr ich schnell nach Tegel raus und brachte Cihad was von Nike, Lacoste oder Adidas vorbei. Es war alles umsonst. Die angesagtesten Labels schmissen uns ihre Klamotten hinterher, Dealer ihre Drogen und manche Leute sogar ihre Seelen. Man glaubt gar nicht, wie viele kaputte Menschen draußen rumlaufen, sie reißen ihr Maul auf, und ihre stinkende Psyche kommt einfach so herausgequollen. Ohne Scheiß, die Leute suchten meine Nähe, als wäre Erfolg ansteckend.

Ich fühlte mich besser als je zuvor, besser als alle anderen und bändigte meinen Stolz in Zeilen. Die Leute liebten mich dafür und sich selbst wahrscheinlich noch genauso wenig wie vorher. Die beste Voraussetzung, um ein totales Arschloch zu werden.

Was will man mehr?, fragte ich mich, obwohl ich die Antwort ganz genau wusste und dabei ausnahmsweise nicht an Geld dachte. Das Einzige, was fehlte, war Said. Das Einzige, was fehlte, war meine Familie. Ich dachte noch oft an sie, und jedes Mal, wenn vor meiner Tür Blumen standen, hatte ich kurz wieder das Gefühl, Said wäre da gewesen.

Derya kriegte das mit und meinte: »Vergiss mal Said! Die Blumen sind von Monte!«

»Von Monte? What the fuck erzählst du …«

»Guck doch, der will dir drohen, *Canim*, das sind fucking Grabblumen vor deiner Tür!«

»Alte, nimm mal weniger Koks, du wirst paranoid.«

»Wer is hier paranoid? Wer von uns hofft, dass ein Typ, der seit ner Ewigkeit verschwunden ist, ihr Blumen vor die Tür stellt? Und meinst du, ich merk nicht, wie du bei jedem Wagen nachm Nummernschild guckst? Das is paranoid! Ich mein, was fürn abgefahrenes Spiel is das?«

Sie hatte recht. Ich war echt paranoid geworden, schaute ständig den Autos hinterher, immer in der Hoffnung, sie kämen aus Sizilien. Mit dreckigem Kennzeichen und vielen Kilometern auf dem Tacho. Und ich schwöre, diesmal hätte ich sie nicht mehr gehen lassen. Ich hätt sogar Elia geheiratet, um bei ihnen zu bleiben.

»Was fürn Elia?«, wollte Derya wissen.

»Ach, niemand, kenn ich seit dem Sandkasten, er ist so was wie mein Bruder.«

»Ach so«, kam von ihr schon fast gelangweilt. Sie machte sich eine Kippe an und meinte: »Aber ohne Scheiß, ich trau Monte nicht, und glaub mir, die Friedhofsblumen vor deiner Tür bedeuten nichts Gutes.«

AUF meinem nächsten Album wollte ich unbedingt auch Cihad drauf haben, schließlich rappte er, seit er zwölf war, und ein bisschen frische Luft tut sicher jedem gut.

Mein Label kümmerte sich um die ganzen Formulare und Papiere und Vorbereitungen, die für so einen Ausgang nötig waren. Wie Papoose schon sagte, *easy to go to jail but it's hard to get out.*

Er kriegte sieben Stunden Freiheit. Ich stand dann schon eine zu früh an der Seidelstraße und wartete im Auto, bis er rauskam. Als er mich sah, grinste er und schrie schon von Weitem: »Alter, Alter, was das denn fürn Wagen, ich dachte, die Gangster sind alle drin!« Er sah anders aus als früher. Oh Mann, wenn der Knast aus allen Jungs solche Männer macht, müssten eigentlich alle mal rein. Er umarmte mich, und als Erstes wollte er gleich in seine Wohnung.

»Vergiss es«, lachte ich.

»Ich muss schauen, wies ihr geht.«

»Der gehts gut. Derya is ab und zu dort, wenn sie grad wieder Stress mit ihrem Mann hat.«

»Okay, cool, muss dort trotzdem kurz vorbei, nur schnell was erledigen.«

»Alter, du erledigst erst mal gar nichts. Was geht mit dir, ich brauch dich im Studio. Arbeit, Arbeit, oder meinst du, mein Label hat dich zum Scheißebauen rausgeholt?«

»Ja, ja, passt schon. Gehen wa erst mal ins Studio, den Rest mach ich danach.«

»Okay, schauen wir dann.«

Im Studio war es wie immer, Line um Line, und zwar die

weißen. Derya stellte nebenbei die Geräte ein, und Cihad stand in der Kabine und stresste rum, er wolle anfangen.

»Alter, was hast denn heute noch vor?«

Doch er war schon am Rappen und hörte nicht.

Ich setzte mich zu Derya ans Mischpult.

»Cihad will hinterher in seine Wohnung, Scheiße, hab ihm ja noch nichts von den Platten erzählt.«

Von Derya kam »Scheiße, Scheiße, Scheiße«, und das waren zwei Scheiße zu viel.

»Was los, Schatz, kannst du ja nichts dafür, is mein Problem.«

»Nee, Mann, ich war in letzter Zeit oft dort, is nicht aufgeräumt.«

»Ach so, Cihad is bestimmt Schlimmeres gewohnt, aber ey, ich hab hier eh nichts zu tun, ich fahr schnell rüber und räum auf.«

»Besser nicht.«

Ich lachte. »Passt schon, bin zurück, noch bevor ihr fertig mit Aufnehmen seid!«

In der Mariannenstraße lachte ich nicht mehr. Ich mein, wie will man Räume durchlüften, Aschenbecher leeren und den Boden wischen, wenn man nicht mal in die Wohnung reinkommt? Vor lauter Müll ging die Tür fast nicht mehr auf. Der ganze Flur war vollgestopft. Dagegen war Tegel wahrscheinlich Luxus. Ich stand ratlos im Gang. Derya der Messi hatte die Wohnung der Brüder von oben bis unten zugemüllt.

Scheiße war das, scheiße, und vor allem war es meine Schuld. Wie hatte ich bloß Derya die Schlüssel geben und nicht merken können, wie aus der einen Tasche, mit der sie gekommen war, ihr ganzer Haushalt, ihre Vergangenheit, ihre Kleider, ihr Abfall und ihre Probleme wurden?

Hätte ich die Scheiße auch nur geahnt, hätte ich aufs Feature verzichtet. Hätte Derya ihr Maul aufgemacht, hätte ich Cihad niemals aus dem Knast geholt. Ich mein, vielleicht wären ihm die Platten egal gewesen, vielleicht hätte er über die zugemüllte Wohnung sogar gelacht, doch sein Vertrauen hätte ich definitiv verloren.

Dinge verheimlichen und Versprechen nicht halten kommt nie gut an. Tausende von Platten aus einer Wohnung räumen und sie dann mit Müll wieder auffüllen, noch weniger. So was geht nicht. So was ist einfach nur peinlich. Und so wollte ich nicht sein. Also rauchte ich einen Joint, stieg in den Lambo und schwor mir, alles, wirklich alles zu tun, um Cihads Vertrauen nicht zu verlieren.

Mit einem komischen Gefühl fuhr ich zurück ins Studio. Als ich ankam, waren sie gerade fertig mit Aufnehmen. Derya schaute unentspannt, als erwartete sie weiß Gott was. Aber ich war nicht sauer auf sie. Ich hatte meine eigenen Probleme. Und das größte davon war im Moment Cihad.

»Lass uns abhauen, Miss Superstar«, strahlte er mich an und legte seinen Arm um mich.

Wir gingen raus, und ich fragte: »Wo willst du hin?«

»Nach Hause!«

»Ach komm, hast doch noch bisschen Zeit. Ich bezahl dir ne Nutte und warte im Auto.«

Er lachte nur. Ich meinte es ernst, doch das war ihm egal.

»Okay«, gab ich nach, »aber lass uns erst mal bei mir noch was zu rauchen holen, ja? Muss mich noch schnell umziehen, kurz duschen und so.«

Er sagte: »Okay, aber beeil dich, hab echt noch was zu tun.«

Ich sagte: »Ja, ja«, und parkte den Wagen vor der Tür. Wir gingen rauf, er setzte sich auf die weiße Couch und behielt sogar die Jacke an. Ich verschwand ins Bad und zog mich aus.

Das Wasser fühlte sich an wie Regen, ich stand unter der

Dusche und wusste, dass ich kurz davor war, einen Riesenfehler zu machen, ihn aber nicht zu machen, wär auch einer gewesen. Wahrscheinlich sogar der größere. Also wickelte ich mir ein kleines weißes Handtuch um und ging, nass, wie ich war, ins Wohnzimmer. Cihad schaute überrascht.

Weil ich Angst hatte, er könnte was sagen, küsste ich ihn. Weil ich Angst hatte, er könnte aufstehen und in seine Müllhalde gehen, setzte ich mich auf seinen Schoß. Dann rutschte ich runter auf den Boden, kniete mich nackt vor ihn hin und zog ihn langsam aus. Er wollte was sagen, er wollte aufstehen und gehen. Er wollte mich wegstoßen und nie wieder anschauen. Er wollte ganz sicher alles anders machen. Aber er konnte nicht.

Mit geschlossenen Augen fühlte es sich an, als wäre Said wieder hier, mit offenen Augen fühlte ich nur Schmerz. Aber ich machte weiter, bis er schwach wurde, mich anfasste, überall, und zwar so, wie es nur ein Mann kann, der seit Ewigkeiten keine Frau mehr hatte, und er hörte erst damit auf, als es für ihn Zeit war zu gehen.

Ich fuhr ihn zurück, blickte dabei nur geradeaus, und er schaute rechts aus dem Fenster, als wär der Straßenrand was Spannendes. Scheißsituation, und trotzdem wäre ich am liebsten noch ewig durch die Stadt gefahren, nur um nicht gleich wieder allein zu sein. Allein mit der ganzen Verantwortung, mit der ganzen Kohle und all den anderen. Dann stieg er aus und ging und brauchte dafür nicht mal fünf Sekunden. In solchen Augenblicken ist das Leben immer so furchtbar schnell. Ich wäre ihm gern nachgerannt, doch er war schon weg. Es ist so unfair, andere Mädchen können ihren Jungs wenigstens hinterhertelefonieren, doch bei mir ging nicht mal das.

Ich fühlte mich schlecht und schmutzig und wusste gar nichts mehr. Zu Hause starrte ich die Wand an, spürte seine

Berührungen an meinem ganzen Körper und machte zum ersten Mal den Fernseher aus. Ich brauchte Ruhe, Ruhe, um die Nähe zu genießen, seinen Atem zu spüren und mich an jede Kleinigkeit zu erinnern.

»Oh Gott, was los mit mir«, seufzte ich und gab mich noch ein bisschen länger meinem Geheimnis hin.

Erst als ich endlich aufstand, Super Gangsta in den Player schmiss und Styles P durch die Boxen dröhnte, wurde ich wieder normal. Ich zog den Rap in mich rein, als wäre er Koks, viele Atemzüge lang, bis ich aufstand und rausging. Das war bei mir wirklich so, eine Bewegung, Aufstehen und Rausgehen. Verlieben und Vergessen.

Draußen war noch nicht mal Abend. Ich lief die Straße entlang bis zu dem Tattoo Shop, den ich vom Sehen kannte, und fragte nach einem Termin.

»Das nächste halbe Jahr ist eigentlich keiner frei.«

Doch wenn jemand sagt, eigentlich, dann heißt das, leg was drauf, und wir reden drüber. Ich legte also was drauf und noch was und noch was und kriegte gleich nach Ladenschluss die erste Sitzung. Er zeichnete mir mein Familienwappen über den ganzen Rücken, voller Symbole, die mein Leben geprägt hatten. Und drunter ließ ich *Karizma* stechen.

ES blieben nur noch wenige Wochen bis zur Veröffentlichung unseres zweiten Albums, nichts wurde dem Zufall überlassen, alles war durchgeplant, jeder Schritt.

Dort oben kennen sich eh alle, und wenn man zusammen ins Borchardt essen geht, dann ist man nachher befreundet. Und Freunde kriegen die beste Sendezeit, die längsten Artikel und viel Aufmerksamkeit, gefolgt von einem besseren Tisch im Borchardt und besseren Freunden mit wiederum noch besseren Freunden, bis man am Schluss mit dem Papst am Tisch sitzt. Kurz, wir machten es wie die Politiker, nur dass wir keinen Krieg, sondern Musik verkauften.

Doch was wir auch machten, es war mir alles noch zu wenig. Ich wollte mehr. Ich wollte Cihad ein gutes Leben nach der Haft bieten. Und dazu brauchte ich mehr Kohle, und für mehr Kohle brauchte ich mehr Fame.

Die Rap-Fans hatte ich schon, die Kids, die Radios und die Clubs auch, die Berliner sowieso, was ich noch brauchte, war der Rest, und den, den holt man sich nur mit einem Skandal.

Ich hätte oben ohne im Mittelmeer verschwinden, in Marseille abtauchen, Richtung Südosten schwimmen und heimlich in Palermo wieder hochkommen können. Deutschland wäre durchgedreht, hätte es schon wieder einen Rapper im Meer verloren.

Ich konnte nicht mehr normal denken, hatte meinen Kopf anderswo, in Tegel draußen. Als ob das Leben nicht schon kompliziert gewesen wäre, musste ich jetzt ständig an einen Typ im Knast denken, der noch dazu der Bruder von dem Mann war, den ich nach vier poetischen Zeilen blind geheiratet hätte. Scheiße war das, Mann, scheiße, und ich hasste mich dafür. Das schlechte Gewissen fickte meinen Kopf, Said war immer noch da und ich trotzdem alleine. Sonst hätte ich ja endlich machen können, was ich will.

Manchmal hilft es, über Probleme zu reden, manchmal sollte man aber schweigen und vergessen. Und genau das tat ich. Ich lenkte mich ab, machte mir absichtlich das Herz kaputt. Drogen und Männer, mehr braucht man dazu nicht. Gelegenheiten gabs überall, ich musste nur aufhören, Nein danke zu sagen. Innerhalb einer Woche war mein Herz am Arsch, und das war gut so, denn wenn man kein Herz mehr hat, dann verliert man es auch nicht mehr. Das Ganze wurde wie eine Sucht nach hundert Gefühlen auf einmal, um das eine nicht zu spüren.

Geschäftlich lief alles gut. Wir hatten überall gespielt, in jedem wichtigen Club, auf allen Festivals. Ich kannte inzwischen Deutschland besser als die meisten Deutschen. Jedes Kaff, jede Autobahnraststätte.

Als Nächstes stand eine Wahnsinnsshow auf dem Plan, ein Stadion voller Menschen. Ich war nervös, dabei waren fünfzigtausend Leute nichts anderes als fünfzigtausend Mal ein Mensch. Fünfzigtausend Mal die gleiche Scheiße.

Aber irgendwas war anders, vielleicht ahnte ich schon, was gleich passieren würde, vielleicht ahnte ich, dass ich die Geister, die ich rief, so schnell nicht mehr loswerden würde und ich kurz vor einem Skandal stand.

Am liebsten wäre ich abgehauen, irgendwo Teller waschen oder so, keine Ahnung, Hauptsache, meine Ruhe, niemandem was beweisen müssen, und doch blieb ich dort, als ob ich genau wüsste, dass man so einen Druck nicht einfach runterspülen konnte wie Essensreste von einem Teller.

Dieser Druck hatte nichts mit den Leuten vor der Bühne zu

tun. Der Druck war in mir drin, mein viel zu schneller Puls, der durch die Venen hämmerte, getrieben von der Sehnsucht nach was Echtem, nach dem heißen Asphalt in Cinisi, nach Said und seinem Bruder. Sehnsucht nach dem Gefühl, dass alles gut wird. Da konnten fünfzigtausend Stimmen noch so laut meinen Namen rufen, solang ich keine davon kannte, waren es nur fünfzigtausend Stimmen, die meinen Namen riefen.

»Wie lang willst die noch warten lassen, Miss Motherfucking Diva, komm schon«, holte mich Derya zurück.

»Bin ready.«

Wir umarmten uns wie vor jeder Show, und ich ging raus auf die Bühne. Ich ging raus, und ich schwöre, ich kenne keinen einsameren Ort als die Bühne. Dort oben gibt es überhaupt nichts, nichts, woran man sich halten könnte, nichts ist sicher außer dem Beat, der millisekundengenau die ganzen Spuren wiedergibt. Der Rest ist mal so, mal so.

Als sie mich sahen, schrien sie noch lauter, fast so, als hätten sie ein Messer im Rücken. Es fühlte sich an wie Tinnitus. Ohne Scheiß, die machten so einen Lärm, dass ich nichts mehr hörte, nicht mal mehr den Bass, gar nichts, machte Zeichen zum Mischer, und der machte Zeichen zurück. Der Beat war aus. Ich fluchte: »Scheißmischer, was fürn Scheißmischer«, und dachte mir, wofür man den halben Nachmittag Soundcheck macht, wenn die Typen die Anlage nicht im Griff haben. Jede Sekunde ohne Beat war eine zu viel. Ich fragte mich, ob die das extra machten, ob die mir absichtlich den Boden unter den Füßen wegzogen, um zu schauen, wie ich aufs Maul fiel. Erinnerte mich aber gerade noch rechtzeitig, dass der, der fliegen kann, keinen Boden braucht. Füllte meine Lunge mit geladener Luft, schaute rauf in den weiten Himmel, und frei wie noch nie fing ich an zu rappen, ohne Beat und ohne Backup.

Meine Stimme war die lauteste von allen, wenigstens das

Mic schien zu funktionieren, und nach einer Weile a capella donnerte Deryas Beat wie eine gewaltige Explosion auf uns ein. Mann, war das geil, von null auf hundert. Ist schon Wahnsinn, was für eine Kraft paar Drums und Snares haben. Die Leute drehten durch, die Party konnte losgehen, doch sie dauerte nicht lange. Nach zweieinhalb Minuten war der Beat wieder aus.

Fünfzigtausend Menschen grölten rum, buhten und lärmten, machten einen Riesenkrach, genervt von der Technik, genervt von mir, und hatten sie vorhin das Messer noch im Rücken, hatten sie es jetzt in der Hand. Ich spürte, dass sie alle gleich austicken würden, wie ein Gewitter, das spürt man auch.

Meine Stimme hatte keine Chance mehr gegen das, was unten inzwischen los war. Ich wusste nicht, was ich tun sollte, doch Derya wusste es, und als die Technik endlich wieder funktionierte, ließ sie keinen ihrer harten Beats laufen, sondern legte *What's Going On* auf. Durch die Boxen dröhnte Marvin Gaye. *We don't need to escalate: You see, war is not the answer. For only love can conquer hate. You know we've got to find a way. To bring some lovin' here today.*

Innerhalb von Sekunden verwandelte sich das ganze Stadion in ein riesiges Lichtermeer aus Feuerzeugen. So was hatte ich noch nie gesehen. Und wenn sich meine Karriere als Rapperin gelohnt hatte, dann wegen dieses Moments, dieses Zusammenhalts, dieser Menschen, sie standen einfach da und hielten Lichter Richtung Himmel. Gott muss es gesehen haben und ließ sie ruhig bleiben.

Doch für das, was danach kam, würde ich meine Karriere sofort wieder zurückgeben. Irgendeiner hielt sein Scheißfeuerzeug zu weit unten. Und das Mädchen, das vor ihm stand, hatte zu lange Haare, und so berührte für einen Moment die Flamme des Jungen die Haare des Mädchens. Ich sah keine Stichflamme, ich sah nur, wie mitten in der Menge der Stress losging, wie alle zu den Ausgängen stürmten, wie jeder so schnell wie möglich rauswollte und wie jeder jedem dabei im Weg stand. Das Mädchen mit den langen Haaren überlebte, aber es gab Dutzende Verletzte, und zwei starben noch in derselben Nacht.

Ab da hatte ich noch mehr schlechte Gedanken, als ich eh schon hatte. Konnte nicht mehr schlafen, suchte Ablenkung bei denen, die auch nicht schlafen konnten, und ließ Alkohol und Drogen die Gedanken verjagen. Anders wär es nicht gegangen. Nur so konnte ich dastehen und mit verschränkten Armen und einem schiefen Lächeln mein Schicksal entgegennehmen.

Die Staatsanwaltschaft ermittelte wegen fahrlässiger Tötung und fahrlässiger Körperverletzung gegen die Veranstalter. Auf mich prügelten die Medien ein. Die Leute waren nicht mehr normal, jeder kannte jemanden, der jemanden kannte, der dabei gewesen war und jetzt nichts Besseres zu tun hatte, als davon zu erzählen. Es gab Diskussionen ohne Ende, mal waren meine Texte daran schuld, mal mein Größenwahn, und manchmal lag es am Rap allgemein. Alle redeten über mich. Die eine Hälfte hasste mich, die andere liebte mich, und zusammen ergaben die zwei Hälften Deutschland, und dass ein ganzes Land über mich redete, war das Beste, was meinem dritten Album passieren konnte. Meinen Marktwert haute es in den Himmel rauf. Kein Scheiß, fürs zweite Album brauchten wir nicht mal Werbung zu machen, denn als die Leute checkten, dass es draußen war, ohne dass sie die Veröffentlichung mitgekriegt hatten, wurden sie auf einmal nervös und glaubten, was verpasst zu haben. Manche dachten, ich hätte die Schnauze voll vom *Sell Out*, dachten wohl, ich sei zu den Guten übergewechselt, und erzählten was von limitierter Auflage.

Andere versicherten, es sei alles nur ein Trick, um noch mehr zu verkaufen, jedenfalls gab es Gerüchte ohne Ende, und jedes einzelne zahlte sich für mich aus. Zuerst in Gold, dann in Platin, und zum Schluss schrieben wir die besten Verkaufszahlen des Jahres. Was für ein Satz. Schon krass, was man alles in einen einzigen Satz packen kann. So viel Geld und so viel Neues in nur wenigen Worten.

Aber wie übertrieben das auch alles war, wir gewöhnten uns schnell dran. Muss man, denn anders würde das Leben gar nicht mehr funktionieren. Man ist ja auch nicht mit Robert De Niro verheiratet und denkt sich dann jeden Morgen, krass, das ist ja der Typ aus *Taxi Driver*, der neben mir liegt.

Das Leben war endlich großzügig, mehr als das, es war verschwenderisch. *Mo' money, mo' problems?* Für die anderen vielleicht. Ich sah es so wie Cassidy. *›More money more problems‹ is true. Cause the more money I make, the more problems for you.*

Bei mir gings nur vorwärts, ich ließ alles hinter mir, vor allem meine Vergangenheit. Ich war fertig mit meiner Familie, *persone non grate* waren ab jetzt andere. Mein Dad hatte seine Chance verpasst, ich wollte vergessen, wie er aussah, vergessen, dass es ihn überhaupt gab. Ich brauchte seine Welt nicht mehr. Ich hatte meine eigene. Groß, schön, bunt, und wenn wir shoppen gingen, dann kauften wir Autos, und ich mein nicht den Gebrauchten vom Nachbarn, sondern nigelnagelneue Luxuskarren. Besonders liebte ich meine Audis. Den R8, weil er einfach geil war, und den S5, weil ich damit nachts immer freie Straßen hatte, denn jeder, der im Innenspiegel sah, wie die LED-Leuchten immer größer wurden, wich freiwillig auf die rechte Spur aus. Allein schon das Gefühl, sich so eine Maschine zu holen, war jeden einzelnen Cent wert. Geld muss man ausgeben, sonst ist es nur Papier. Geld muss man zeigen, teilen und verschieben, sonst ist es das Langweiligste der Welt.

Mein Gott war derselbe wie der von Noodles in *Once Upon a Time in America*, gedruckt auf Scheine. Immer da, wo ich war. Immer an meiner Seite, manchmal laut und protzig, dann wieder still und großzügig.

Ich packte was für Cihad auf die Seite, und mit dem Rest spielte ich Monopoly, aber nichts mit Im-Uhrzeigersinn-paar-Runden-drehen und ein bisschen was dazuverdienen, ich ging gleich aufs Ganze und startete mit Mitte zwanzig meine eigene Kleiderlinie. Ich nahm alle mit ins Boot, die mal nett zu mir gewesen waren. Ohne Scheiß, über Facebook findet man sie alle wieder. Und so arbeitete ich schon bald mit Schneidern, Designern und Models, verhandelte mit Herstellern, Importeuren und Vertreibern, traf mich mit Grafikern, Druckern, Veranstaltern, Finanzberatern und Anwälten und telefonierte mit ihnen, wenn was nicht klappte, also die ganze Zeit. Es ging drunter und drüber, genau richtig für mich, und wenn ich an früher zurückdachte, dann wunderte ich mich, dass mein Herz vor lauter Langeweile nicht einfach stehen geblieben war. Ich brauchte das Tempo, tagsüber kümmerte ich mich um die Geschäfte, abends gingen wir essen und nachts in die Clubs. Ins Studio, wenn ich Zeit hatte, also nie.

Es gab immer was zu feiern. Es gab immer wichtige Leute zu treffen, wichtige Leute und wichtige Entscheidungen. Ich traf oft die falschen. Bis ich mich erinnerte, dass man das Richtige an Kleinigkeiten erkennt. Niemals an großen Worten. Also achtete ich auf Details. Wie jemand redet, wenn ihm keiner zuhört, und so. Ich wollte nichts mit Leuten zu tun haben, die mich früher mit schweren Koffern vor einer Treppe haben stehen lassen. Und schon gar nicht mit Castern, die mich nach Hause schickten, weil ihnen fünfundfünfzig Kilo auf ein Meter achtzig zu dick waren. Ist so, wenn man nicht aufpasst, wird das Arschloch von gestern zum Partner von heute.

MEIN Manager war einer, der zu viel redete. Ich hatte mir schnell angewöhnt, ihm nicht zuzuhören, denn spätestens, wenn er dieselbe Story noch zehn anderen erzählte und ich jedes Mal danebenstand, kriegte ich ab dem fünften Mal sowieso mit, was er wollte.

Diesmal kriegte ich aber nichts mit. Wahrscheinlich wollte ich es einfach nicht hören, und je weniger ich zuhörte, desto mehr redete er davon. Sprach nur noch von Vorproduktion und Arrangement, wollte ins Studio kommen und sich die Sachen fürs nächste Album anhören.

Doch wo nichts ist, kann man auch nichts hören. Die Songs, die bei uns noch rumlagen, hatten wir schon aufs letzte Album gepackt, und ich hatte inzwischen tausend Sachen im Kopf, aber definitiv keine Reime. Zum Schreiben braucht man Ruhe. Um gut zu schreiben, braucht man sogar Einsamkeit. Bloß hatte ich keine Zeit mehr, mich wochenlang in ein Zimmer einzusperren, die Wände anzustarren und auf Inspiration oder Said zu warten.

Meinen Manager vertröstete ich mit dem, was er hören wollte, und erzählte, wie gut alles lief. Und wenn er vorbeikommen wollte, fing ich an zu lügen wie ein Junkie. Er brauchte ja nicht zu wissen, dass ich seit Monaten nur noch im Studio war, um Koks zu holen.

Lange konnte das aber nicht mehr gut gehen, das wusste ich, also rief ich Derya an, und drei Wochen später schaute ich bei ihr im Studio vorbei. Sie sah fertig aus.

»Was los, wie siehst du denn aus?«

»Gar nichts, schlechter Tag halt.«

Na ja, an einem Tag nimmt man ja nicht fünfzehn Kilo ab, aber was solls, ich sagte nichts, ich dachte nur.

Sie setzte sich an den Rechner, und wir hörten uns die Beats an, einen nach dem anderen, pro Kippe zwei Stück. Ich schaute die Wand an, wo statt Kreuzen goldene Platten hingen, und dann auf den Boden, wo ganze Stapel meiner CDs lagen. Von mir aus hätte da eine ausgekippte Mülltonne liegen können, ich hätte dasselbe gefühlt, nämlich gar nichts.

Ich hatte Mühe, mich auf die Musik zu konzentrieren, starrte auf die noch eingeschweißten Hüllen und rechnete aus, wie viel man dafür auf Ebay kriegen könnte.

»Vic, hörst du überhaupt zu?«

»Klar, was sonst?«, log ich, ohne den Blick zu heben.

Ich wollte nur weg. Zog mir den ein oder anderen Beat aufs Handy, sagte Tschüss und Bis bald, traf noch die Leute, die ich treffen musste, und kam an dem Abend erst spät nach Hause. Ich war kaputt und ging gleich ins Bett. Schlechter Tag halt, dachte ich und schlief vielleicht zum letzten Mal richtig gut.

Den Wecker hatte ich extra früher gestellt. Ich stand auf und setzte mich an den Rechner. Legte mich wieder ins Bett, schlief ein, schreckte hoch und setzte mich wieder hin. Anstatt zu tippen, schaute ich meine Nägel an. Mit solch abgefuckten Nägeln konnte ich nicht schreiben, ist so, da muss man immer hinschauen. Also ließ ich das Schreiben erst mal sein und machte mir die Nägel. Danach konnt ich immer noch nicht schreiben, keine zwei Zeilen im Kopf, nichts.

Das ging Tage so weiter, bis Derya anrief und fragte, warum ich mich nicht melde. Ich sagte das, was alle immer sagen, ich sei im Stress und habe viel um die Ohren und bla, bla.

Derya meinte: »Schon klar, aber ey, solang du deine Parts nicht einrappst, gibts kein Album.«

»Mach kein Stress, ich komm morgen vorbei, okay?«

Als wir auflegten, ging der Stress erst richtig los. Ich riss mich zusammen, überlegte, versuchte, gab fast auf, machte weiter, schrieb ein, zwei Lines, freute mich, las sie durch und kotzte fast. Hatte noch nie so einen Schrott zusammengeschrieben.

Ich holte eine Flasche Rotwein raus. Wein soll ja kreativ machen, mich machte er müde. Dann dachte ich an Koks, legte mir eine Line und kriegte Bock auf Wodka, Wodka mit Milch. Klingt eklig, aber pur hasste ich das Zeug, und in all den Cocktails war bestimmt oft Wodka mit Milch oder mit Sahne oder sonst was drin. Auf jeden Fall kriegte ich es nur so runter, und das war die Hauptsache.

Runter ging viel, aber raus kam nichts. Nichts. Ich hoffte, mir würde noch irgendwas einfallen, irgendwas, doch mit der Zeit verließ mich die Lust, dann die Hoffnung, und was blieb, war die Wut. Wut auf mich, Wut auf Gott und auf die Welt.

Vielleicht war es auch gar nicht Wut, vielleicht war es nur der Wodka, keine Ahnung, jedenfalls tickte ich aus. Ich schrie durch die Wohnung und fand mich unausstehlich dabei. Meine Stimme klang wie die von jemandem, den ich ganz sicher nicht gemocht hätte, mein Deutsch vollkommen unecht. Ich fluchte auf Italienisch weiter. Noch schlimmer. Also doch wieder Deutsch. Ich boxte gegen die Wände, schlug auf alles ein, bis nichts mehr rumstand, meine Hände schmerzten und meine Stimme weg war. Dann wurde ich still. Wenn es auf einmal still wird, merkt man erst, wie laut man war. Wie allein man ist.

»Said, wo bist du?« Fast flüsterte ich es.

Nicht hier, antwortete die Stille.

Nur mein Atem war laut. Laut und unangenehm, und weil ich ihn nicht hören wollte, machte ich den Föhn an.

Ich war einsam und verzweifelt und konnte trotzdem nicht

schreiben. Wahrscheinlich schon seit Längerem nicht mehr, wahrscheinlich genau seit dem Sex mit seinem Bruder, und hatte es bloß nicht gemerkt. Wie denn auch, wenn man nicht mal mehr Autogramme selber schreibt.

Langsam beruhigte ich mich, traute mich aber nicht, mich zu bewegen. Das Ganze war meine Schuld. Ist doch so, ich hatte Said verdrängt, ihn fast vergessen, ihn mit seinem Bruder betrogen, ihn nicht in mir weiterleben lassen. Ich war es, die ihn umgebracht hatte.

Ich flehte ins Nichts, flehte, dass das bitte nicht die Strafe für mein Glück war. Ich fluchte zu Gott, warum, verdammt noch mal, eher ein Kamel durch ein Nadelöhr geht, als ein Reicher in den Himmel kommt.

Ich fluchte und fragte: »*Minchia*, warum gönnst du mir kein Glück? He, was willst du, warum lässt du das Schicksal mich quälen, was bist du für ein Vater, Vater? Allmächtig? Ey, ich verstehe deine Sprache nicht, die is zu hart für mich! Du hast mir meine Mama genommen, hast mich von meinem Vater getrennt, hast mir Schönheit geschenkt, Erfolg und mich mit Liebe überrascht. Said! Aber hast ihn mir nur kurz gegönnt, kurz wie ein Traum, hast mich gleich wieder aufgeweckt, und jetzt ist mein ganzes Leben nur noch der Scheißmorgen, an dem ich aufwachte. Ohne nichts außer der Sehnsucht zurück ins Unmögliche. Du bist gekommen und gegangen, wie es dir passte, hast dich zu mir gesellt, hast mich weit gebracht und hängen lassen. Einen solchen Gott brauch ich nicht, hörst du, so was brauch ich nicht, ich mach Schluss mit dir.«

Jetzt wusste ich endlich, wie es sich anfühlt, mit jemandem Schluss zu machen. Ich hatte das noch nie getan.

Ich trank den Wodka aus und setzte mich für den Rest der Nacht aufs Klo. Auf dem Klo sperrt man die ganze Welt aus, keiner stört, nicht mal das schlechte Gewissen, was machen zu müssen. Ich saß da mit der Hose an den Fußknöcheln und blätterte zum hundertsten Mal die hundert Zeitschriften durch, die auf dem Boden des Badezimmers lagen. Mein Name war auf jeder zweiten Seite, die Presse erklärte mich dem ganzen Land, und ich schien die Einzige zu sein, die es nicht glaubte. Selbst ist man ja immer einen Schritt voraus. Ich brauchte nicht mal mehr Horoskope zu lesen, ich wusste, dass es vorbei war. In mir war was gestorben, und es tat weh, und ich vermisste es, und vor allem hatte ich Angst, jemand könnte es rauskriegen.

Gegen Morgen ging ich ins Bett. Der Schlaf tat gut, denn als ich nachmittags aufwachte, war ich zwar nicht besser als gestern, nur anders und gottlos glücklich. Am Boden lag der ganze Scheiß, der vor meinem Ausbruch noch auf dem Tisch gestanden hatte. Ich lief über die Scherben zur Wohnungstür, als wäre es Wasser, holte den Rover aus der Garage und fuhr einmal quer durch die Stadt.

Im Rover sah ich jedes Mal aus wie so eine übertriebene Diva. Das war mir schon klar, aber auch egal, *bad girl for life*, von den überlangen Fingernägeln bis zur Chanel-Tasche auf dem Beifahrersitz, der dunklen Brille und der Lust, auf jeden Bullen zu schießen.

Ich parkte vor dem Studio und rauchte erst mal. War bei mir schon immer so, um was Wichtiges zu sagen, brauchte ich Kippen. Nach der dritten ging ich rein.

Derya nahm grad paar Jungs auf. Ich rauchte Kette und hörte mir an, was sie zu sagen hatten, nicht viel, aber mehr als ich, also sagte ich: »Jungs, wollt ihr euch was dazuverdienen? Ihr wisst schon, hab zu viel um die Ohren, muss mich um dies und das kümmern, keine Zeit mehr zum Schreiben und so. Ich brauch tonnenweise Texte, brauche Jungs wie euch, die für mich arbeiten. Für mich. Nicht fürs Label, nicht für Fame, nicht für ne Lohnsteuerkarte, nur für das gute Geld. Und das Ganze so top secret, dass ich selbst vergesse, dass ihr da seid. Sowieso, ich muss niemandem mehr was beweisen«, lachte ich. »Ey, ich bin ne motherfucking Diiivaa!«

Stille. Und dann nickten sie. Sie glaubten mir. Ich sah es in ihren Augen, ich hatte gerade einen gebrauchten Fiat Punto als S-Klasse verkauft. Ich war wieder im Spiel, und für einen Moment legte sich Hoffnung auf die Wunde der letzten Nacht.

Wir rauchten noch paar Joints. Ich drehte einen nach dem anderen, und zum Schluss waren nur noch Derya und ich im Studio. Sie sah inzwischen aus wie ein Junkie, aber was solls, sie baute immer noch die geilsten Beats, und wahrscheinlich war sie die Einzige, die checkte, was bei mir wirklich los war. Sie sagte nichts zu meinem erbärmlichen Auftritt und versuchte mich auch nicht zum Aufnehmen zu überreden. Das ist Freundschaft. Im Gegenzug übersah ich die ganzen Abführmittel in ihrer Handtasche. Und so redeten wir weiterhin über alles, nur nicht über das, was uns früher oder später das Leben kosten könnte.

So ging erst mal alles weiter wie bisher. Ich kümmerte mich um die Geschäfte und schrieb nichts. Dumm gelaufen, aber was solls, wenn nicht auf mich, auf meine Leute konnte ich zählen. Derya wurde zur Remixqueen, und die Jungs schleppten Jungs an, die mir Punchlines auf den Leib schneiderten. Passten perfekt, doch ich bezahlte dafür mit schlechtem Gewissen und viel von dem guten Geld. Diskretion hat ihren Preis, und zwar immer ein bisschen mehr, als irgendjemand anders bieten könnte. Und wie gut die Jungs auch waren, es war nicht mehr so wie früher. Ich konnte zwar der ganzen Welt was vormachen, mir selbst aber nicht, und so kriegte ich jeden Tag mit, wie die Kluft zwischen dem, was ich war, und dem, was die Leute dachten, dass ich bin, immer größer wurde. Ich füllte sie mit Alk und allem Möglichen, aber der Graben blieb.

Die Aufnahmen gingen nur schleppend voran. Am liebsten hätte ich aufgehört, doch das ging nicht, denn zu viel und zu viele hingen inzwischen mit dran.

Dem Label war ich noch ein Album schuldig, und genau diese Schuld wurde zur Waffe der Leute, die mich einst gepusht hatten. Dem Management war nichts recht. Jeder Song war zu dies oder zu das, und für eine Singleauskopplung sowieso keiner gut genug.

Auf einmal zickte auch Derya rum, stellte Fragen, die ich nicht hören wollte, und sagte eines Tages: »Süße, versuch doch mal wieder selbst was zu schreiben. Sich alles schreiben zu lassen, kommt schon ziemlich fake.«

»Ja, hast recht, Liebling. Und du? Willst du nicht mal wieder versuchen, selbst aufs Klo zu gehen? Immer diese Abführmittel, kommt schon ziemlich kaputt.«

Na ja, Ehrlichkeit hat ihren Preis. Uns kostete sie die Freundschaft. Sie meinte dann noch, dass mich ihre Verdauung nichts angehe und dass ich besser mein Maul halte, denn schließlich sei ich schuld an dem Ganzen. Ich dachte, ich hör nicht richtig.

»Bist du bescheuert?«, schrie ich sie an. »Mann, was kann ich dafür, wenn du den Erfolg nicht packst?!«

»*Karizmani yerim!*«, schrie sie zurück.

Ich musste lachen, obwohl ich sauer war. Ich mein, was soll man sagen, wenn jemand einem droht, das Charisma zu fressen.

Auch sonst lief vieles schief. Ich handelte unüberlegt, hörte auf die falschen Leute, ließ mich auf schlechte Geschäfte ein, verlor Geld, wurde nervös und verlor noch mehr Geld. Es ist egal, wie viel man hat, es darf nur nicht weniger werden. Geld zu verlieren ist wie älter werden. Man hätte nie damit gerechnet.

Ich checkte mehrmals täglich meinen Kontostand. Vor Kurzem kannte ich noch nicht mal meine Bankleitzahl. Ohne Scheiß, ich wurde süchtig nach der Internetseite der Deutschen Bank wie andere nach Facebook und YouPorn. Ich verfolgte jede Transaktion, rechnete jede Buchung nach, keine Ahnung warum, wahrscheinlich hoffte ich, dass das alles ein Riesenmissverständnis war und ich in Wirklichkeit gar nicht pleite.

Ich wurde von Tag zu Tag unruhiger. Meine Leute merkten es und wurden es auch. Die Jungs, die für mich schrieben, wollten auf einmal das Geld im Voraus.

Ich sagte: »Geht nicht.«

»Muss gehen.«

»Sonst was?«

Sie sagten nichts, wollten mir drohen, kriegten aber kein Wort raus.

»Sonst was?!«

»Keine Ahnung. Die Leute könnten mitkriegen, wer deine Texte schreibt.«

Ich wusste, dass das kommen würde, doch es wirklich zu hören kam wie angespuckt zu werden, wenn man schon am Boden liegt. Für so was hatte ich keine Worte, braucht man auch nicht, eher eine Knarre oder so. Die Jungs waren für mich gestorben. Ich hätte ihnen die Kohle in ein, zwei Wochen sowieso gegeben, aber offensichtlich schauten die Penner zu viele Filme. Was solls, wir gingen zum Geldautomaten am Hermannplatz, und ich gab ihnen das Geld. Doch irgendwer gab ihnen mehr.

Die Jungs redeten. Sie erzählten rum, ich hätte keine einzige Zeile selbst geschrieben. Sie übertrieben. Sie spielten sich auf, gaben Interviews, verkauften sich für paar Euros.

Ich schaute mir das alles an. Rauchte eine Kippe nach der

andern, wobei rauchen das falsche Wort ist. Ich ernährte mich davon. In zwei Wochen wurde ich zehn Jahre älter. Ich kriegte Hassbriefe, als wäre ich Milli Vanilli. Eine Riesenverarschung, bloß wusste keiner mehr, wer genau wen verarschte.

Eine Woche drauf wurde ich auf zwei Millionen verklagt. Das muss man erst mal hinkriegen. Es hieß, die Farbstoffe meiner Kleiderlinie seien giftig und krebserregend. Die Leute machten einen auf erschrocken und taten so, als hätte ich den Krebs erfunden.

Daraufhin wurde mein Anwalt so was wie mein bester Freund und ich so was wie sein bester Kunde. Gerade noch die Scheiße im Stadion, dann tonnenweise Kleider, die wir vom Markt nehmen mussten, und als wär das nicht genug, gab es da noch Cihad, den er endlich rausholen sollte.

Wenn man alles verliert, verliert man auch die Angst, alles zu verlieren. Ich sagte mir, was mich nicht umbringt, macht mich stark, und nahm die ganzen Verluste ziemlich cool. Man kündigte mir dies, man kündigte mir das, man annullierte, hob auf, zog zurück und warf mich aus Cihads Wohnung raus. War ja auch kein Wunder, bei der Müllhalde.

Bis auf den Lambo verschenkte ich all meine Autos, bevor man sie mir hätte wegnehmen können, machte ich sogar gerne, denn was sind schon Autos im Gegensatz zu dem, was die neuen Besitzer dann glauben, einem schuldig zu sein.

AN einem Montag wurde mein Anwalt zu einem noch besseren Freund. An dem Montag wurde Cihad frühzeitig entlassen. Die Sonne strahlte, als müsste sie jemandem was beweisen, und die einzige Wolke am Himmel war mein schlechtes Gewissen. Ein dunkler Schatten, der mich daran erinnerte, dass ich ihm nicht das bieten konnte, was er verdient hatte.

Aber was sollte ich tun, er kam zu spät. Ich hatte mein Leben im Schnelldurchlauf gelebt, was ich für ihn auf die Seite gelegt hatte, war aufgebraucht. Einfach alles weg, samt seiner Wohnung. Die Party war zu Ende.

Er wusste es bloß noch nicht.

»*Ya allah*, hab ich Kopfschmerzen, sag mal, was gibts hier draußen für Kopfschmerzen!«, rief Cihad durch die Gegend, sprang auf mich zu und drückte mich an sich.

»Oh mein Gott, ich krieg keine Luft«, lachte ich und hielt ihn dabei noch ein bisschen fester. Zwischen uns war kein Millimeter Platz, und doch stand Said zwischen uns. Wir spürten es beide, ließen uns gleichzeitig los und brauchten nichts dazu zu sagen. Es war alles gesagt, obwohl wir nicht darüber redeten.

Cihad drehte sich um, bellte rum wie ein Hund und stürmte die Straße rauf.

»Warte, du Spinner!«

Doch er lief und lief, lief, als suchte er das Ende der Unendlichkeit, als wartete er auf eine Mauer mit Stacheldrahtzaun obendrauf, die ihm im Weg steht. Ich hätte ihn gleich schon wieder verfluchen können, rannte wie ein Idiot hinterher, bis er sich erschöpft auf den Boden schmiss und ich ihn endlich einholte.

»Steh auf, du Kindskopf!«

Er sprang auf und grinste. »Lass ma gleich in die Mariannenstraße fahren.«

»Vergiss es, ich fahr dich erst mal zu deiner Mutter.«

»Ja gleich, muss vorher nur kurz was erledigen.«

»Alter, steig ein, was willst du denn schon wieder erledigen?«

»Nur ne Kleinigkeit, danach is Schluss. Dann kümmere ich mich um meine Mutter und hab mit den ganzen Leuten nichts mehr zu tun.«

»Was für Leute, Mann, von was redest du?«

»Ach nichts«, winkte er ab.

»Sag schon.«

»Hab nur noch was rumliegen, was ich loswerden muss.«

»Wo? Ich mein, was hast du rumliegen?«

»Gar nichts, und frag nicht, du Penner, freu dich, und hast recht, lass uns erst zu meiner Mutter fahren, oh Mann, ich brauch mal wieder was Richtiges zu essen!«

»Lenk nicht ab, Cihad, was hast noch rumliegen.«

»Mein Erspartes.«

»Was?«

»Eitsch.«

»Was?!«

»H halt, Hero, Heroin, Braunes, Dope, Gift, Schore, wie du willst.«

»Alter, was hast du denn mit Heroin zu tun?! Heroin is was für Junkies!«

Er meinte: »Ich weiß«, und »das war einmal« und »selber nie genommen«, »nur abliefern« und bla, bla.

Ich fiel ihm ins Wort und warf ihm alles an den Kopf, was mir gerade einfiel, und erst als mir die Luft wegblieb, war ich bereit, normal zu reden.

»Du hast dich kein bisschen verändert, Vic!«

»Du dich offensichtlich auch nicht!«

Er schwieg.

»Cihad, is ja gut, ich sag nichts mehr. Ich steh hinter dir, lass uns die Scheiße hinter uns bringen. Wo ist es denn, dein Scheißhero?«

Er schwieg.

»Hallo? Ich red mit dir.«

»Ja, schon klar«, sagte er und nuschelte was von Mariannenstraße.

»Was?!«

»Ey, bleib ruhig und bau kein Unfall. Schau auf die Straße, hör zu, musste alles ziemlich schnell gehen, und dann hats so schön gepasst. Je hundert Gramm gepresstes Heroin in die Plattenhüllen, und das Zeug war versorgt.«

»Alter, du hast nicht echt Heroin in Plattenhüllen versteckt, ja?«

»Doch. Ey, was hätt ich tun sollen? Es unters Kopfkissen legen?«

»Man lässt doch kein Heroin in der Wohnung rumliegen! Und was, wenns die Bullen gefunden hätten, die waren ja mit Hunden da.«

»Dann wäre ich jetzt kaum schon wieder draußen«, lachte er. »Alter, ich hatte so ein Glück, *hamdulillah* hab ich das Zeug ganz oben reingepackt, über eins achtzig riechen nicht mal abgerichtete Supertölen mehr was. Ey, guck nicht so, ich wusst ja nicht, dass die mich gleich drinbehalten. Glaub mir, *Canim*, hätte ich das gewusst, hätte ich das Zeug eher gegessen als dort versteckt.«

»Gegessen! Was fürn Gentleman.«

Er wurde ernst und meinte: »Glaub mir, es ging alles so schnell, Victoria, und ich konnte ja nicht sagen, ey, Schwester, da liegen übrigens noch paar Kilo Hero im Schlafzimmer rum. Nicht, dass ich dir nicht vertraut hätte, ich wollte dich einfach nicht mit reinziehen, wollt dich schützen, Mann.«

Ich hörte gar nicht mehr richtig zu, denn mir wurde gerade einiges klar. Ich hatte Derya nicht nur Platten, sondern auch paar Kilo Heroin geschenkt. *Mio Dio*, dachte ich, die is nicht magersüchtig, die is ein Junkie!

Ich hatte kurz ein schlechtes Gewissen, aber nur kurz. Ich mein, sie war ja alt genug, und keiner hatte sie dazu gezwungen, mir nichts von dem Hero zu sagen und alles in sich reinzustopfen. Viel mehr reute mich das Geld. Viel mehr fragte ich mich, warum ich es nicht selbst gefunden hatte, warum ich nicht misstrauisch geworden war, als Monte ständig nach den Platten fragte, und was ich wohl daran hätte verdienen können. Aber zu spät, das Heroin war weg, und scheiße noch mal, das war mehr als eine verpasste Chance, Geld zu machen, das war ein jähzorniger Mann, der gleich austicken würde.

Ich hatte keine Ahnung, was ich machen sollte. Keine Ahnung, wie ich es ihm sagen sollte, also schwieg ich erst mal und fuhr dafür ein bisschen schneller. Vor dem Haus seiner Mutter blieb ich stehen.

»Was los, kommst nicht mit rauf?«

»Geh schon, Cihad, sie braucht jetzt ihren Sohn. Und lass dir Zeit.«

Er stieg aus, und ich konnte endlich wieder atmen.

Ich bohrte die Fingernägel ins Lenkrad. Ich biss mir die Lippen wund. Ich wünschte mir eine Lösung her oder eben zehntausend Platten mit paar Kilo Heroin in den Hüllen. Und das alles noch, bevor Cihad fertig mit Essen war.

Ich fuhr die Skalitzer rauf und runter, überlegte, geradeaus gegen den nächsten Pfeiler zu fahren, stellte mir vor, wie so was ablaufen könnte, machte mentales Training, bevor ich überhaupt wusste, dass es so was gibt, und gab dann auf, weil ich alles nur noch schlimmer gemacht hätte.

Die Wohnung war das kleinste Problem, meine war ja erst mal groß genug. Für die Drogen würde als Wiedergutmachung wahrscheinlich mein Wagen reichen. Nur für die Freundschaft, für die war es sicher zu spät.

Ich parkte den Wagen vor seiner alten Wohnung. Den Schlüssel legte ich auf einen Reifen, lief die Straße vor, drehte mich noch mal um und sah den geilsten Lambo ganz allein in der Mariannenstraße stehen. Jeder hätte ihn klauen können, doch jeder wusste, dass der Wagen für Cihad war. Am liebsten hätte ich ein Band rumgewickelt, aber so was macht man nur in Hollywood, in Wirklichkeit weiß man gar nicht, wo man so eine übergroße Schleife herkriegt. Und in Wirklichkeit fängt es an zu regnen, sobald die Schleife steht, und danach sieht der Wagen aus, als hätte jemand Müll draufgekippt.

Als ich zu Hause war, goss es schon in Strömen. Ich rauchte Kette. Das Warten war unerträglich. Wie das Warten aufs Jüngste Gericht oder so. Ich hatte keine Ahnung, was passieren würde, spürte nur, wie sich ein gewaltiges Gewitter zusammenbraute. Ich kannte Cihad. Und ich kannte auch seine schlechten Seiten.

Mitten in der Nacht stand er vor meiner Tür. Der Regen sah aus wie Schweiß, der von seiner Stirn perlte. Sein Atem schwer, als wäre er die ganze Köpenicker Straße bis zu mir runtergerannt.

Ich schaute auf den Boden und verzog keine Miene. Mein ganzer Körper angespannt, bereit, jeden Schlag abprallen zu lassen. Er kam einen Schritt auf mich zu, aber sagte nichts. Ich machte einen Schritt nach hinten.

Er drehte sich weg, strich sich mit der Hand über den Nacken und fragte: »Sag mal, sind die Platten hier?«

Ich hätte alles dafür gegeben, Ja sagen zu können, schüttelte aber den Kopf und starrte weiter auf den Boden.

»Sicher?«

Ich schaute hoch. »Alter, ich hab nichts hier.« Keine Ahnung, woher ich den Mut nahm.

»*Hamdulillah*, Gott sei Dank!«, atmete er auf.

»Was?« Ich machte einen weiteren Schritt zurück. Ich traute ihm nicht, dachte, der macht auf nett und haut mir im nächsten Moment ein Messer in Bauch.

»Victoria, du glaubst es nicht, ich fahr mit der Bahn bis Görli, lauf vor, bieg Mariannenstraße ein, und ich schwör, die ganze Scheißstraße is voller Zivis. Als ob ich die Hunde nicht erkennen würde, Alter, ich kenn die sogar beim Namen!«

»Ach du Scheiße!«

»Die Hundesöhne haben nen Tipp gekriegt, irgendein Bastard hat geredet, die wollten mich mit den Taschen voll Hero gleich wieder mitnehmen, aber das Teufelszeug is wie vom Erdboden verschluckt! Die warten wie die Geier auf mich und finden nicht mal den Hauch von irgendwas. Haha. Platten weg, Drogen weg, und die Nachmieter haben sogar den Teppich rausgerissen, ich schwör, sauberer hätte man es nicht machen können!«

Er strich sich über die nassen Haare und meinte: »Sag mal, wollen wir nicht mal rein.«

»Oh ja, klar, komm rein«, sagte ich, zeigte in die Wohnung und meinte mein Leben.

»Ich sags dir, um ein Haar wäre ich ausm Knast nie wieder rausgekommen. Ein ganzes fucking Leben in Tegel. Und dann so was! Ey, ich glaubs nicht, wie hast du das bloß hingekriegt?«

»Ich? Ich hab gar nichts hingekriegt, ich hab bloß hingekriegt, alles zu verlieren.«

»*Yalla*, was für ein Glück. Ich sags dir, das war Gottes Plan,

Allah hat mir ein zweites Leben geschenkt, und ich schwör, ich vergeude es nicht noch mal. Ohne Scheiß, *Canim*, ich bin ein neuer Mensch. Nie wieder Scheiße bauen!«

Er redete noch die ganze Nacht weiter, und es kam mir vor, als würde Gott mir wie ein Ex hinterherrennen und versuchen, alles wiedergutzumachen. Ich mein, ich hatte alles falsch gemacht, was man falsch machen konnte, und zum Schluss war es doch richtig.

Ich holte Wodka aus dem Kühlschrank. Wir tranken auf das Glück und auf die Freiheit. Auf das Glück und auf die Freiheit. Und jedes Mal, wenn wir daran dachten, wie anders der Abend hätte enden können, schenkten wir noch mal nach. Auf das Glück und auf die Freiheit. Gefühle mischten sich mit Alkohol, ich wurde langsam wieder ich selbst und hob das Glas, auf die Verräter und die Rache.

Cihad winkte ab, »Lass das. Jeder wird seine Strafe bekommen, *Allahu akbar*.«

Ich verstand nur, jeder wird seine Strafe bekommen, und war erst mal zufrieden.

Cihad ging vor ins Wohnzimmer und schmiss sich aufs Sofa.

»Vergiss es, du schläfst in meinem Bett, ich nehme die Couch.«

Doch er wollte nicht. Ich auch nicht. Also gab es ein Hin und Her, bis ich sagte: »Ich schlaf auf der Couch, ganz egal, wo du schläfst.«

»Dann schlafen wir halt beide auf der Couch.«

»Mann, bist du stur«, lachte ich, ging in mein Bett, und bevor die Schlafzimmertür ins Schloss fiel, nuschelte er was vor sich hin. Ich war mir nicht sicher, was er genau gesagt hatte, aber es klang irgendwie nach ischliebedich.

Fast wäre ich stehen geblieben, blieb ich aber nicht, weil ich Angst hatte, er könnte mein Herz klopfen hören.

Ich war nicht müde. Wenn das Herz so stark pumpt, kann man gar nicht müde sein, ich lag mit großen Augen im Bett und versuchte mich an den Klang seiner Worte zu erinnern. Ischliebedich ist ischliebedich, da kann man eigentlich nicht viel falsch verstehen. Ich hätte schwören können, die Nacht keinen Moment geschlafen zu haben. Als ich aufwachte, war Cihad am Beten und machte hinterher Liegestütze. Ich schaute ihm zu. Er sah nicht aus, als wäre er verliebt, und je länger ich schaute, umso sicherer wurde ich mir. Das war nie im Leben ein Ischliebedich, und wenn es doch ein Ischliebedich war, dann vielleicht zu Allah, aber ganz sicher nicht zu mir.

So ging das die nächsten Wochen weiter. Wir aßen am Fensterbrett, redeten am Tisch, er schlief auf der Couch, ich rauchte im Bett, und er brachte die vertrocknete Palme wieder zum Leben.

»Jesus, wie hast du das geschafft?!«

»Hab richtig was gelernt im Knast, weißt Bescheid, wann immer die mich gelassen haben, hab ich in der Gärtnerei gearbeitet.«

»In der Gärtnerei? Hat der Knast ne Gärtnerei oder was, und ach du Scheiße, waren die Blumen vor meiner Tür etwa von dir?«

»Von wem sonst!«, grinste er.

Ich fragte mich, woher er dieses übertriebene Selbstvertrauen hatte, dachte mir aber, ein Typ, der es schafft, aus dem Knast raus Blumen zu schicken, hat dieses Selbstvertrauen verdient.

Alles war perfekt. Wir redeten am Fensterbrett, aßen am Tisch, er rauchte auf der Couch, ich schlief im Bett, und doch meinte ich irgendwann zu ihm: »Lass uns den Lambo verkaufen und wegen ner Wohnung für dich schauen. Der ganze

Stock unter uns is leer, du weißt schon, da, wo Alis Boxer drin war.«

»Willst mich raushaben«, lachte er.

»Nee, niemals!«

Aber genauso wenig wollte ich im Nebenzimmer sitzen, wenn er eines Tages ne Tussi mit nach Hause nahm. Ich rief Ali an. Wir hatten seit meinem Nervenzusammenbruch nichts mehr voneinander gehört. Wir lebten zwei verschiedene Leben, also redete ich erst übers Wetter und fragte erst am Ende nach dem Kontakt ihres damaligen Vermieters.

»Ist dir deine zu klein geworden?«, scherzte Ali ein wenig unentspannt.

»Nee«, antwortete ich, »Cihad is draußen, und ich würd ihm gern eure alte Wohnung holen. Muss nur wissen, bei wem ich mich melden muss.«

Sie sagte: »Keine Ahnung, wer der Vermieter war, ich weiß nicht mal mehr, wer mich entjungfert hat.«

»Alles klar, aber dein Mann weiß es bestimmt.«

»Der denkt, dass er es war.«

»Nee, ich mein den Vermieter.«

»Ja, schon klar, warn Witz. Ich kann ihn dann ja mal fragen.«

»Okay, cool, mach das und meld dich dann.«

Sie sagte: »Mach ich«, und machte es trotzdem nicht.

Ich überlegte, mich wie die Zeugen Jehovas vor die Türen der Nachbarn zu stellen und mich, Tür für Tür, nach dem Eigentümer durchzufragen, ließ es aber sein und rief stattdessen hundertmal bei Ali an, aber sie ging kein einziges Mal mehr ran. Sie war einfach nicht mehr erreichbar, als wären wir nie Freunde, nie eine Familie gewesen.

Also ließ ich irgendwann los, denn wenn ich was in diesem Leben gelernt hatte, dann ist es loszulassen. Wenn einer gehen will, muss man ihn gehen lassen, oder noch besser, man geht zuerst. Und so schwor ich mir, nie wieder an sie zu denken und sie nie wieder anzurufen. So einfach, so simpel kann das Leben sein.

MONTAGS war Ariels Laden immer zu, die Rollläden unten, und an der Tür hing ein Schild, auf dem *Giorno di riposo – Ruhetag* stand. In Wirklichkeit war der Laden aber gar nicht zu, er war nur nicht für alle offen. Sie nannten es Pokerabend, schoben Kohle über den Tisch, und mit jeder Runde wurden sie ernster und leiser.

Eines Abends verlor einer von denen ziemlich viel Geld, stellte sich raus auf die Straße und brüllte rum. Die anderen kamen hinterher. Der eine schlug, und die andern schlugen zurück.

Ich stand oben am Fenster, und bevor ich Cihad rufen konnte, er solle sich das Affentheater mal anschauen, war er schon unten zwischen den Männern am Diskutieren.

Cihad war wie ein Hund, sobald es irgendwo Action gab, war er mittendrin. Ich dachte, oh Mann, der wird nie erwachsen, und dann, oh Mann, was für ein geiler Typ. Ich mein, er kannte Ariel nur von Erzählungen, wusste nur, dass seine Frau früher meine Wohnung sauber gemacht hatte und dass der Mann behauptete, Kontakte bis zum lieben Gott zu haben, mehr wusste er nicht, doch trotzdem sprang er runter und stand ihm zur Seite. So im Stil von *tu casa es mi casa*, dein Haus ist mein Haus, deine Freunde meine.

Das Ganze dauerte sicher zwei Stunden, dann kam er endlich wieder rauf und fluchte lachend vor sich hin.

»Was für Kindsköpfe, der eine hat grad ein Haus verloren, das ihm nicht mal gehört!«

»He, wie soll das gehen?!«

»Das Haus läuft zwar über ihn, doch Ariel blinzelt vor lauter

Aufregung mit beiden Augen und meint, der sei nur ne Art Strohmann, und brüllt rum, dass der wahre Besitzer ein Freund von ihm sei. Die sind alle fertig mit den Nerven, kein Wunder, die Spinner haben fast die ganze Gegend verwettet.«

»Wie jetzt?«

»Kein Scheiß, die haben ungefähr alles verzockt, was unten rumsteht, sogar Ariels Laden und dieses Haus hier.«

»Dieses Haus?! Du meinst dieses Haus, in dem wir grade stehen?«

»Ja, das Haus gehört dem Kerl, der vorhin auf der Straße rumgeschrien hat. Zumindest aufm Papier. Aber scheiß drauf, wenn es stimmt, was Ariel sagt, dann gehört das Haus eh nem Sizilianer, und dann hat der andere auch nichts zu melden.«

»Nem Sizilianer?« Ich dachte, ich hör nicht richtig, doch er fand es witzig und meinte: »Ich schwör, das hier unten is Little Italy.«

Ich wusste sofort, was los war, wusste sofort, dass von den fünf Millionen Sizilianern nur einer infrage kam. Meine Kehle schnürte sich zu. Es fühlte sich an wie betrogen zu werden, das erfährt man auch immer als Letzte.

Ich hatte keine Ahnung, warum mein Vater mir nichts davon gesagt hatte. So wenig Vertrauen war eine Beleidigung. Ich war stinksauer, so wie hintergangene Frauen eben sind.

Ich musste unbedingt mit Ali reden, rief zum zweihundertsten Mal in Warschau an, und aus irgendeinem Grund ging sie diesmal ran.

»Was los, Mann«, wollte ich wissen. »Dachte schon, ich muss mich in eurer Scheißboxschule einschreiben, um mit dir reden zu dürfen!«

»Was gibts denn?«, machte sie auf ahnungslos.

»Du wolltest mir doch noch wegen der Wohnung für Cihad Bescheid sagen.«

Sie sagte: »Ach, stimmt«, und dann lange nichts, schwieg, als wär sie selbst Sizilianerin.

»Ali, was los?! Wenn du nichts sagst, kommts mir vor, als ob du weißt, dass das ganze Haus meinem Vater gehört.«

»Alte, wer sagt das?«

»Ariel.«

»Ja, dann«, meinte sie, »dann weißt du eh schon Bescheid.«

»Und warum sagt mir das keiner?«

»Was hätte ich sagen sollen, ruf mal kurz dein Dad an, vielleicht schenkt er dir die anderen Wohnungen auch noch dazu, oder was?«

»Warum nicht? Wär doch nett gewesen.«

»Ja, witzig. Ach, Vic, du hast keine Ahnung, Karol hat nicht einfach so dort gewohnt, nicht einfach so, er hat für deinen Dad gearbeitet, so siehts aus, und als ich das gecheckt hab, wollt ichs dir sagen, aber das ging nicht, also meinte ich zu Karol, entweder dein Job oder ich, aber beides geht nicht.«

»Alte, was erzählst du, komm mal runter, was hat Karol damit zu tun?«

»Hatte, nicht hat. Dein Vater hat sich halt Sorgen um seine Tochter gemacht und hat Karol bisschen auf dich aufpassen lassen, normal halt.«

»Normal? Wenn das normal ist, warum hast denn nie was gesagt!«

»Hätt ich was gesagt, hätt ich meinen Mann verloren, hör zu, ich hab getan, was ich tun konnte, wir sind gegangen, Strich drunter gezogen, aus, vorbei. Glaub mir, ich hab das nicht für mich getan, ich mein, du kennst mich, was soll ich in Polen? Ich schwör, ich kann bis heute nur ein einziges polnisches Wort, und zwar *nie*, das heißt nein, mehr nicht. Alte, ich wollte hier nie bleiben. Ich bin Berlin, das weißt du.«

»Okay, Mutter Teresa, wenn du schon dein Leben für mich

opferst, was war denn bei meinem Nervenzusammenbruch, he? Du hast mich verraten, hast nicht an mich geglaubt, hast mich mit Scheißpsychopharmaka vollpumpen lassen!«

So, jetzt war es raus.

»Ey, mal langsam, ja, ich hab mir Sorgen gemacht, ich konnt doch nich zuschaun, wie du mir abkackst, wie du durchdrehst, und ja, vielleicht hab ich Fehler gemacht, aber ich wollte immer nur das Beste für dich, und sowieso, was ist das schon gegen das, was du getan hast!«

»Ich?«

»Ja, du, selber Mutter Teresa, hast meine verfickte Hochzeit versaut!«

»Ich?!«

»Ey, wie feige ist das denn, schickst nen Scheißclochard hin und bezahlst den auch noch, damit er unsere Feier zerstört. Weißt du, wenn du nicht kommen wolltest, dann schade, aber is deine Sache. Aber nen Kerl hinzuschicken, der sich übelst betrinkt, in der Kirche ins Weihwasser pisst und mich dann so lange anmacht, bis das Ganze zu ner Schlägerei ausartet, ist einfach nur böse. Und die Hochzeitsnacht erst, ich am Telefon mit hundert Verwandten und mein Mann in U-Haft. Scheiße war das, scheiße, Mann.«

»Ach du Scheiße!« Was anderes fiel mir echt nicht ein. »Der hat echt ins Weihwasser gepisst?«

»Ja, Mann!«, lachte sie. Und da war sie wieder. Das Mädchen, das ich damals kennengelernt hatte, das für mich wie eine Schwester war und das ich über alles liebte. Wir redeten und redeten, und zum Schluss blieb keine einzige Silbe mehr übrig, um was Böses zu denken. Wir machten Frieden. Einfach so. Dann legten wir auf, und ich fragte mich, wie ich die letzten Jahre ohne sie überhaupt überleben konnte. Sie hatte sich kein bisschen verändert. Blöd nur, dass ich mich verändert hatte.

Ich traute niemandem mehr. Niemandem. Ist doch so, rein theoretisch hatte Ariel lange genug meine Schlüssel bei sich rumliegen, um aus meiner Wohnung Big Brother zu machen.

Ich fühlte mich nicht mehr allein, und das war zum ersten Mal nichts Gutes. Ich kam mir vor wie in einer beschissenen *Truman Show*. Ich mein, wovor wollten die mich denn beschützen? Vor den Dämonen, die mich manchmal besuchten, oder vor den Drogen, die ich reinzog?

Und ich fragte mich, wo sie denn die ganze Zeit gewesen waren, als ich sie gebraucht hatte. Als ich vor Einsamkeit fast gestorben war oder Monte mich gegen die Wand presste. Und als meine große Liebe um sein Leben kämpfte, warum, verdammt noch mal, haben sie ihn nicht aus dem Wasser gezogen? Was für ein beschissener Schutz sollte das sein? »Ein Witz!«, fluchte ich und zog über die ganzen letzten Jahre her, in denen nie einer von ihnen für mich da gewesen war.

Aber damit musste ich klarkommen. Was passiert ist, ist passiert. Die Vergangenheit ist harmlos. Die Zukunft ist schlimm, denn die Zukunft kann Angst machen, und ich hatte Angst, Angst vor jedem einzelnen weiteren Augenblick. Ich redete mit niemandem darüber. Die paar Worte, die ich am Tag mit Cihad wechselte, reichten mir. Ich ging nicht mehr aus dem Haus, nicht mal mehr ans Telefon, auch nicht, wenn Derya anrief. Ich wollte keine Beats von einem Junkie. Junkies lügen, und die erste Lüge ist meistens, sie seien clean.

Ich hatte die Schnauze voll, rief meinen Anwalt an und sagte ihm, dass ich raus sei.

»Wo?«, fragte der Depp.

»Raus, *out of order*, ich hör auf.«

Er wollte was sagen, doch ich ließ ihn nicht zu Wort kommen.

»Ich mach keinen Schritt mehr in ein Studio, ich kümmere mich keine Sekunde länger um die Geschäfte, die am Laufen sind, und ich bitte Sie, das Beste daraus zu machen.« Dann legte ich auf. Ab da schaute ich nur noch Canale 5, und wenn Cihad draußen war, checkte ich seine Mails, wenn er duschte, sein Handy.

Nachts arbeitete er als Türsteher im Tape, und tagsüber stresste er rum, ich solle aufhören, mir Berlusconis Scheiße reinzuziehen, wieder rausgehen und was machen. Ich sagte, er solle sich nicht einmischen, er tat es trotzdem, und wir stritten immer öfter.

»Hau ab!«, brüllte ich ihn an. Er packte bis auf seinen Müll all seine Sachen zusammen und ging.

»Wohin gehst du?«, schrie ich ihm hinterher.

»Nach Mekka!«, brüllte er zurück.

»Nach Mekka!«, lachte ich ihn aus.

Aber er meinte es ernst, kam zwei Schritte zurück und meinte: »Du hast keine Ahnung, nächste Woche fängt die Haddsch an.«

»Was für ne Haddsch, Alter!«

»Ach, halts Maul, ich bring meine Mutter nach Mekka. Es is ihre Pflicht, in die heilige Stadt zu gehen.«

»Schon klar, aber was mit dir? Was willst du in Mekka? Siebenmal um Block laufen, zu zwei Hügeln pilgern, die es nicht mehr gibt, beten und Steine werfen und zurück in Berlin gleich wieder Scheiße bauen, ja?«

»Keine Scheiße mehr, hab ich doch gesagt. Wenn ich aus Dschidda zurückkomm, bin ich ein neuer Mensch.«

»Ja, klar, bis du Monte übern Weg läufst und der ganze Stress wieder von vorne losgeht! Oder hast du dich etwa nicht gefragt, wer dich verraten hat?«

»Ach, das geht mich nichts an«, winkte er ab und machte

weiter einen auf Imam beim Freitagsgebet. »Glaub mir, der wird seine Strafe schon kriegen, Gott is groß, *Allahu akbar*.«

Ich konnts nicht glauben. »Du meinst das ernst, ja?«

Ich hätte ihn schlagen können. Seine Gleichgültigkeit machte mich wütender, als ich eh schon war. Verräter haben das Schlimmste verdient. Ich dachte, das wüsste er. Ich redete auf ihn ein, »Vergiss die Allah-wird-alles-regeln-Scheiße. Wir wissen selber, wer geredet hat. Alter, Monte wollte dich ficken, ey, hat versucht, dich mit den Taschen voll Hero den Bullen zu liefern! Hör zu, wir brauchen kein Gott, oder hast du keine Eier mehr oder was?«

Okay, das war zu viel, das mit den Eiern war zu viel. Er schaute mich an, von unten bis oben, drehte sich weg, ging und kam nie wieder.

ICH blieb alleine zurück, in der Wohnung sowie im Hass. Mein Mekka war wohl mitten in der Scheiße.

Ich rauchte und wartete. Rauchte auf dem Fensterbrett, am Tisch und im Bett, rauchte da, wo andere reden, essen und Sex haben, doch gegessen hatte ich genug, vom Reden war mir jetzt noch schwindlig, und für Sex hätte ich nur zum Handy greifen müssen.

Was für ne Scheiße, dachte ich, diese komische Scheiße hier kann doch nicht wirklich mein Leben sein. Ich musste raus, ging runter, lief siebenmal um den Block und warf Steine gegen die Hausmauer.

Wieder oben, holte ich Saids Neunmillimeter raus. Ich hielt sie in meinen Händen, spielte mit ihr rum und drückte trotzdem nicht ab. Die vielen Fragen in meinem Kopf ließen mich nicht zur Ruhe kommen und schon gar nicht sterben. Aber es war gut, sie zu halten, denn so eine Knarre macht das Denken intensiver.

Um mich rum nichts als Stille, alles schwieg, sogar die Couch stellte sich tot, und der Tisch stand mitten im Raum wie ein ausgestopftes Reh auf allen vieren. Ich ging hin und her durch die Wohnung, zehn Tage, hin und her, konnte nicht mehr denken und tat es doch. War so wütend, dass es wehtat. Es gibt ja Leute, die knirschen nachts mit den Zähnen. Ich knirschte auch tagsüber. Vor lauter Wut konnte ich nicht mehr schlafen, und nichts konnte mir helfen. Außer Rache vielleicht.

Zum ersten Mal in meinem Leben konnte ich Mörder verstehen. Ich mein, richtig verstehen, so wie Mütter andere Mütter verstehen. Ich überlegte, loszugehen und Monte abzuknallen, peng, peng, einfach so, blieb aber in der Wohnung und suchte erst mal nach den Tarotkarten, die ich vor Ewigkeiten aus einer Cosmopolitan rausgerissen hatte. Ich musste wissen, was ich tun soll.

Doch die Karten verrieten nichts, sprachen nur von healing und loving, also packte ich sie wieder weg und wandte mich direkt an mein Schicksal. Setzte mich hin, mit geradem Rücken und angespanntem Kiefer, und schrieb auf eierschalenfarbenes Papier meinen ersten Liebesbrief.

Caro Papà,
du bist wie der Wind. Man sieht dich nicht, man sieht nur, wie du die Dinge veränderst, wie die Äste der Bäume deiner Richtung folgen, wie du das Laub auf der Straße aufwühlst und wie die langen Haare der Frauen dir hinterherwehen. Am liebsten wärst du wohl unsichtbar, so, als würde es dich gar nicht geben, doch dich gibts, und ich als deine Tochter bin der Beweis.
Ich hab alles versucht, um an dich ranzukommen, hab mich durchs Leben gekämpft, um von dir endlich gesehen zu werden.
Ich hab Geld gemacht und es in dieser Welt zu was gebracht.
Aber nicht in eurer,, wo sie doch eigentlich dieselbe ist.
Das Leben hat mich gefickt, und du hast dabei zugeschaut. Warum hast du nichts getan, spielst du Gott oder was? Aber glaub mir, Gott ist ein schlechtes Vorbild, denn was soll das für ein Vater sein, den man nie zu Gesicht bekommt, der mal hier, mal da ist, den jeder unter nem anderen Namen kennt und der aus der Ferne nur zuschaut, wie sich seine Kinder gegenseitig die Köpfe einschlagen?
Sant'Iddio, was soll ich mit nem Vater, der nicht an mich glaubt, der lieber Leute auf mich aufpassen lässt, anstatt mich lehrt, auf mich selbst aufzupassen?
Ich weiß, meine Sicherheit war dir immer das Wichtigste, was

wird wohl passieren, wenn ich sie dir wegnehm, wenn Berlin nicht mehr sicher für mich ist.
Vic

Ich las den Brief nicht mal durch, ging gleich runter und warf ihn in den Briefkasten neben der Telefonzelle. Stellte mir vor, wie es ist, per Haftbefehl gesucht zu werden, auf alles zu scheißen, alles hinter sich zu lassen und ein neues Leben anzufangen. Ich brauchte dafür bloß aus Rap Ernst machen. Songs werden indiziert, im richtigen Leben dagegen kann man machen, was man will.

Am liebsten wäre ich gleich los, so wie Cihad, als er damals in Timberlands und Daunenjacke in meinem Zimmer stand. Aber ich konnte ja nicht einfach losstürmen und Monte abknallen, so läuft das nicht. Erst brauchte ich einen Plan. Saß in der Küche, rauchte Kette und malte mir aus, wie es ablaufen könnte. Ich hatte keine Ahnung, wie es ist, auf einen Menschen zu schießen, aber sicher nicht schwieriger, als eine Taube zu treffen, und von denen hatte ich als Kind schon einige vom Himmel geholt.

Es war unendlich erleichternd, endlich zu wissen, warum mein Leben so war, wie es war, und wie ich aus der langweiligen Scheiße wieder rauskommen konnte. Raus aus der Scheiße, raus aus Berlin und rein in die Welt, in die ich mal geboren worden war. Und das Ganze für ein lächerliches Stück Mut.

Ich brauchte bloß noch ein Zeichen, irgendwoher, irgendein Okay, dass es losgehen kann. Ich wartete am Fenster. Ich scannte die Straße. Ich blickte über mein ganzes Leben, wartete, dass was passiert, und ging dabei im Kopf alles noch mal durch, Tag für Tag, wie ich alleine durch Berlins nasse Straßen gelaufen war, wie ich Monte und dann Said getroffen hatte, wie ich mich verliebte, wie er mich verließ und dann trotzdem bei mir war. Wie ich bettelte und schrie, als mich Monte in den Sand presste und nicht zu Said ließ, an die Wand drückte und ins Gesicht schlug, und ich fragte mich, wie es sich für einen Vater wohl anhört, wenn die Tochter vergewaltigt wird.

Wahrscheinlich schlimm genug, um Monte gleich selbst klarzumachen, schreckte ich hoch. Und wenn nicht aus Rache, dann um mir zuvorzukommen. Um mich zu beschützen, diesmal vor mir selbst.

Ich wurde nervös, bereute, den Brief geschrieben zu haben. Ich holte Wodka aus der Küche. Ich trank die halbe Flasche und kriegte die Angst trotzdem nicht weg, jemand könnte mir meine Chance klauen und ich den Rest meines Lebens auf dem Fensterbrett sitzen bleiben.

Im Hintergrund lief MTV, und ohne Scheiß, es war schon fast so, als würd der Himmel zu mir reden, dabei war es bloß Eminem, der rappte. *Look, if you had one shot, one opportunity, to seize everything you ever wanted – one moment, would you capture it or just let it slip?* Ich brauchte nicht weiter zu überlegen, nicht weiter auf irgendeinen Segen zu hoffen, nicht mal auf den Chorus zu warten. *You only get one shot, do not miss your chance to blow, this opportunity comes once in a lifetime.*

Ich rauchte die Kippe zu Ende. Danach war ich bereit.

ICH zieh Jogginghose und Kapuzenpulli an, was man eben so trägt, wenn man joggen geht. Ich hol Saids Neunmillimeter aus dem Schrank, steck sie in den Hosenbund, lauf die Treppen runter und dann die Straße entlang. Die Knarre ist voll unbequem, viel zu schwer, es fühlt sich an, als würde sie gleich durchs Hosenbein rutschen und auf die Straße knallen. So geht das nicht. Ich überleg umzudrehen und das Ganze sein zu lassen, lauf aber weiter, stell mich in einen Hauseingang, pack das Teil in die Socke und binde mein Haarband zweimal drum. Mit einem schweren Fuß lauf ich weiter.

Ich schau weder nach links noch nach rechts. Es ist dunkel und kalt, ich komm mir vor wie ein Spinner, der mitten in der Nacht durch die Straßen joggt, aber was solls, ich hab lange gebraucht, meine Aufgabe zu erkennen, umso weniger will ich zögern, sie zu erfüllen. Keiner wird mehr sagen können, meine Familie habe paar Probleme, und Cinisi sei für mich zu gefährlich. Ich bin jetzt mindestens so gefährlich wie die anderen.

Das Haarband schnürt das Blut ab. Der Lauf schlägt bei jedem Schritt gegen meinen Knöchel. Das Metall reibt mir die Haut auf, aber dafür spür ich sonst nichts mehr. Die Welt ist leer.

Ich lauf über eine Stunde nach Wedding raus, bis zu den Big Mountains Studios. Wie lange ich doch schon nicht mehr hier war, und wie gut ich mich trotzdem an das letzte beschissene Mal erinnere. Ich krieg sofort wieder einen Hass, und das ist gut so.

Das große Metalltor zu den Studios ist verschlossen. Ich lauf hintenrum und setz mich aufs Garagendach, von dem aus ich den ganzen Innenhof überblick. Wäre es ein Film von Mathieu Kassovitz, wäre es cool, in echt ist es dreckig und kalt. Ich warte Stunden und weiß nicht mal, ob ich wirklich schießen werde. Meine Finger, rot und steif von der Kälte, sehen nicht aus wie von einem Mörder.

Auf einmal kommt Monte raus. Ich atme auf, erleichtert, meine Chance nicht verpasst zu haben. Er schließt die Tür ab und läuft mit großen Schritten über den Kiesplatz Richtung Tor. Ich denk, *minchia*, wenn der so schnell geht, schaff ichs niemals, überleg nicht weiter und rufe: »Monte!« Er bleibt stehen. Ich will, dass er mich sieht, er soll mich anschauen, wie damals, als er meinen Kopf auf die Tischplatte gedrückt hat.

Er dreht sich um, spürt mich, aber sieht mich nicht. Ich ruf noch mal: »Monte!«, springe vom Dach auf eine Mauer und von der Mauer in den Innenhof, lauf auf ihn zu, beide Hände fest um den schwarzen Kunststoff, und drück ab.

Ich schieße voll daneben und fall dabei einen halben Schritt zurück, aber wenigstens schlag ich mir die Knarre nicht an den Kopf, so wie die ganzen Anfänger auf YouTube, die noch nie was von einem Rückstoß gehört haben.

Ein schwacher Trost. Er hätte wahrscheinlich doppelt so dick und breit sein können, die Kugel hätte ihn nicht mal gestreift. Aber egal, schießen kann man üben, töten muss man können.

Monte brüllt. Er schwankt, will sich auf mich stürzen, mich unter sich zerdrücken, mit der Knarre vergewaltigen und dann abdrücken, wenn es sein muss, mehrmals, bis die Schädeldecke platzt. Ich will nur noch weg, laufe los, dreh mich um, laufe so schnell ich kann, laufe um mein Leben, um das Leben eines Feiglings. Der Atem stößt mich aus dem Körper, wahrscheinlich könnte mich ein Auto überfahren, ich würd nichts spüren, würd einfach weiterrennen. Mein Herz jagt mir hinterher, wenn es sein muss, dann häng ichs ab.

Schlimmer, als jemand zu töten, ist, jemand nicht zu töten. Das weiß ich jetzt.

Ich lauf, schwitze kalten Schweiß, und diesmal schau ich nach links und nach rechts, vor und zurück, doch mein unruhiger Blick verliert sich in der Dunkelheit.

Die Straße ist leer, ich seh weder Monte noch sonst irgendjemand. Keine Scheinwerfer, die auf mich zukommen, kein schwarzer Mercedes, der mit quietschenden Reifen und offenen Türen um die Ecke biegt, kein Luciano, kein Elia, kein Taxi, nicht mal ein Streifenwagen, der mich abholt, gar nichts. Keiner da.

Meine rechte Hand zittert. Ich lauf nicht mehr ganz so schnell, der Boden unter mir scheint fast zu stehen, aber ich mag diesen Boden, hart und grau und zu jedem gleich.

In der Ferne endet die Straße im Himmel, so wie alles irgendwann im Himmel endet. Ich bin mitten in Wedding, und mir fällt ein, warum man als Reicher nicht in den Himmel kommt. Nicht weil Geld böse ist, man ist bloß einfach nur so lange reich, wie man lebt. So wie man auch kein Mörder mehr ist, wenn man tot ist. Wenn man tot ist, ist man niemand mehr.

Aber hier nicht, hier bin ich wer, und zwar ein durchgeknallter Psycho, also lauf ich wieder schneller, lauf und lauf, lauf, bis ich nicht mehr kann. Der Körper schleppt sich, der Geist gibt auf. Wie ein reumütiger Hund hinke ich zurück, zurück in meine Wohnung. In die Vergangenheit zurück geht ja leider nicht.

Das Spiel ist aus. Ich schließ die Tür nicht mal ab, Monte kriegt sie eh auf. Ich schmeiß mich aufs Sofa, vergrabe meine Hand unter mir, damit sie aufhört zu zittern. Was für ein Ende.

Ich hör Schritte. Ich halt die Luft an, um besser zu hören, wenn ich sie lange genug anhalte, bin ich schon tot, bevor er kommt.

Meinem Vater geschieht es recht. Der Boxer hatte wohl nur

so lang Arbeit, wie mein Dad ein schlechtes Gewissen hatte, danach war ich ihm egal. Egal. Monte lässt sich Zeit. Das Warten bringt mich um. Ich ändere meinen Plan. Ich schließe die Tür ab und warte mit der Knarre in der Hand, bis er kommt. Zwei Stunden hinter der Scheißtür für nichts. Monte kommt nicht. Ich überleg, ob ich vielleicht doch getroffen hab und er auf dem Vorplatz liegt, aber das kann nicht sein, die Lunge befindet sich ja nicht zwei Meter neben dem Körper.

Ich geh ins Wohnzimmer, schmeiß die Knarre aufs Sofa und mach den Fernseher an. Helden sind was anderes. Ich seh durch den Bildschirm hindurch und denk an Cihad, steh auf und durchsuch zum hundertsten Mal das bisschen Schrott, das er noch bei mir rumliegen hat. Als würde ich hoffen, zwischen dem Müll irgendwas zu finden. Gesellschaft vielleicht.

Ich weiß, dass es so nicht weitergeht. Es geht nicht weiter, es gibt aber auch kein Zurück. Das Spiel ist aus. Ich will nach Hause.

Als Werbung kommt, geh ich ins Bad und bleib vor dem Spiegel stehen. Ich schau mich ganz genau an, so genau hab ich mein Gesicht noch nie gesehen. Ich seh schön aus, nicht vogue- oder cosmopolitanschön, anders schön. Meine Augen sind groß und klar, und je länger ich sie anschau, desto tiefer tauch ich in die Unendlichkeit anderer Welten ein. Eigentlich krass, wie weit ich immer gesucht hab, wo doch die ganze Welt in einem drin liegt, und krass, wie weit ich gehen musste, um das zu checken.

Ich hol eine Schere aus dem Wohnzimmer, stell mich wieder vor den Spiegel und schneid mir Strähne für Strähne die langen Haare ab. Aber nicht wie Ms Spears aus einer Psycholaune raus, sondern nur, um von den Bullen nicht gleich schon von hinten erkannt zu werden. Ein Perverser läuft ja auch nicht mit offener Hose rum.

In der Küche leg ich mir eine Line und lass sie liegen, ich vergesse, sie zu ziehen. Ich dreh mir einen Joint und drück ihn aus. Hab auf einmal keine Lust mehr drauf, daran muss ich mich erst noch gewöhnen. Die Knarre stresst mich. Wie sie da rumliegt. Wie ein One-Night-Stand am Morgen, man weiß einfach nicht, wohin damit.

Ich setz mich an den Rechner und google »versuchter Mord«. Auf Wikipedia steht was von lebenslanger Freiheitsstrafe. Voll unlogisch, wenn versuchter Mord gleich schwer bestraft werden kann wie Mord, dann lohnt es sich ja nicht, es nicht zu tun.

Die Knarre muss weg. Ich hol mir aus dem Internet eine Anleitung, um das Teil zu zerlegen, und sitz dann da wie in einem anderen Leben, wie ein anderer Mensch, hol das Magazin raus, leer den Schlitten, zieh die Feder vorne ab und fang an, Teilchen für Teilchen auseinanderzunehmen. Zum Schluss siehts aus, als hätte ich Ikea bei mir zu Haus.

Ich pack das Zeug in eine rote Plastiktüte und geh damit raus. In meiner Jeans nur ein bisschen Bargeld und Zigaretten, wenigstens mehr, als man mit in den Tod nehmen kann.

Ich komm mir vor wie ein abgefuckter Spinner. Ein Spinner, der aber leider nicht verrückt genug ist, nicht mehr zu checken, dass er ein Spinner ist. Schon hart, wenn man das so hautnah miterlebt. Wahrscheinlich war ich schon immer so, wahrscheinlich hat das mein Dad schon früh erkannt und mich deshalb weit weggebracht. Aus Sicherheitsgründen, aber eher was seine als was meine Sicherheit angeht.

Ich geh die dunkle Friedrichstraße runter, an den Linden vorbei, dann links in die Dorotheenstraße Richtung Reichstag. Von dort kann ich den Hauptbahnhof schon fast sehen, geh den Schiffbauerdamm entlang und werf alle zehn Schritte ein winziges Teilchen in die Spree. Ich muss lachen, weil ich mir vorstell, wie ich grad ausseh, wie eine Verrückte, die nachts Schwäne füttern will, und vor sich hin lacht. Es ist wohl weder die Wut noch die Hoffnung, die als Letztes stirbt, wenn man Glück hat, ist es der Humor. Wenn man Pech hat, ist es die Angst. Jeder Schatten sieht aus wie Monte. Ich hab mehr Angst vor ihm als davor, alles hinter mir zu lassen und ins Nichts zu springen. Die Angst nimmt mir die Angst. Ich will nur noch nach Hause, bin noch mitten in Berlin und doch weiter als je zuvor.

Meine grau-weißen Nikes sind nur noch grau. Ich hab sie mal von Cihad gekriegt, Nike Air Max. Männer, die Frauen Schuhe schenken, sind selbst schuld, wenn die Frauen abhauen. Man sollte Frauen keine Schuhe schenken, weiß eigentlich jeder.

Ich will mich verabschieden, bevor ich geh. Einfach abhauen bringe ich nicht übers Herz. Der Club, in dem Cihad arbeitet, ist nicht weit von hier, gleich beim Europaplatz, Heidestraße 14 oder 16 oder so. Ich seh ihn und die anderen Türsteher schon von Weitem. Das neue Leben steht ihm gut, schwarze Hose, schwarze Jacke, breite Schultern. Ohne Scheiß, echte Jungs stehen nicht in Clubs, sie stehen draußen an der Tür.

Der ganze Platz und die Rampe sind voller Leute, die alle reinwollen. Ich quetsch mich durch und werde beschimpft, als würde ich weiß Gott was machen. Ich schaffs trotzdem bis ganz nach vorne. Cihad schaut mich nicht an.

Ich sag: »Ey!«

Er dreht sich zu mir: »*Ya Allah!* Wo sind deine Haare hin, hab dich fast nicht erkannt!«, und lacht: »Dafür wirst ja hoffentlich nicht bezahlt haben, wa.«

»Ach, halts Maul, wollt mich bloß noch schnell verabschieden«.

»Wie verabschieden? Bist doch erst grad gekommen. Das

ist *die* Party heute Abend! Moses legt auf! Alle hier, fast schon wie früher, *the good old days*, Mann!«

Links und rechts von mir drängen Leute rein, und für einen Moment überleg ich, mich einfach mitreißen zu lassen und mich ins Koma zu saufen. Mach ich aber nicht.

»Ach komm schon, Miss Superstar!«

Ich winke ab. »Pass auf dich auf, Cihad.«

»Ey, du kannst nicht gehen, und ey, was los, du zitterst ja!«

Ich sag: »Sorry, ich muss, mein Zug fährt«, dreh mich um und verschwinde wieder im Gedränge hinter mir.

Der Bahnhof sieht aus wie ein Palast, das Glas spiegelt die vielen Lichter, als wär hier schon die nächste Party. Ich lauf durch den Nordeingang zu den Fahrplänen und schau nach, wann der nächste Zug Richtung Heimat fährt. In meinen Träumen hab ich das schon oft getan, bin einfach in einen Zug eingestiegen und runtergefahren, im richtigen Leben musste ich erst was dafür tun.

»Versuchter Mord«, lach ich mich selbst aus. Ich ärgere mich, nicht getroffen zu haben, hätte lieber ein SEK als Monte hinter mir her. Ich will nur noch weg, Berlin macht mir Angst. Ich geh rauf zu den Gleisen und mach mir eine Kippe an. Mein Körper schüttet irgendwelche Hormone aus, die mich bei jedem Scheiß zusammenzucken lassen.

Ich rauch Kette, zieh den Rauch tief in meinen Körper rein. Es gibt Situationen, da darf man guten Gewissens rauchen, das ist eine davon. Krebs ist grad ein Dreck gegen mich, im Moment bin ich die größere Gefahr.

Die Nacht wird schon langsam zum Tag, und als hätte sie mir bereits verziehen, zeigt sie sich von ihrer schönsten Seite. Der Himmel sieht aus wie gemalt. Jemand läuft an mir vorbei und bleibt neben mir stehen. Als ob der Bahnsteig nicht groß genug wäre. Ich schau extra nicht hin, solche Menschen fangen nämlich ganz schnell an, übers Wetter oder ihre Katze zu reden.

»Krasser Himmel, wa?«

»Krasser Himmel?!«, wiederhol ich und muss nicht mal mehr hinschauen, um zu wissen, dass es Cihad ist, der neben mir steht.

»Ey, was machst du hier?«

»Ich komm mit dir«, lacht er.

»Du weißt ja nicht mal wohin, du Spinner!«

Cihad sagt nichts, schaut mich nur an, aber nicht einfach so, sondern so, dass eine Frau verlegen wird, zu Boden schaut und anfängt, Scheiße zu reden.

Ich rauch weiter eine nach der anderen, komm mir vor wie in einem Film, es passiert nicht viel, und doch kenn ich keinen, der es besser hätte inszenieren können als das Leben selbst. Alles ohne Schauspieler, wozu denn, das Leben holt sich gleich die Richtigen. Das Leben lässt nicht andere so tun, als wären sie so oder so, das Leben braucht kein Ketchup und kein Glycerin. Das Leben braucht nur ein bisschen Mut. Gegen sieben fährt mein Zug ein. Meine Hand zittert immer noch, er nimmt sie, und ich denk, er will sich verabschieden, doch verabschieden geht anders, denn wenn man sich verabschiedet, lässt man die Hand auch wieder los.

»*Minchia*, was machst du?«

»Ich wollte schon immer mal last minute verreisen.«

Seine Hand fühlt sich gut an, und auch als der Zug die Türen schließt, lässt er nicht los, bleibt einfach neben mir sitzen und schleicht mit mir aus dem schlafenden Berlin.

»Warum machst du das?«

»Will einfach nicht gleich wieder alleine sein.«

»Nicht alleine oder bei mir?«

»Ohne dich ist halt alleine, ganz einfach.«

Ich bin sprachlos. Hätte in dieser Nacht alles erwartet außer Glück. Und während wir durch Charlottenburg fahren, würde ich ihm am liebsten alles erzählen, doch ich halt meinen Mund und hoff, dass man mir den Wahnsinn nicht in den Augen ansieht.

Er liegt tief in seinem Sitz, schaut an mir vorbei raus in die Ferne. Ich mag seine Gelassenheit, ich mag, dass er die Wollmütze so tief im Gesicht trägt. Ich mag noch viel mehr an ihm.

Wir sind noch nicht mal in Göttingen, und doch fühle ich mich schon angekommen. Von mir aus könnte der Zug im Kreis fahren, mir wärs egal.

In München steigen wir um. Geht alles ganz schnell. Vier Stunden später stehen wir in Bolzano am Bahnhof und trinken Kaffee aus braunen Plastikbechern. Cihad weicht nicht von meiner Seite, er sagt, ich sei zum Niederknien schön. Ich denk mir, zum Niederknien? Würd ich das sagen, würde es nach Blowjob klingen, aber wie er es sagt, hat es was Heiliges.

Ich bin wie verliebt. Ist so, so schnell kann nur Liebe glücklich machen, Liebe oder Drogen, aber Drogen hab ich nicht mal welche dabei.

Wir warten auf den Nachtzug und reden über früher, wie wir uns zum ersten Mal nähergekommen sind, bei mir auf der Couch, wie das schlechte Gewissen uns quälte und wie wir doch weitergemacht haben, als wäre Schmerz was Schönes.

Er sagt, er habe mich mehr vermisst als die Freiheit. Ich liebe es, wenn er so übertreibt.

Der Zug nach Napoli fährt ein. Die Landschaft zieht langsam und dann immer schneller an uns vorbei, ich schau den Sträuchern und den Bäumen hinterher, bis sie nur noch braune Streifen sind. Stoned von den schnellen Bildern, studier ich den Dreck auf der Scheibe, Spuren vom Regen, von fettiger Haut und Tausenden von Abschieden, sodass ich erst gar nicht merke, wie die Bilder dahinter ruckartig langsamer werden. Wie aus heiterem Himmel kommen wir zum Stehen, als hätte sich mitten in der Pampa ein Spezialeinsatzkommando vor den Zug gestellt. Weit und breit kein Bahnhof, keine Gerechtigkeit, gar nichts gibt es hier.

Ich seh die Bullen schon durch den Wagen stürmen, auch wenn sie noch gar nicht da sind, und bin beeindruckt, bin echt beeindruckt, wie schnell die mich gefunden haben. Ich weiß, dass ich dran bin. Krieg fast keine Luft. Mein Herz rast wie noch nie. Ich will was sagen, aber ich kann nicht mehr reden. Seh nur die gottverlassene Landschaft und denk mir, vielleicht ist es besser so, in Sizilien wollen sie mich eh nicht. Es passiert nichts. Eine ganze Weile passiert nichts. Nach zehn Minuten eine Durchsage über Lautsprecher. Ein Baumstamm blockiere die Schienen, sie seien bemüht, das Problem möglichst schnell zu beheben, man dürfe den Zug nicht verlassen und bla, bla. Ich glaub denen kein Wort.

Ich glaub kein Wort, bis der erste Feuerwehrwagen kommt, ich nur noch Feuerwehr sehe und die einen Riesenbaumstamm von den Gleisen hieven. Und während die Männer draußen alles geben, kann ich endlich wieder atmen.

»Was los, was starrst du so?«, holt mich Cihad zurück.

»Ich starre nicht.« Obwohl, vielleicht starre ich doch, selber weiß man es ja nie so genau.

»Was los, Vic, was passiert?«

»Nichts, dachte bloß, Bullen stürmen gleich den Wagen.«

»Warum sollten Bullen den Wagen stürmen? Ey, vertrau mir, ich bau keine Scheiße mehr, ich zieh nachts nicht mehr mit ner Knarre um die Häuser. Der Knast hat mich verändert, Mekka hat mich bestätigt, und Allah passt auf, dass es so bleibt«, lacht er und schwört: »Auf was du willst, nie wieder nen Raub, nie wieder hör ich auf den Teufel, *Hayati*, ich hab den Kampf in mir endlich gewonnen!«, und strahlt dabei übers ganze Gesicht und drüber hinaus.

Ich hör nur zu, und er hat recht, denn wenn ich genau hinschau, dann sitzt nicht Cihad, ein autoknackender Junge, vor mir, sondern Dschihad, ein großer, gläubiger Mann. Ein vollkommener Mann, der seinen Weg gefunden hat, der nach der ganzen Scheiße nur noch eins will, ein normales Leben, mit Last-Minute-Urlaub und so.

»Was los«, fragt er, »was denkst du?« Ich sag nichts und denk, Scheiße.

Wie konnt ich bloß schwach werden. Wie konnt ich bloß ignorieren, wie unterschiedlich unsere Wege sind. Er ist endlich frei. Ich bin es nicht mehr. Ich kann es auch nicht ändern, für mich gibt es kein Zurück, die Entscheidung, mein altes Leben zu beenden, hab ich vor paar Stunden endgültig getroffen.

Er sitzt im falschen Zug. Er hat den Kampf in sich gewonnen, meiner geht erst los, und es ist sinnlos, mit 240 km/h und einer Stunde Verspätung dem Schicksal entkommen zu wollen.

Draußen wird es schon wieder finster und sicherlich auch kalt. Schlechteres Timing gibts nicht. Die eine macht Schluss mit Gott, während der andere gerade anfängt, fünfmal am Tag zu beten.

Tausend Atemzüge lang Stille. Dschihad schläft neben mir, ich versuch es auch, aber ich kann nicht, hab den Bauch voller Kaffee, der die Schmetterlinge ertränkt. Den Kopf voller Lärm. Ich beug mich zu ihm.

Spürst du meinen Atem auf deinem Gesicht?
Ich würd dir gern zeigen, was du für mich bist
Ich will reden, trotzdem schweige ich
Ich will bleiben, aber ich bleibe nicht

Fuck, für dieses Leben reicht es nicht
Doch ich weiß, Allah begleitet dich

Er schläft, fast wie tot. Ich leg meine Hausschlüssel in seine Hand.

Als der Zug hält, steh ich auf, und ich schwöre, auf Monte zu schießen war krass, doch das hier fällt mir schwerer. Ich dreh mich um, lauf den Wagen vor und steig aus. Es zerreißt mir das Herz. Ich verlass ihn, genau so, wie mein Dad mich damals verlassen hat, und so weh es auch tut, ich versteh dabei zum ersten Mal meinen Vater. Ich verlass ihn, wie meine Mutter mich verlassen hat. Ich verlass ihn, wie Said mich verlassen hat. Ich verlass ihn, weil ich Liebe nicht anders kenne.

Mein Brustkorb drückt auf die Lunge, ich weiß nicht, ob ich das Richtige tue, aber zieh es durch, weil alles andere keinen Sinn macht. Auf dem Schild am Bahnsteig gegenüber steht *Caserta*. Der Name meiner Tochter, falls ich mal eine haben sollte.

Der Zug bewegt sich wieder, ganz langsam, ich könnte noch einsteigen, doch ich bleib stehen und schau ihm hinterher. Ich seh nur das Wasser in meinen Augen.

Vermutlich wacht Dschihad gerade auf und wundert sich, warum ich so lang auf dem Klo brauch. Spätestens in Napoli Centrale wird er checken, dass ich weg bin. Vielleicht wird er mich noch ein, zwei Wochen suchen, früher oder später aber nach Berlin zurückfahren und endlich das Leben leben, das er verdient.

Ich dreh mich um und lauf vor zu den Taxis, steig ins erste ein und fahr eine halbe Stunde in einem dreckigen Nissan bis nach Salerno. Der Wagen ist total hinüber, aber ich sag nichts, denn der Fahrer würd mich hundertpro gleich aus dem Auto schmeißen und mich am Straßenrand stehen lassen. Er redet viel, und ich lausch dem Klang seiner Worte, der Melodie unserer Sprache, als wäre es die Nationalhymne.

Am Hafen von Salerno steig ich aus. Der Asphalt wird schon langsam warm, und in der Luft riecht man das Meer. Mit der Fähre werd ich nach Palermo fahren, und von dort ist dann Cinisi nicht mehr weit, von dort fänd ich unser Haus sogar blind.

Ich setz mich auf eine kleine Mauer und warte, bis es Mittag wird. Ich sitz nur da, mache gar nichts, bin nur noch das, was bleibt, wenn man alles weglässt. Wahrscheinlich meditiere ich zum ersten Mal in meinem Leben und weiß es nicht mal.

STANDARDSITZ, *solo andata,* einfache Fahrt, kostet 55 Euro. Sitzen bleiben kann ich trotzdem nicht, ich lehn mich weit über Deck und schau dem spielenden Wasser zu. Ich denke an Dschihad und frag mich, ob er mir wohl grad hinterherschwimmt. Ich denk an seinen Bruder, aber vermiss ihn nicht, als hätt ich meine Gefühle verloren, oder als wäre er gar nicht weg und der Tod nur eine große Lüge. Der Wind bläst mir ins Gesicht. Er lacht mich aus, weil ich so lang an den Tod geglaubt habe, er macht sich lustig über mich, weil ich behauptet habe, die Seele gehöre zum Körper wie ein Organ.

Wie vergesslich wir doch alle sind, tragen das ganze Wissen in uns und erinnern uns nicht mal dran. Glauben an den Tod und an Märchen, dabei ist es mit dem Tod wie mit dem Weihnachtsmann, Erwachsene sollten nicht mehr daran glauben. Den Tod gibts nicht. Keiner stirbt. Seelen verwesen nicht, sie hauen nicht ab, sie leben weiter, in allem, was wir tun. Freunde sind niemals tot. Eigentlich wusste ich das schon längst, gecheckt hab ichs trotzdem nicht.

Um mich rum wimmelt es von Italienern. Alles ist laut und dreckig und traumhaft heiß, das Wasser blendet, und die Sonne scheint, als würde auch sie sich freuen, dass ich hier bin.

In Palermo steigen alle aus. Die Taxis warten schon. Einer der Fahrer springt aus dem Wagen und schreit über den Parkplatz: »*Welcome, bella ragazza!*«

Ich steig bei einem anderen ein und sag: »*Cinisi, per favore.*«

Dieser redet gar nicht, kein Wort. Achtet auch nicht auf die Straße oder so, schaut die ganze Zeit nur über den Rückspiegel und wirft mir komische Blicke zu. Ich hab Schiss, dass er gleich einen Unfall baut, doch statt was zu sagen, mach ich mir eine Zigarette an und lass ihn fahren, wie er will. Dreißig Kilometer später sind wir da, mitten zwischen Mandelbäumen und Zitronenhainen. Er bleibt vor dem Haus meines Vaters stehen und redet zum ersten Mal, fragt, ob er warten soll. Ich sag: »*No, grazie*«, bezahl und steig aus.

Das Taxi fährt den Feldweg wieder zurück, schon auf dem Weg zum nächsten Gast. Sogar auf Taxis warten Leute. Nur auf mich scheint niemand zu warten. Ich mach die Kippe aus und gleich eine neue an, steh vor dem Eingangstor und starre aufs Haus. Je größer man wird, umso kleiner wird die Welt um einen herum. Ich denk mir, *minchia*, das Haus ist nur noch halb so groß wie früher!

Auf dem Vorplatz stehen paar Luxuskarren, von überall kommen sie her. Im Garten rechts der Einfahrt raucht ein Erntehelfer. Er redet mit jemandem, den ich nicht sehe. Wahrscheinlich flirtet er mit irgendwelchen Touristinnen. Ich zähl die Trauben, die am Boden kleben, hab keine Ahnung, was ich tun soll. Es fällt mir schwer, mich zu bewegen. Ich könnte schwören, die Zeit vergeht langsamer als in Berlin, bin schon eine Ewigkeit da, doch meine Kippe ist noch nicht mal zur Hälfte runtergebrannt. Was für ne ruhige Welt, denk ich mir und hoff, dass das alles kein Fehler ist, so ganz allein, weit weg von meinem alten Leben. Ich weiß nicht, wie lang ich draußen rumsteh, meine Uhr geht erst wieder normal, als sich auf einmal das Eisentor öffnet und Elia auf mich zukommt. Wir sind genau gleich alt, aber er wirkt viel erwachsener als ich. Er ist groß und dünn wie Vincent Cassel. Die schwarze Hose sitzt locker, das Hemd ist nur halb drin, und an ihm sieht nicht mal ein Sakko wie ein Sakko aus. Ich könnt schwören, dass er gerade Sex hatte. Sein Hallo ist ein kurzes Nicken, seine Gesten sind schnell, bevor ich reagieren kann, nimmt er mir die Kippe aus der Hand, zieht einmal dran und schmeißt sie auf den Boden. Er legt seinen Arm um mich und drückt mir einen Kuss auf die Schläfe. Ich riech die Frau von gerade eben.

Er lacht, aber ich darf ihm nicht vertrauen. Vor paar Stunden hätte mir sein Lachen mehr bedeutet, vor paar Stunden in Berlin, als keiner von ihnen da war. Ich frag ihn, wo mein Vater ist.

Er nickt und meint: »Okay, *vabbè aspetta*, warte kurz.«

Ich will was sagen, doch er ist schneller, läuft schon die Einfahrt zur Garage runter und ruft: »*Aspetta*, warte kurz, ja?«

Ich warte kurz.

Mit einem roten Fiat Punto kommt er angefahren. Ich muss fast lachen, denk mir, Shit, was fürn Wagen. Hätt den Taxifahrer wohl doch besser warten lassen.

Als ich einsteig, bin ich schon längst wieder ernst. Elia fährt die Straße vor und dann auf die A29. Selbe Autobahn wie vorhin, nur andere Richtung. Ich hab das Gefühl, er will mich gleich wieder abschieben, obwohl er einen auf großer Bruder macht und so tut, als wäre ich nie weg gewesen. Der Kofferraum ist voller Kisten mit Wein. »Der beste Wein von Sizilien«, sagt er. Wahrscheinlich übertreibt er, so wie alle Italiener immer übertreiben.

»Hab angefangen, mit Wein zu handeln«, grinst er. »Guck mal im Handschuhfach.«

Ich denk mir, er will mir seine Knarre zeigen, doch im Handschuhfach liegt bloß ein blaues Rechnungsbüchlein.

»Was ist das?«

»Mein Abrechnungsbuch!«

»*No, no*, ich mein die Geldscheine zwischen den Seiten.«

»Meine Einnahmen«, sagt er stolz. »Kann ja nicht ewig nur für deinen Vater arbeiten, ich mach jetzt mein eigenes Ding.«

Wir fahren alles wieder zurück, am Hafen vorbei, die Via Lincoln runter und weiter durch schmale Gassen. In einer Seitenstraße bleibt er vor einem Imbiss stehen. Er steigt aus, läuft um den Wagen und macht mir die Tür auf.

Ich sag: »Wie jetzt?«, und er sagt: »Aussteigen, *scinni.*«

»Hier? Kannst doch den Wagen nicht mitten auf der Straße stehen lassen.«

»Wo sonst?«, lacht er. »Sollen sie ihn ruhig abschleppen, dann ist er gleich entsorgt.«

Ich sag nichts und folg ihm in den Laden. Drin riecht es nach Essen. Das Radio spielt italienischen Schlager. Ich schau mich um, und kein Scheiß, die Männer sehen alle aus wie in Berlin-Wedding oder Moabit.

Elia sagt »Hallo, wie gehts, *tutto a posto*?« zu den Jungs und bestellt nebenbei Arancini, gefüllte Teigtaschen, irgendwas Süßsaures aus Paprika, Auberginen und Kapern, noch mal Teigtaschen und dazu Sachen, die ich nicht kenne.

Mit vollen Händen gehen wir in den hinteren Teil, wo zwei Männer Wasserpfeife rauchen, als würden sie beten. Wir setzen uns an den kleinen runden Tisch aus Plastik. Elia isst, und ich trink Cola, die nach Chlor schmeckt. Er will wissen, wie es ist, in Deutschland zu leben. Ich sag: »Gut«, und frag, wo mein Vater ist.

»Gleich hier.«

Nach einer Stunde werd ich nervös, nach zwei bin ich sauer. Ich pack das ganze Gemüse auf meinen Teller und schau erst wieder hoch, als mein Dad vor mir steht. Er sieht älter aus als früher, aber das macht nichts. Seine Augen sind hell, wie mit Wasserfarbe gemalt. Er läuft um den Tisch, will mich umarmen, ich bleib aber sitzen und sag: »Passt schon.«

Elia entschuldigt sich und geht raus vor die Tür, zu Luciano und Salvi. Ich weiß nicht, was ich sagen soll. Mein Vater weiß es auch nicht und sagt, mit den kurzen Haaren sehe ich aus wie ein Junge.

»Das is doch das, was du immer wolltest.«

Ich spür seinen Blick, aber weich ihm aus, schau angewidert auf meinen Teller und frag: »Sag mal, hast meinen Brief nicht gekriegt oder was?«

Er sagt: »Doch, doch«, und isst dabei meine Auberginen auf. Er sagt einfach Doch, doch, mit vollem Mund und einer Selbstverständlichkeit, die mich aggressiv macht.

Wenn ich aggressiv bin, weich ich keinem Blick mehr aus. Ich schau ihn an und hab dabei diesen Druck im Unterkiefer, der mir die Oberlippe leicht hochzieht, als würde mich die ganze Welt anekeln. Mir ist alles egal. Ich will alles wissen. Alles. Alles über meinen Vater, alles über meine Mutter, alles über mich. Ich habe keine Angst mehr vor den Antworten.

»Sag mal, was muss ich denn noch machen, damit du mich endlich ernst nimmst?!«

Er schaut vom Teller hoch, wischt sich den Mund mit einer Serviette ab und sagt: »*Bedda*, ich nehme dich ernst, *ti capivu*! Dein Brief hat mich sehr traurig gemacht.« Er macht kurz Pause und lacht: »Bis auf die Stelle mit den Frauen, die war gut.«

Wir kriegen Wein, ohne welchen bestellt zu haben.

»Auf dich!«

»Auf mich«, sag ich wenig überzeugt und versuche, aus seinem Blick zu lesen, ob er weiß, was passiert ist.

»*Senti*, hör zu, es gibt was, das ich dir sagen muss.«

Auf diesen Satz hab ich mein halbes Leben gewartet. Es gibt was, das ich dir sagen muss. Für diesen einen Satz musste ich ziemlich weit gehen, und für das, was danach kommt, hab ich alles hinter mir gelassen.

»Ich hatte Angst, es dir zu sagen, *mi scantavu*, ich dachte, du tust dir was an.«

»Warum sollte ich mir was antun? Seh ich aus wie ein Märtyrer oder was?«

»No, no, du siehst aus wie deine Mutter.«

Ich sag nichts dazu. In Berlin würde man für so einen Spruch aufs Maul kriegen, hier ist so was noch ein Kompliment.

»*Bedda*, hör zu, du hast recht, ich war ein schlechter Vater. Aber ich hab nicht Gott gespielt, ich war bloß überfordert. *Sant'Iddio*, ich hab alles falsch gemacht. Ich war nicht ehrlich, ich habe versagt, *sugnu un fallitu*«, sagt er und zieht dabei die Schultern zu den Ohren. Sein Hals verschwindet im Anzug. »Ich hätte dich nicht wegschicken dürfen. Ariel hat mir oft gesagt, ich soll dich zurückholen, aber ich konnte nicht.«

»Was hat Ariel damit zu tun?«

Er lässt die Schulter endlich wieder los und sagt: »Ariel kennt dich, seit du klein bist. Er und seine Frau haben früher bei uns in der Küche gearbeitet. Du warst immer bei ihnen unten, hast ihn anfangs sogar Papa genannt.«

»Ich hab Ariel Papa genannt? Niemals!«

»Doch, ich war nie da, immer unterwegs. Du hast keine Ahnung, wie oft Ariel zu mir sagte, *idda nun è cuntenta*, hol sie zurück, sie ist nicht glücklich hier. Aber ich konnte nicht, ich war zu beschäftigt mit mir selbst.«

»Und was ist mit dem Boxer?«

»Boxer? Ach der. Ariel meinte, du wärst mit komischen Leuten unterwegs. Da dachten wir, es wäre gut, wenn da jemand ist, der diese Jungs ein bisschen im Auge behält.«

So wie er redet, scheint es mir immer unwahrscheinlicher, dass er irgendwas über mich weiß. Ich denk mir, *cazzo*, ich hab doch nicht etwa für nen Teller Caponata mein altes Leben hergegeben? Und er denkt, mit ein bisschen Blabla sei alles wieder gut.

Ich hab kein Bock, mich verarschen zu lassen. Am liebsten würde ich aufstehen und abhauen. Ich bleib nur sitzen, weil ich keine Ahnung habe, wohin ich gehen könnte. Ich bleib nur sitzen, weil er vielleicht alles ernst meint, was er sagt, und in Wirklichkeit bin ich die, die nichts über ihn weiß.

»*Bedda*, hör zu, ich hab Fehler gemacht. Viele. Der erste Fehler war, deine Mutter zu betrügen.«

»Oh Mann, warum erzählst du mir das?! Ich will das nicht hören. Und nenn mich nicht *bedda*, ich seh scheiße aus.«

»Ich hab deine Mutter geliebt. Ich hab ihr beim ersten Rendezvous einen Heiratsantrag gemacht, und fünf Wochen später haben wir geheiratet. Die Plantage war unser ganzer Stolz. Wir haben ein gutes Leben geführt, *na bedda vita*.« Er schiebt die Brotkrümel auf dem Tisch zusammen. »Einige Tage vor dem Unfall hatten wir einen großen Streit. Nicht zum ersten Mal. Es ging um die anderen Frauen. Wenn sich das nicht ändere, werde sie mit dem Auto gegen eine Mauer fahren, sagte sie, und ich sagte, wenn du das machst, dann nimm wenigstens den Fiat. Ich sagte einfach, wenn du das machst, dann nimm wenigstens den Fiat!«

Während er den letzten Satz sagt, klingt seine Stimme anders, er schafft es gerade noch, ihn zu Ende zu bringen. Mein Vater weint. Ich hab meinen Vater noch nie weinen sehen. Ich wusste nicht mal, dass das geht. Ich versuche nicht hinzuschauen, aber er hört nicht auf, als wäre sie erst gestern gegen den Pfeiler gekracht.

Ich stopf mir den Mund mit Brot voll, um nichts dazu sagen zu müssen, und obwohl dieser Streit schon zwanzig Jahre her ist und ich keine Ahnung hab, ob es stimmt, was mein Dad erzählt, erinnere ich mich auf einmal, wie ich nachts tief unter die Decke kroch, um die lauten Stimmen nicht hören zu müssen. Meine Mutter sagte dann immer, ich hätte schon wieder schlecht geträumt, und mit der Zeit hatte ich so oft Albträume, dass ich mich nicht mehr traute, schlafen zu gehen.

Mein Vater putzt sich mit einer Serviette die Nase. »Ich hatte keine Ahnung von Kindern, als deine Mutter weg war, wusste ich nicht weiter. Ich war am Ende, *era mortu*. Ich stürzte mich in die Arbeit. Expansion, neue Märkte, neue Lieferketten. Es wurde alles zu viel. Also fragte ich Ariel, ob ich dich zu ihnen bringen kann, und er meinte, seine Frau habe eine Schwester, bei der du wohnen kannst.«

»Ich wusste, dass sie nicht meine Tante ist, ich wusste es!«

»Aber sie war doch nett zu dir, oder? *Amore*, glaub mir, ich konnte dir das mit deiner Mutter nicht sagen. Ich habe es nicht übers Herz gebracht. Manchmal tun Menschen Dinge, die ein Kind nicht verstehen kann. Die niemand verstehen kann. Ich wollte dich schützen, kein Kind darf so was erleben.«

Okay. Ich hab keine Ahnung, ob er mich gerade verarscht, und sag: »Dachte, es sei Mord gewesen, du weißt schon, Familienkrieg und so.«

»*Sciarra in famigghia?* Nein, der einzige Familienkrieg war der zwischen deiner Mutter und mir.«

»Aber das ganze Geld kann doch nicht nur von Zitronen und Mandarinen kommen, ich mein, das ist doch, ach, keine Ahnung, Geldwäsche oder so.«

»Geldwäsche?«, lacht er. »Ach, was denkst du von mir?« Er habe sein Leben lang hart gearbeitet, und klar laufe hier manches über Beziehungen. Es gebe Dinge, über die man nicht spricht, aber die trotzdem jeder weiß. Wer so tue, als wär das alles Unsinn, stecke selbst mit drin. Er schaut mich mit seinen viel zu hellen Augen an und meint, er habe damit nichts zu tun. »Ich kenne ein, zwei Leute, die kennt jeder. Eine Hand wäscht die andere, *na manu lava l'autra*. Ich will nur meine Ruhe.«

Ich sag nichts. Wahrscheinlich nie wieder. Wenn es stimmt, dass die Welt sich dreht, dann hat sie nämlich gerade die Richtung gewechselt. Mein Vater erzählt, wie ich als Kind mit ihm auf die Plantage ging, ganz früh, wenn die Luft noch frisch war, und unbedingt mithelfen wollte. Er redet wie ein Bauer, keine Spur von Vincenzo Coccotti, Tony Soprano oder Nicky Santoro. Es fühlt sich an wie runterkommen, und zwar von der härtesten Droge, die ich jemals hatte. Ein Wochenende Berghain kann ja schon krass sein, aber zwanzig fucking Jahre im Märchenland sind eine andere Geschichte. Mein Dad redet und redet. Ich trink dabei den ganzen Wein leer, obwohl ich weiß, dass bei dieser Art von Runterkommen weder Alk noch Gras, noch Benzos helfen.

Ohne Scheiß, ich glaub schon längst nicht mehr an Gott, aber ich glaubte noch an irgendeinen Sinn im Leben. Jetzt gibts nicht mal den mehr. Alles fällt auseinander. Ganz ehrlich, was soll ich hier? Wenn es stimmt, dass meine Mama freiwillig gegen den Pfeiler fuhr, dann bin ich hier ziemlich überflüssig.

Ich muss rauchen. Ich wurde schon oft verarscht, aber so verarschen können nicht mal Männer, so krass kann man sich nur selbst verarschen. Mein Gehirn hat sich wahrscheinlich alles so zurechtgelegt, um die Wahrheit nicht sehen zu müssen.

Mein Vater bestellt Wein, und wir essen weißes Brot dazu. Die anderen drei kommen rein. Sie setzen sich zu uns, mein Vater in der Mitte, ich rechts von ihm, Luciano und Salvi links und Elia neben mir, wie beim letzten Abendmahl.

Die zwei Männer mit der Wasserpfeife rauchen immer noch, oder tun so, und beten heimlich. Keine Ahnung. Ich hab mein eigenes Gebet. Was passiert ist, ist passiert, der Weg ist nur der Weg, das Ziel ist das Ziel. Ich bin da, wo ich immer sein wollte.

Je mehr Wein ich trinke, umso mehr komm ich an. Ich erzähl ihnen von Berlin, von Ali und Alou, von Said und Dschihad, von Pele und der alten Frau in der Klinik. Nur über Monte kein Wort. Mein Vater lässt den Blick nicht von mir, und ganz egal, wie unwirklich alles scheint, die Aura um mich rum ist echt.

Ich komm mir vor wie in einem Traum, einem richtigen Traum, nicht einem, an den man sich am nächsten Tag nicht mehr erinnert. Ein Traum, in dem man den Tabak riecht und man sich die Zunge verbrennt, wenn der Tee zu heiß ist.

Die Männer mit der Wasserpfeife sind weg. Wir gehen auch. Luciano holt den Wagen, mein Vater macht mir die Tür auf und steigt auf der anderen Seite ein. Ich bleib davor stehen, rauch meine Kippe zu Ende und behaupte, nüchtern zu sein, ich behaupte es so lange, bis Elia mir glaubt und mir seine Autoschlüssel gibt. Luciano sagt, ich soll ihm nachfahren, während mein Vater schon auf dem Rücksitz schläft. Elia und Salvatore bleiben in Palermo.

Ich steig in den Fiat, starte den Motor und folge dem schwarzen Mercedes. In Palermo kann man sturzbetrunken Auto fahren, fällt keinem auf. Jeder fährt, wie er will. Luciano scheint zu vergessen, dass ich keine 250 PS unter der Haube hab, und so, wie er fährt, ist der Mercedes definitiv nicht das sicherste Auto der Welt. Der Abstand zwischen uns wird immer größer, ich verliere sie aus den Augen und verpasse die Ausfahrt Cinisi. Ich fahre weiter durch die Nacht. Ich überlege, wie meine Mutter sich wohl gefühlt hat, als sie gegen den Pfeiler fuhr. Ich hätte niemals den Mut. Ich hätte ihn umgebracht, nicht mich. Oder sie wollte gar nicht Schluss machen. Vielleicht wollte sie bloß meinen Dad zurück, und das Scheißschicksal nahm ihr das Leben. Ich mache Spielchen mit dem Schicksal, fordere es raus, lasse das Lenkrad los und zähle bis zehn. Kurz bevor ich in die Leitplanken donnere, lässt es mich jedes Mal gewinnen. Vielleicht ist es nicht mal Schicksal, vielleicht ist es nur Überlebensinstinkt. Der gleiche, der mich auch schon hat glauben lassen, die Tochter vom Paten zu sein, anstatt zu sehen, warum mein Vater mich wirklich verlassen hat.

Der Tank ist fast leer. Das Radio funktioniert nicht. Im Kofferraum scheppern die Weinflaschen. Die nächste Tankstelle ist in fünf Kilometern, fünf Kilometer sind eine Zigarettenlänge. Beim letzten Zug setz ich den Blinker und fahr raus. Ich kauf Marlboros und Kaffee. Mit dem Rest füll ich den Tank. Danach hab ich keinen Cent mehr, aber egal, im Handschuhfach liegt Elias Rechnungsbuch.

In Mazara del Vallo endet die Autobahn. Ich fahr die SS 115 weiter, die an der Küste entlang in den Süden führt. Ich könnte ewig weiterfahren. Es kommt mir vor, als wäre mir der Fiat Punto einfach zugelaufen, so wie anderen Hunde oder Katzen zulaufen. Ich werde ihm einen Namen geben. Wir werden alle vier Autobahnen rauf und runter fahren, bis ich die ganze Insel kenne. Ich werde das Grab meiner Mutter besuchen. In dem Meer baden, in dem ich Said verloren habe. Ich will wissen, woher ich komme.

Ich will die Wahrheit sehen, und wenn die Wahrheit der ganze Müll am Straßenrand ist, dann eben Müll am Straßenrand. Ein halber Kühlschrank, Kanister, eine durchgefickte Matratze. Der Fiat würde daneben gar nicht auffallen.

Der Wagen hat 226 000 Kilometer drauf, und mit jedem weiteren lass ich ein Stück Vergangenheit hinter mir. Mal schaun, was vom Leben noch übrig bleibt. Wahrscheinlich nicht viel und doch mehr, als ich jemals hatte. Ich mach mir eine Kippe an und schau, was auf mich zukommt. Einfach gucken, was passiert. Wahrscheinlich wars in Berlin gar keine Langeweile, einfach nur geschenkte Zeit.

Ich fahr 180 km/h, mehr geht nicht. Rechts von mir liegt das Meer, links kommen mir Autos entgegen, ich schließe die Augen, beides hört sich fast gleich an.

Ich fahre runter in den Süden bis nach Portopalo, aber eigentlich fahre ich nach Berlin. Ich fahre bloß anders. Wenn man lange genug in die verkehrte Richtung fährt, kommt man irgendwann auch an. Ich denk an Dschihad. Ich werde ihm erklären müssen, warum ich abgehauen bin. Ich dachte, Liebe sei, jemand zu vermissen. Ich hab immer nur Erinnerungen geliebt. Aber ich bin nicht mehr dieselbe. Wenn man sich verändert, verändert sich ja auch alles um einen rum. Außer Monte, der ist bestimmt noch dasselbe Arschloch. Vielleicht wird er versuchen, mir was anzutun, aber was solls, das Leben ist nie sicher, andere sterben an einer Überdosis oder weil sie zur falschen Zeit am falschen Ort sind. Es kann immer was passieren.

Ich steck mir eine Kippe in den Mund. Ich taste mit der rechten Hand nach dem Feuerzeug auf dem Beifahrersitz, finde es nicht, schaue runter und gleich wieder hoch.

Das Letzte, was ich seh, ist Beton. Wenigstens hab ich den Fiat genommen.

DANK

Karizma schrieb ich mit Ende zwanzig und doch begleitet mich der Text bis heute. 2012 erschien der Roman bei orange-press. Danke an Undine Löhfelm und Martin Baltes, die vor allen anderen an die Geschichte geglaubt haben.

Und jetzt, über ein Jahrzehnt später, kommt mein Debüt noch einmal als Taschenbuch bei hanserblau heraus. Was für ein Geschenk!

Danke an Emily Modick, Alexandra Hummel, Kristin Rosenhahn, Ingo Eisenbeiß, Monika Buchmeier und Simon Wagner für dieses großartige Comeback.

Danke auch an Julia Dösch, die längst wusste, dass dieser Text noch einmal rausmuss, und an Nadja Kossack, Antje Hartmann, Thomas Becker, Silke Köhler und Annette Wolf von der Literarischen Agentur Kossack – meine Partner in crime.